Franz Schuh

Der Krückenkaktus

Erinnerungen an die Liebe,
die Kunst und den Tod

Paul Zsolnay Verlag

Zitat Seite 48/49 aus:
Kurt Hofmann: Aus Gesprächen mit Thomas Bernhard.
Löcker Verlag. Wien 1988, S. 94

1 2 3 4 5 15 14 13 12 11

ISBN 978-3-552-05549-0

Satz: Eva Kaltenbrunner-Dorfinger, Wien
Druck und Bindung: GGP Media GmbH, Pößneck
Printed in Germany

Damals als die Seele noch unsterblich war.
Georg Christoph Lichtenberg
(1742–1799)

Aus der Arbeitswelt

Vorwort

1

»Schreiben Sie über Ihre Knie«, sagte der Präsident zu mir. Ein paar Minuten hatte er sich Zeit für ein Gespräch genommen. Wir sprachen über Arbeit, denn er war der Präsident der Arbeiterkammer. »Schreiben Sie über Ihre Knie, und Sie werden sehen, es geht Ihnen dann gleich besser.« Meine Arbeit in den vergangenen Jahren war eine Wühlarbeit an Problembergen. Ich erinnerte mich an die Liebe, die Kunst und den Tod. Das Wort »Erinnerung« hält in Schwebe, ob solche großzügigen Problemkreise überhaupt vorbei und vergangen sind oder ob man sie noch vergegenwärtigen kann. Der Präsident gab mir ein Geschenk: einen Kugelschreiber, auf dem groß und rot AK (für Arbeiterkammer) stand. Zum Schreiben war er mir zu schwer.

2

»Krückenkaktus« ist eine erfundene Bezeichnung. Aber was damit gemeint ist, existiert tatsächlich: Mit Krücken hat man ein Problem, wenn man viele transportieren muss. Sie im Arm gebündelt zu tragen, ist mühevoll. So erfand man eine kleine, wie eine Scheibtruhe schiebbare Kuppel, die viele Löcher hat. In die Löcher steckt man die Krücken, die man auf diese Weise überallhin bringen kann, wo sie benötigt werden.

Ich habe die gelöcherte Kuppel, den Krückenkaktus, im Wiener Allgemeinen Krankenhaus gesehen. Der Krückenkaktus wurde mir zum Symbol für die praktische Veranlagung der Menschen. Aber ich sah ebenso Parallelen zu meiner eigenen Arbeit. Mir sind die Texte auch Hilfen, um durchs Leben zu gehen, und schiebt man seine Gehhilfen nicht ein Leben lang – zum Beispiel in Büchern – vor sich her?

3

Ein Buch ist eine geistige Einheit. Damit will ich sagen, dass nicht alles, was den Platz zwischen zwei Buchdecken anfüllt, ein Buch ist. Das Buch »Der Krückenkaktus« ist eine Komposition aus Erzählungen, Essays und Gedichten. Ich lege Wert darauf, dass die angestrebte geistige Einheit aus sehr unterschiedlichen Elementen besteht. Es geht in diesem Buch zum Beispiel um die Frage des moralischen Urteilens, darum, was »gut« ist. Das kann kompliziert werden. Gut ist für mich ein Urteil, das sich mit anderen Urteilen konfrontieren muss. Es ist ein streitbares Urteil. Da es oft und intensiv gefällt wird, wird die Fiktion plausibel, dass es »das Gute« an und für sich gibt. Diese Fiktion will zumeist auch vergessen machen, dass alles Gute sinnlich verankert ist, nämlich so, wie es bei Freud heißt: »In der Sprache der ältesten, oralen Triebregungen ausgedrückt: ›Das will ich essen oder will es ausspucken‹, und in weitergehender Übertragung: ›Das will ich in mich einführen und das aus mir ausschließen.‹ Also: ›Es soll in mir oder außer mir sein.‹ Das ursprüngliche Lust-Ich will … alles Gute sich introjizieren, alles Schlechte von sich werfen.«

4

Mehr ist da nicht. Zu dieser Behauptung neige ich. Es wäre aber besser zuzugeben, dass, falls es doch mehr geben sollte, ein sinnlicher Urgrund immer mitwirkt. Nicht einmal der Tod hat unbedingt eine absolute Wirkung. Ich habe von einem Philosophen gehört, der gesagt haben soll: der Tod – auch eine Erfahrung, die ich noch gerne machen möchte. Von einem Physiker wurde mir erzählt, er hätte dem eigenen Tod – als einem Naturereignis – entgegengefiebert. Solche Menschen haben etwas von der Schlauheit der Bauern im Mittelalter, von denen erzählt wird, dass sie den Teufel überlistet haben. Wer hätte gedacht, dass so etwas möglich ist?

5

Im Café Klinik, das in der Innenwelt des Krankenhauses der Außenposten der Außenwelt ist, ist mir Folgendes passiert: Ich konnte kaum gehen, weil mich jeder Schritt schmerzte. So wählte ich im Café Klinik meinen Platz genau aus. Auf dem kürzesten Weg wollte ich wieder hinausgehen können. Da fuhren aber einige junge Männer im Rollstuhl vor. Sie parkten so, dass sie meinen kürzesten Weg verstellten. Ich wagte nicht, sie zu bitten, mir Platz zu machen. Ich ging den schmerzhaften Umweg.

Valentinstag 2007

In diesem Nicht-Winter
ein Wintermärchen

Er kommt nicht heraus
mit der Sprache.
Schau mir in die Augen
und sag mir, was dir
auf den Lippen brennt.
Seh ich deine Visage,
kommt mir die kalte Kotze hoch.
Das klingt glaubwürdig,
aber bemüht. In diesem Nicht-Winter
herrscht Schweigen.
Gebrochene Herzen
rächen sich am Valentinstag
per Post. Beileidskränze
erreichen mich am Morgen.
Und ich schicke dir
einen stinkenden Fisch,
zusätzlich die Karte,
rote Tinte auf schwarzem Grund,
mit der Aufschrift:
Mir fehlen die Worte.

Meine Schuhe sind vor zwanzig Jahren
schon abgelaufen. Meine Hose
ist jüngst aufgeplatzt. Mein Hemd

zerrissen, das Beileid ausgestanden.
Die Leichenbittermiene hat sich
in mein Gesicht gezwickt.
Jetzt ist der Winter
ein Märchen. Auf der Terrasse
werfen die Liegestühle Schatten,
und durch das Dickicht der Bäume
glitzert der Fluss herauf.

Aber noch ist der Winter
nicht vorbei. Die Warnung
lässt mich kalt. Ich sitze wirklich,
ja wirklich, im Freien. Und der Fluss
nimmt seinen Lauf. Ein Dichter
hypnotisiert mit priesterlichen Gebärden
den Markt für Dichtungen.
Er verflucht und segnet.
Ein Regisseur, aus dessen Hypnosen
alle schon erwacht sind,
erklärt sich geistesverwandt.
Das ist keine Premiere,
und ich spüre dringenden Bedarf
nach keiner Feier.

Der alteingesessene Wunsch
nach begrifflosem Glück
lässt mich einheimisch wirken.
Ich hab meinen alten Zustand
erreicht: die Pilzinfektion
unterm Schürzenbauch und
die Sehnsucht nach dem Dasein
als einem Märchen,

das, in Rätsel eingeschweißt,
sich ständig mehr verrätselt.
Auf dem Tisch aber
schockgefrorene Nudeln
aufgekocht. Die Prozesse
der Künstlichkeit gut durchlaufen.
Die Nahrung und ich,
wir sind ein Geschichtsprodukt,
kein *intelligent design*,
aber auch nicht ganz zufällig.

Der wärmste Winter
(wärmer als der von 1916)
aller klimavermessenen Jahre.
Was will man mehr
als den Einklang
von Lyrik und Statistik?

In diesem Jahr ist der Frühling
eine Frühgeburt. Die Sonne
verfärbt meine Gleitsichtbrillen
schwarz. Das Sprachsalz
rieselt auf meine Wunden.
Der Sprachkalk
löscht den Brand. Das Hirnschmalz
fettet den trockenen Gedanken
zu wenig auf. Ich sage:
Das Lenken der Aufmerksamkeit
auf Sprache ist ein Einlenken.
In einem Monat ungefähr
werde ich sechzig Jahre alt,
und es macht mir nichts aus.

Das Zittern des Geistes

Über Thomas Mann, Robert Musil und andere Größenverhältnisse

Es ist mir nicht in die Wiege gelegt worden, eines Tages öffentlich über Thomas Mann nachzudenken. Ironie und Selbstironie wären am Platz, also etwas Belustigendes, das nicht bloß oberflächlich bleibt, weil es auf das Kontingente und zugleich Zwangsläufige meiner Lebensgeschichte anspielt: Ich bin ein Kind der Wiener Vorstadt, und sollte Heimat dort sein, wo noch nie einer gewesen ist, so träfe es auf mich nicht zu. Ich gehöre immer noch dorthin, und alles Bürgerliche ist für mich ein Exotismus.

Im Folgenden geht es um etwas mir noch weiter Entferntes, um Größe: »Der große Mann«, heißt es in »Lotte in Weimar«, »ist ein öffentliches Unglück«, und diese chinesische Sentenz aus Goethes Mund wird von einer ehrerbietigen Gesellschaft im Roman durch Lachen quittiert: »Hier brach ein Gelächter aus.« Der große Mann. Die Vorstellungen von Größe, die – es liegt in der Natur der Sache – absolut gelten wollen, sind nichtsdestoweniger offenkundig relativ, also groß nur in Bezugssystemen, die einen solchen Status einräumen und absprechen können. Ich fasse diese Bezugssysteme unter dem Terminus »Kultur« zusammen und spreche von »unserer Kultur« und davon, was sie (sich) leistet. Es geht mir aber im Zusammenhang mit dem großen Thomas Mann auch um etwas anderes: Peter Handke hat an einem lähmenden Streit um Günter Grass ebenfalls teilgenommen (nachdem Grass an einem lähmenden Streit über Peter Handke ebenfalls teilgenommen hatte). Aber Handke bringt – in einem Interview – Thomas Mann gegen Grass ins Spiel. Grass, so Handke, »kommt dem Bedürfnis der Deutschen nach und spielt seit fünfzig Jahren eine offizielle Figur. Thomas Mann hat das auf eine geistige Weise gemacht. Auch wenn es manchmal verschmockt war, da war das Zittern des Geistes. Bei Grass zittert überhaupt nichts.«

Es ist die offizielle Figur, von Musil »Großschriftsteller« genannt, die mich bei Thomas Mann beschäftigt. Ich bin kein Anhänger des Dichters als einer offiziellen Figur, aber es interessiert mich soziologisch, dass Thomas Mann der Letzte, vielleicht überhaupt der Einzige war, der diese Rolle, die dem Bedürfnis der Deutschen entspricht, nachhaltig innehatte. Alle, die in diesem Stück hinterher kamen, hatten nur Fragmente zur Verfügung – Thomas Mann spielte die Rolle am ehesten ganz: in diesem Sinne integer. Nicht alle sind ihm dafür dankbar, und es gibt überhaupt eine geläufige Überlegenheitsgeste, die sich im Feuilleton ausbreitet: »... auch bei Thomas Mann, um mal wieder den vermeintlichen Schutzheiligen alter wie neuer Bürgerlichkeit zu zitieren ...« So wirft man das hin, zwischen ehrerbietig und spöttisch, zum Beispiel in der *Frankfurter Allgemeinen Sonntagszeitung*.

Die Stärke von Thomas Manns Position hängt mit deutschen Schwächen, besser und pathetisch – mit der deutschen Katastrophe zusammen. Manns politische Haltung gegen Ende seines Lebens steht fast außer Streit, verhilft ihm aber gegen seine Konkurrenten nicht immer zu Ansehen. Alexander Kluge, nach Gottfried Benn gefragt, antwortet typisch: Mit den Kategorien der politischen Tugendlehre will Kluge einen Mann wie Gottfried Benn nicht beurteilen, Kluge sei nicht sein Amtsrichter: »Das bedeutet aber keinen Relativismus; manche Aussagen nehme ich ihm einfach nicht ab. Anderes glaube ich ihm, aber ich würde Benn nicht insgesamt ablehnen, weil er 1933 grandios irrt. Sonst müsste ja ein Rechthaber, der politisch korrekt am richtigen historischen Ort eine Radioansprache hält, den ich verehre, also Thomas Mann, einen Bonus bekommen. Aber der wird kein besserer Dichter durch das, was er politisch richtig gemacht hat. Und Benn wird kein schlechterer Dichter durch das, was er grotesk an Fehlern begeht – solange er nicht Menschen mordet.«

Angesichts der deutschen Geschichte muss man seine Urteilskraft in Pirouetten investieren; anders geht es kaum. Das Politische und das Ästhetische verweisen nicht harmonisch aufeinander. »Solange er nicht Menschen mordet« wird nicht in vielen Kulturen als Kriterium für die Wertschätzung eines Dichters eingesetzt werden. Im Übrigen glaube ich gar nicht, dass ein Mörder deshalb ein schlechterer Dichter ist – ich glaube nur, dass ich nicht bereit wäre, ihn als Dichter anzuerkennen, und ich kenne auch Menschen, die Benn auf einmal ganz anders lasen, nachdem sie erfahren hatten, welche Politik er zeitweise vorzog. Thomas Manns von mir beschworene nachhaltige Wirkung, der Sockel, auf dem die offizielle Figur steht, hat, so meine ich, damit zu tun, dass dieser Dichter in Essays und in politischen Reden versucht hat, die deutsche Kultur und die deutsche Politik zusammenzudenken. Es ist ihm, wenn ich es so respektlos sagen darf, stellenweise auf den Kopf gefallen. Wolf Lepenies, der das übertriebene Gewicht der Kultur, die in Deutschland auch als Politikersatz dienen musste, diskutiert, findet in Thomas Mann ein Beispiel: In Deutschland, so Lepenies, pflegen selbst geborene oder bekehrte Demokraten eine bis zur Verachtung reichende Abneigung gegen die Politik: »In Thomas Manns ›Deutscher Ansprache‹ von 1930, die die schwankende Mitte hält zwischen den aggressiv-nationalistischen ›Betrachtungen eines Unpolitischen‹ aus dem Ersten Weltkrieg und den demokratischen Nachkriegsschriften, kommt diese Ambivalenz deutlich zum Ausdruck. Thomas Mann spricht von den tiefen, wenn auch unbestimmten und ratlosen Zweifeln innerpolitischer Natur, ›ob die im westeuropäischen Stil parlamentarische Verfassung, die Deutschland nach dem Zusammenbruch des feudalen Systems als das gewissermaßen historisch Bereitliegende übernahm, seinem Wesen vollständig angemessen ist, ob sie seine politische Sittlichkeit nicht in gewissem Grade und Sinne entstellt und schädigt. Diese Sorgen einer volkspersönlichen, politischen Sittlichkeit sind umso quälender, als im Grunde niemand konkrete Vorschläge zum Richtigeren und Angemesseneren zu machen weiß.‹«

Lepenies verurteilt am Beispiel Thomas Manns die politische Ambivalenz der Deutschen, die ihr Zögern zur Demokratie ästhetisch rechtfertigten und völkerpsychologisch untermauern: »In der Politik verhalten sich die Deutschen wie Künstler: Sie wollen unbedingt etwas Neues und Originales schaffen – und zögern, wohlbegründeten und bewährten Prinzipien menschlichen Zusammenlebens zu folgen, wenn diese schon andernorts zur Leitschnur politischen Handelns geworden sind. Aus dieser Sucht nach Originalität folgte die lange aufrecht erhaltene Weigerung, in den ›Ideen von 1789‹ – also in den Grundsätzen der bürgerlichen westeuropäischen Revolutionen – eine politische Richtschnur auch für das eigene Volk zu sehen. Stattdessen bekannte man sich, offen oder verschämt, immer noch zu den national verengten ›Ideen von 1914‹. Alles dies ist Ausdruck jenes Trotzes, mit dem die Deutschen in Europa lange, zu lange die Rolle des politischen Außenseiters gespielt und sich dabei wohlgefühlt haben.«

Wie sich Künstler verhalten, sodass man ihnen anmerkt,

dass sie Künstler sind – das ist im Folgenden ebenfalls ein (unterschwelliges) Thema; es ist von einem aktuellen Interesse diktiert: Diese »postmodernen« Zeiten kennen kein eindeutiges Künstlerschema, schon gar keines, in das man nur zu schlüpfen braucht und schon ist man unmissverständlich als Künstler identifiziert. Auch die Zerrissenheit, die Entfremdung, der Heroismus oder sein Gegenteil, die elaborierte Gemeinheit oder der gewöhnliche Opportunismus – sie sind nichts als Elemente einer Reklame, die eine Person interessant, aber den Künstler kaum ganz integer machen. Eine Person wie Joseph Beuys hat seine Erfolge nicht zuletzt deshalb gehabt, weil er als Künstler zugleich den »ganzen Menschen« mimte. »Der Künstler« ist aber selber eine Gestalt, die droht, substanzlos zu werden – und es ist gar nicht sicher, ob er, an diesem Ende angekommen, nicht zu sich selbst gekommen ist, also seine Bestimmung erreicht hat. Sie wäre mit größten Freiheiten verbunden, wenn sich auch die offizielle Figur einen ziemlich widerwärtigen Celebrity-Charakter zulegen muss, um in Frage zu kommen. Zu Thomas Manns Zeiten und erst recht für ihn gab es das schon, aber es gab auch noch die Utopie von etwas ganz anderem, um das es nicht zuletzt Robert Musil in seiner Satire gegen den »Großschriftsteller« ging.

Großzügig, sehr großzügig beginne ich nun mit einem Satz, den ich mir gleich hätte ersparen können. Der Satz lautet: Für Thomas Mann und seine Schriften bin ich kein Spezialist. So etwas erspart man sich besser, denn es wird sowieso merkbar, und falls nicht, wäre es ja noch schlimmer, denn dann hätte man einen grundsätzlichen Defekt verschleiert und eine Würde beansprucht, die einem nicht gebührt. Mit Erstaunen habe ich aber festgestellt, dass selbst der große Literaturkritiker Marcel Reich-Ranicki, der in Sachen Thomas Mann wahrlich unterwegs ist, in einer Rede zum fünfzigsten

Todestag des Dichters, gehalten in der Lübecker Marienkirche (in der Thomas Mann getauft und konfirmiert wurde), dass selbst dieser große Literaturkritiker mit Wendungen äußerster Bescheidenheit die Frage nach der Legitimation, zu Thomas Mann überhaupt etwas zu sagen, stellt: »Wer bin ich, dass ich das Wort führen soll zu seinem Preis, in wessen Namen tue ich es hier? Die Antwort ist einfach: Ich spreche als einer jener Leser, die in seinen Büchern ihre Not, ihr Elend und auch ihr Glück wieder gefunden haben. Seit ich als Halbwüchsiger ›Tonio Kröger‹ gelesen habe, bewundere ich Thomas Mann, seit ich sah und erkannte, dass er mit seiner Existenz, wie einst Goethe, den Begriff ›Deutschtum‹ neu definierte, verehre ich ihn wie keinen Autor des zwanzigsten Jahrhunderts, ja vielleicht wie keinen anderen seit 1832.«

Wie keinen anderen seit 1832, das ist eine sehr diskrete und zugleich monumentale Wendung, und wäre ich kleinlich, wie ich es bin, würde ich denken müssen, dass das Verehren und Bewundern hier einen langen und übermenschlichen und unsterblichen Atem hat, denn – rein sprachlich natürlich und strenggenommen – lässt sich »verehre ich ihn wie keinen anderen seit 1832« auch so lesen, dass ich schon damals im 19. Jahrhundert am Verehren war, und dass ich erst jetzt wieder, nach der großen Zäsur von 1832, im Verehren und Bewundern ganz auf meine Rechnung komme. Ich jedenfalls komme später noch einmal auf Reich-Ranickis anregende Rede, die den Titel »Deutschlands Glück in Deutschlands Unglück« trägt, zurück, auch weil dieser Titel mit meinem Thema, zu dem »Deutschland« gehört, zu tun hat, und ich lege Wert darauf, dass mein Aufsatz über Größenverhältnisse, der auch »Der Großschriftsteller« heißen könnte, keinesfalls den Versuch darstellt, sich hinter Robert Musils satirischer Kraft zu verschanzen, um von dort aus gegen Thomas

Mann Stellung zu beziehen. Aber meine Sicht hat mit dem Phänomen des Bewunderns zu tun; die Bewunderung ist eine der Kräfte oder menschlichen Schwächen, die einen »Thomas Mann« genannten Komplex – Komplex im Sinne von Bedeutungszusammenhang – hervorbringt. Dieser spezifische Bedeutungszusammenhang ist nicht allein die Sache des echten Thomas Mann, wie er eigentlich gewesen ist, sondern vor allem die einer Bereitschaft, oder vielleicht auch einer Notwendigkeit, ihn zum Beispiel dahingehend zu interpretieren, als hätte er – gewiss mit anderen, aber doch auch er – Deutschland wiederum international verhandlungsfähig gemacht.

Das Bewundern ist für jeden Skeptiker als Psychodynamik der Selbsterhöhung leicht zu durchschauen; mir erscheint es fragwürdig, ob (abgesehen davon, dass es gar nicht geht), ob man solche eingespielten Praktiken der mehr oder minder unbefangenen Selbstsorge wie das Bewundern abschaffen wollen soll. Aber es gibt Aufklärung. Ein Spezialist des Bewundertwerdens, Thomas Bernhard, hat in »Alte Meister. Komödie« eine Figur, den Musikschriftsteller Reger, die Bewunderung analysieren lassen: »Ich«, sagt dieser Reger, »war ja zeitlebens immer davon entfernt, ein Bewunderer zu sein, Bewunderung ist mir fremd, da es das Wunder nicht gibt, ist mir Bewunderung immer fremd gewesen, und nichts stößt mich so ab, wie wenn ich Leute beobachte, die bewundern, die an irgendeiner Bewunderung erkrankt sind.«

Die Bewunderung wird als Krankheit diagnostiziert, aber sicher nicht als eine, durch die man hindurchmuss, um eine höhere Gesundheit zu erlangen. Die Krankheit kommt daher, dass die Bewunderung auf etwas fixiert, zu etwas konditioniert ist, das es gar nicht gibt. Wunder gibt's keine, aber Wunder wären das Einzige, das Bewunderung rechtfertigen würde. So ist Bewunderung nichts als eine abstoßende Krankheit, für die es – zumindest aus Regers Sicht – auch kaum Heilung geben kann: »Die meisten Leute kommen, wenn sie einmal in die Bewunderung hineingekommen sind, nicht mehr aus der Bewunderung heraus und sind dadurch stumpfsinnig.«

Enthusiasmus, den man gemeinhin auch als geistige Lebendigkeit auffassen könnte, verkehrt sich, pervertiert in Regers Befund, zum Stumpfsinn. Neben dem krankhaften Abstumpfen, also neben der Pathologie des Bewunderns, führt Reger ein anderes Element ein, ein ökonomisches: »Bewunderung«, so sagt er, »ist leichter als Respektierung, als Achtung, Bewunderung ist Eigenschaft des Dummkopfs ... Nur der Dummkopf bewundert, der Gescheite bewundert nicht, er respektiert, achtet, versteht, das ist es.«

Die Figur des Reger überhebt sich an dieser Stelle, indem sie sich unter die Gescheiten subsumiert, aber der überhebliche Reger leistet etwas Wesentliches, indem er die Unterscheidung trifft zwischen Respektieren, Verstehen, Achten einerseits und dem Bewundern andererseits. Es ist nämlich die Crux jeder Kritik an der Begeisterung, dass sie Begeisterung überhaupt unmöglich machen und die Größe, der sie gilt, nivellieren möchte. Reger, der im Grunde jede Größe durch die eigene ersetzen möchte und der so Abbild seines Autors ist, ist intelligent genug, um das falsche Bewundern durch etwas Richtiges zu ersetzen: Respektieren, achten, verstehen, das ist es. In diesem Amen am Schluss klingt die gebotene Nüchternheit an: Das ist es, und mehr ist es eben nicht, denn es gibt keine Wunder, und die religiöse Nostalgie, die im Bewundern steckt, ist auf Krankheitsgewinn aus, auf Erleichterung, mit der man sich die Anstrengungen des Respektierens, Achtens und Verstehens erspart. Ob diese wunderbaren Fähigkeiten des menschlichen Geistes ohne Enthusiasmus sein können, ob nicht erst recht ein Überschuss nötig ist, um respektieren, achten und verstehen überhaupt zu wollen, kann man mit einer Figur wie der des Reger nicht diskutieren – sie steht fest in ihrem Text und hat alles, was sie ausmacht, dort schon gesagt. Zum Beispiel hat sie, ganz in der Manie(r) ihres Autors, neben den Gescheiten auch die Gebildeten zitiert, die nicht ganz gescheit sind. Der gebildete Mensch als Bewunderer ist – nach Reger – noch viel schlimmer als der dumme, dem eh nichts anderes als das Bewundern bleibt: »Die Bewunderung«, doziert Reger, »ist aber nicht nur ein Kennzeichen des sogenannten Ungebildeten«, ganz im Gegenteil, »sie ist es in ganz fürchterlichem, ja tatsächlich furchterregendem Ausmaße auch vor allem der sogenannten Gebildeten, was noch viel abstoßender ist. Der Ungebildete bewundert, weil er ganz einfach zu dumm ist, um nicht zu bewundern, der Gebildete aber ist dazu zu pervers ... Die Bewunderung der sogenannten Ungebildeten ist ganz natürlich, die Bewunderung der sogenannten Gebildeten aber ist eine geradezu perverse Perversität, sagte Reger.«

Bernhard lässt sich von einer Figur den Ast absägen, auf dem er selber, der Autor Thomas Bernhard, sitzt. Aber solche performativen Widersprüche befinden sich in keinem Gegensatz zur Kultur – wenn man unter Kultur bloß den Raum versteht, in dem es halbwegs plausibel klingt, von solchen Dingen wie der Bewunderung, vor allem abfällig von solchen Dingen zu sprechen. Die Kultur bezieht ihre Spannung, im besten Fall ihre Lebendigkeit aus Widersprüchlichkeiten, Ambivalenzen, Paradoxien. Ich behaupte, und das ist eine ziemlich geradlinige Behauptung, dass der Zusammenhalt der Kultur gewährleistet wird einerseits durch so etwas Schönes, wie es die Bewunderung ist, andererseits aber auch durch so etwas Giftiges wie das Ressentiment. »Der Großschriftsteller« ist ein doppeltes Zitat: Ich zitiere einerseits Musil und andererseits ein Ressentiment (das Musil vorbildlich hatte), vom dem ich allerdings meine, dass es den Komplex »Thomas Mann« mindestens ebenso konstituiert, wie die allfällige Bewunderung »Thomas Mann« hervorbringt – also die Gegenstimmen gegen Thomas Mann sind vielleicht weniger zu betrachten als das, was sich gegen den großen Schriftsteller nicht durchsetzt, was ihm hinderlich ist, sondern mehr als das, wodurch sich Thomas Mann, der Komplex »Thomas Mann« ebenfalls durchsetzt.

Ich nenne es Arbeit an der Kultur, und es ist eine schwere Arbeit, Sätze zu finden, die weder von der Bewunderung noch vom Ressentiment diktiert werden, und in diesem Sinne muss sofort gesagt sein, dass Urteile Musils oder Brechts sich nicht auf ihren ressentimentalen Gehalt reduzieren lassen – sie gehen nicht in dem auf, was ein konkurrierender Autor über einen reüssierenden dichtet: »Der Dichter gibt uns seinen Zauberberg zu lesen. / Was er (für Geld) da spricht, ist gut gesprochen! / Was er (umsonst) verschweigt: die Wahrheit wär's gewesen. / Ich sag: Der Mann ist blind und nicht bestochen.« Das war die Nummer 16 aus »Ballade von der Billigung der Welt« von Bertolt Brecht; in dieser Lyrik geht's um eine Welt, in der auch mit dem Zwang geherrscht wird zu billigen, was nicht zu billigen ist. Einverständnis wird erzeugt, nach Brecht mit dem Knüppel, aber auch mit Literatur. Brecht kommt dem Dichter des »Zauberbergs«, der ein vornehmer Mensch und ein Idealist ist (auch im philosophischen Sinne), materialistisch. Er geht ihn plump an und spricht vom Geld. Gut gesprochen hat er ja, der Dichter Mann, nur halt nicht die Wahrheit. In besagter Welt ist die Virtuosität, das Können in der Kunst, abgekoppelt von den einfachen Wahrheiten, die jeder sieht und die meisten erleiden. Die Abkoppelung kommt nicht billig, dafür gibt's Geld, von dessen erfreulicher Wirkung Brecht übrigens selbst oft Zeugnis gegeben hat. Aber beim feindlichen Dichter stellt sich sofort die Frage nach Bestechung. Nein, bestochen ist er nicht, so nimmt ihn die Ironie in Schutz – er ist bloß blind, hat also einen Defekt, für den er fast gar nichts kann, und das ist ja noch neckisch im Vergleich zu dem schrecklichen Gedicht, dessen Titel in Blockbuchstaben dasteht: ALS DER NOBELPREISTRÄGER und so weiter, und der Nobelpreisträger wird im Gedicht durch »Die Hände im dürren Schoß« charakterisiert, eine merkwürdig sexual-politische Anspielung, eine Gender-Maxime unter Männern, die beide besorgt sind über das deutsche Volk: »Als der Nobelpreisträger Thomas Mann den Amerikanern und Engländern das Recht zusprach, das deutsche Volk für die Verbrechen des Hitlerregimes zehn Jahre lang zu züchtigen. / Züchtigt den Gezüchtigten nur weiter! / Züchtigt ihn im Namen des Ungeists! / Züchtigt ihn im Namen des Geists!«

Es ist »der Geist«, das Medium des Idealismus, der es dem Marxisten angetan hat – »der Geist« beansprucht, etwas Hochstehendes zu sein, aber, so der Materialist, legitimiert »der Geist«, zum Beispiel der bürgerliche von Nobelpreisträgern, nicht oft die niedrigste Maßnahme?

In Ressentiments gehen die zitierten Gegnerschaften deshalb nicht auf, weil sie auf vollkommen anderen, aber ebenfalls artistisch durchkomponierten Weltsichten beruhen. Das Nebeneinanderliegen des Inkompatiblen hält die Kultur, also jenen Raum, in dem es plausibel ist, zum Beispiel über Thomas Mann zu sprechen, aus und hält die Kultur sogar zusammen – zusammen deshalb, weil die von Gleichrangigen ausgesprochene Kritik sozusagen von außen die geistige Statur einer jeweils verabscheuten Größe nachzeichnet. Anders als es einem die Bewunderung vormacht, ist diese Größe eben nicht die einzige, ist der eine Dichter nicht der einzige, weil eben selbst das am meisten gelungene Werk in die Endlichkeit des Menschenmöglichen verstrickt ist, und siehe da, schon kommen andere Menschen und zeigen ihm die Grenzen: Diese Grenzen machen in aller Endlichkeit die Gestalt aus, die sich sonst in der Grenzenlosigkeit der Sakralisierung, in den Ritualen der Bewunderung verflüchtigte.

Das mag grausam sein, und es mag ewig die innere Ruhe der Kulturbeflissenen stören, aber man sage nicht, dass die Bewunderung keine grausamen Züge hätte. »Wer möchte denn Goethe sein?«, schreibt der Philosoph Hans Blumenberg in einer Reminiszenz an Thomas Mann. »So gnadenreich es ist, ihn gewesen zu wissen, so peinigend wäre es, er noch einmal sein zu müssen. Erkennen heißt doch gerade, besitzen zu dürfen, ohne es sein zu müssen.« Aber dann fügt Blumenberg auch die Versuchung hinzu, und er sagt über Goethe weiter: »Dennoch ist er eine Figur, die zur Assimilation einlädt, die die Köpfe sich nachzuformen scheint, die Attitüden evoziert, vor allem aber die Erlebnisse wieder zu erkennen gebietet: Wieder Werther! Wieder Farbenlehrer! Wieder Ulrike!«

In der Vergoethigung durch Bewunderer steckt einiges an Grausamkeit. Sollte Thomas Mann diese Grausamkeit sich selber angetan haben, so wäre es seine Sache gewesen – man muss nicht bei allem und schon gar nicht nachträglich assistieren. Der Philosoph (aber vielleicht unterscheidet ihn das vom Dichter) sieht im »Nicht-sein-müssen« die Freiheit, die ja in dem Sinne nichts kostet, indem sie gar keinen Verlust beschert: »Erkennen heißt doch gerade, besitzen zu dürfen, ohne es sein zu müssen.« Aber es gibt Gestalten, darunter historische, mit deren Vergangenheit, mit deren Gewesensein man sich nicht beruhigen kann. Von ihnen geht ein Reiz aus, sie sein zu müssen, ihre Faszination wirkt sich existentiell aus; sie übermannt den Erkennenden, man wird von solchen Gestalten besessen und erlebt von ihnen Vorerlebtes. Sie schreiben die Scripts, nach denen idealerweise die Kultur funktionieren sollte. Goethe ist ein Archetyp, also ein Klassiker dieser Kultur, und das heißt nicht zuletzt, dass er Attitüden hervorruft – Frisuren zum Beispiel. In einem wissenschaftlichen Kommentar zu Thomas Manns »Lotte in Weimar« steht die schöne, Göttliches und Kosmisches zusammenfassende Fügung von der »Allpräsenz des Weimarischen Leitsterns« in Thomas Manns Arbeiten der zwanziger Jahre, und Eckhard Heftrich, der Autor des zitierten Kommentars, warnt davor, aus den Übereinstimmungen der Essays über Goethe mit einigen Kapiteln von »Lotte in Weimar« Thomas Manns Goethe-Bild zu konstruieren. »Denn selbst«, so Heftrich, »der Goethe der Essays, geschweige denn jener des Romans, ist eine Figur im Rollenspiel, das umso komplizierter abläuft, je mehr sich der Autor in der Identifizierung gefällt. Im Roman wird das Rollenspiel zu einem mit psychologischen Raffinessen und unter Einsatz aller kosmopolitisch-artistischen Mittel inszenierten Kunstschauspiel.«

Ich vermute, dass es ein sehr komplexes Verhältnis gibt, zwischen dem, was der Philosoph »sein müssen« nennt und was in einer Dichtung dann als Kunstschauspiel rund oder unrund um eine Identifikation erscheint. Etwas oder jemand, der man nicht ist, kann man als Dichter sein, indem man ein Kunstschauspiel, bestehend aus Sein und Nicht-Sein, macht. Es wird Leute geben, die die Komik eines Rollenspiels mit Goethe sehen wollen und die die einstige Goethe-Beflissenheit der deutschen Kultur auslachen. Robert Musil hat Goethe eine weniger glanzvolle Rolle spielen lassen, zum Beispiel die des vorsichtigen Bürokraten, der den Heißsporn Fichte im Stich lässt, obwohl der Dichter Goethe insgeheim mit dem

Philosophen Fichte sympathisiert. Arnheim erzählt im »Mann ohne Eigenschaften« von dieser Goethe-Fichte-Affäre, und Musils Romandiskurs definiert Arnheims Charakter durch diese Erzählung von Goethe und Fichte – von Fichte, der sich »mit Großheit, aber vielleicht nicht ganz gehörig« über Gott und göttliche Dinge geäußert hatte. Musil beschreibt in der Passage (es ist die vom Großschriftsteller) Größenverhältnisse, zum Beispiel, dass »man merkwürdigerweise wirklich mehr Sympathie empfindet, wenn ein großer Mann etwas Schlechtes tut, als wenn ein weniger großer Mann sich recht beträgt«. Und Musil schreibt Arnheim die Identifikation mit Goethe zu, im Sinne der Weltweisheit, »dass der bedingungslose Kampf für seine Überzeugung sowohl unfruchtbar wie auch ein Verhalten ohne Tiefe und historische Ironie sei« – Musils Ironie charakterisiert den kleinen Opportunismus durch dessen große Worte: »Die Ironie des ernsten Sich-in-die-Umstände-Bequemens, mit handelndem Humor, dem die Zeit Recht gibt«, aber Musil verhehlt nicht, dass Arnheim damit recht hat, »dass die Weisheit der Zeit tatsächlich mit der Weisheit Arnheims übereinstimmte«, aber das will – aus meiner Sicht – vor allem sagen: So sind die Zeiten halt, für das wirklich Bedeutsame sind sie nicht immer zuständig. Nach Arnheim sind das »Goethesche und das Bedeutsame« identisch, Musil, auf seinen Standpunkt auf der Höhe der Zeit Wert legend, hat in einer Verteidigungsschrift gegen einen Kritiker (ich entnehme das Zitat der Musil-Biographie von Karl Corino) die Maxime aufgestellt, »der Schriftsteller lerne heute nicht von Goethe, Hebbel und Hölderlin, sondern von Mach, Lorentz, Einstein, Minkowski, Couturat, Russel und Peano, weil heute aller seelische Wagemut in den Naturwissenschaften liege«.

Und dennoch – Goethe und die Deutschen, bis heute: Ach,

erlauben Sie mir die nun folgende Entgleisung. Gregor Gysi hat in einer Talkshow des Titels »Die neue Lust am Nationalstolz« (in einer Talkshow, in der das Durcheinandergerede zum Glück so laut war, dass man das meiste nicht hören konnte) meinem Vernehmen nach gesagt: »An Goethe habe ich mitgeschrieben, aber auch an Shakespeare. Warum soll ich nur auf Shakespeare stolz sein«, und der Politiker kommt zur Conclusio, mit der er die Diskrepanzen und Selbstverdächtigungen kosmopolitisch versöhnt: »… in gewisser Weise bin ich auf beide stolz.«

Wenn ich's recht verstehe, heißt das »Mitgeschrieben haben« nicht, dass eine Mitschrift angelegt, dass ein Exzerpt gemacht wurde. An Goethe mitgeschrieben hat man eben als Deutscher, und als Mensch gewiss auch an Shakespeare – das ist sozusagen die egalitäre Variante eines Eliten-, eines Größenbewusstseins.

Ich habe ein Interesse an Größe, und ich bin fasziniert von der Faszination – vor allem von einer, die ich nicht teilen muss. Ich möchte wissen, wie Größe zustande kommt, und noch viel mehr, wie die Vorstellung von Größe zustande kommt und wie sie zelebriert wird. Wie ironisch auch immer, so geht es doch in »Lotte in Weimar« auf eine herrliche Weise um Größenverhältnisse, ausdrücklich zum Beispiel, wenn Lotte der »Exzellenz Goethe« gegenüber »eine gewisse Harmonie unserer Seelen« erwähnt, und hinzufügt, »wenn davon die Rede sein kann zwischen einem großen Manne und einer kleinen Frau …«

Aber, sollte es hier ein Missverständnis geben, wäre es mir besonders peinlich, ich möchte keinesfalls eine anerkannte Größe relativieren, ironisieren, nichts an ihr verkleinern. Ich nähere mich jetzt bloß einer Frage, nämlich der, warum ich denn, obwohl kein Spezialist für Thomas Mann und seine Schriften, es dennoch versuche, einen, es ist nur ein Aspekt seiner Größe herauszuarbeiten. Ich bin, wenn überhaupt, ein Spezialist für Elias Canetti, der Spezialisten ja hasste, und von meinen Canetti-Studien weiß ich, was für einen Eindruck Thomas Mann zu erwecken vermochte: Canetti hatte ihm den Roman »Die Blendung« geschickt, und Thomas Mann hatte das Buch zustimmend begutachtet – kann sein, dass solche Gutachten mit Routinen der Abwehr eines erfolgreichen Kollegen zu tun haben (der abwehrend Erfolgreiche ist Thomas Mann, dessen Gutachten gefordert waren und der den Bittstellern durch Lob auswich), Canetti jedenfalls war von dem Lob geradezu lebensfördernd beeindruckt. Das Lob Thomas Manns war – zumindest in diesem Fall – inspirierend (nachdem es für Canetti erschütternd gewesen war, dass Mann das Manuskript der »Blendung« ungelesen zurückgeschickt hatte). Ich behaupte, Manns Lob für das erschienene Buch war dann eine der Kraftquellen, aus der Canetti schöpfte, um all die Jahre, die er weg vom Fenster war, bei seiner Arbeit durchhalten zu können. Canetti, der selbst für die Größe kandidierte, zitierte in dem Brief vom 5. Dezember 1935 an seinen Bruder Georges aus dem »langen handschriftlichen Brief« Thomas Manns die schönsten Brocken: »... erbitterten Großartigkeit seines Wurfs, seiner dichterischen Unerschrockenheit, seiner Traurigkeit und seinem Übermut ... im Gegensatz zur muffigen Mediokrität, die heute in Deutschland ... neben den größten Talentwürfen andrer literarischer Kulturen ...« Nicht dass das genügt hätte, im Spiel um die Größe (das bei Canetti auch die Tarnung »Kampf gegen den Tod« trägt: nur der zu Recht Berühmte wird unsterblich), in diesem Spiel, in dem es um Leben und Tod geht, versucht der Autor der »Blendung« das Verständnis seines Bruders zu lenken, indem er Thomas

Manns Urteilskraft erläutert: »Du musst bei diesem Urteil die natürliche Reserviertheit und etwas trockene Gemütsart Thomas Manns in Abzug bringen. Er ist so ganz und gar nicht überschwänglich, dass man diese Worte oben bereits als Überschwang werten muss. Und so werden sie auch von allen Fachleuten gewertet.«

Ein Problem mit der Größe (neben den Manifestationen der Eitelkeit) hat man jedoch immer: Ist einmal jemand mit diesem Etikett ausgestattet, dann macht sich seine Größe selbständig, will sagen: Sie entwickelt ein Eigenleben, eine Eigengesetzlichkeit, und wirkt ganz unabhängig von dem, was einer leistet und wofür ihm Größe zugesprochen wird. Auf dieser Unabhängigkeit der Größe, auf ihrer Selbstgerechtigkeit beruht der Geniekult, der das Geniale an seinem Objekt systematisch verfehlt, nicht zuletzt deshalb, weil der Kult dazu dient, die Bewunderer zu berauschen. Jener Aspekt der Größe Thomas Manns, ein Aspekt, den ich auf meine etwas idiosynkratische Weise vergegenwärtigen möchte, hat bereits mit dem »Großschriftsteller« à la Musil zu tun, also mit dem professionell schreibenden Menschen, der von Ministern empfangen wird, der Vorträge hält, der die Geschäfte des Geistes der Nation führt, der im Ausland Humanität beweist, der zuhause notable Gäste empfängt, der in allen Preisgerichten sitzt, der alle Vorworte schreibt, der alle Geburtstagsreden hält, der sich zu allen wichtigen Ereignissen äußert und überallhin gerufen wird, »wo es zu zeigen gilt, wie weit man es gebracht hat«. Aber Musil legt in seiner Definition des Großschriftstellers Wert darauf, dass dieser eben kein schlichter Beststellerautor ist, der einfach viel Geld verdient; der Großschriftsteller repräsentiert die feinen Unterschiede – oder plump in meinen Worten: Er macht sich die Hände nicht schmutzig: »Das gelesenste Buch des Jahres oder Monats braucht er niemals selbst zu schreiben, es genügt, dass er gegen diese Art der Bewertung nichts einzuwenden hat.« Und erst recht im Repräsentieren der Nation macht der Großschriftsteller feine, sehr feine Unterschiede, die ins Gewicht fallen mögen: »Denn der Großschriftsteller vertritt bei allen seinen Tätigkeiten niemals die ganze Nation, sondern gerade nur ihren fortschrittlichen Teil, die große, beinahe schon in der Mehrheit befindliche Auserlesenheit, und das umgibt ihn mit einer bleibenden geistigen Spannung.«

So ein Spott betrifft, trifft nur einen Teil, nur jenen Teil einer satirisch darstellbaren Haltung, die auch Seiten hat, die sich der Satire entziehen. In einer Besprechung der großen kommentierten »Frankfurter Ausgabe« schreibt der Germanist Norbert Christian Wolf: »Immerhin ... war es eben die von Musil erwähnte, nach dem verlorenen Krieg von neuem eingenommene Ausrichtung am ›fortschrittlichen‹ Teil der Nation, die Thomas Mann in der zweiten Hälfte der zwanziger Jahre zu einem markanten Verteidiger der Weimarer Republik werden ließ.« Und Wolf zitiert Hermann Kurzke: »Kein anderer Schriftsteller der Zeit hat einen ähnlich konsequenten, kontinuierlichen und breitenwirksamen publizistischen Kampf gegen den Nationalsozialismus geführt.« Kein anderer Schriftsteller – das gilt bei Thomas Mann für vieles. Es ist diese unglaubliche Rolle, die Thomas Mann in der deutschen Kultur, genauer: für Deutschland, spielt, dieses Institution-Werden von jemandem, der schreibt; eine Rolle, die ich mit Erstaunen sehe und der ich einen erstaunten Blick wünsche, weil vor allem das routinierte Hinnehmen, das Subsummieren unters Bildungsgut diese Außerordentlichkeit nicht wahrnimmt, nicht für wahr nimmt. Ich sehe das (und nun folgt der Grund, warum ich das Risiko dieser Ausführungen eingehe) aus einem strikt gegenwärtigen Blickwinkel, von der

Frage herkommend: Was ist denn heute für einen Schriftsteller, für einen Künstler, für einen Philosophen eine mögliche Haltung?

Vielleicht keine – also Eigenschaftslosigkeit. Eigenschaftslosigkeit wird auffällig gerne mit Charakterlosigkeit verwechselt, wahrscheinlich um sich nicht mit dem Problem auseinandersetzen zu müssen, das Musils Hauptwort, das Wort »eigenschaftslos«, anzeigt: Eigenschaften – in dieser Welt im Fluss – haben angesichts der notwendig gewordenen Verschränkung von Wirklichkeits- und Möglichkeitssinn etwas Borniertes; Eigenschaftslosigkeit ist aber (wenn überhaupt) schwer zu kriegen, weil die Wechselwirkung von Selbstbesinnung und Interaktion es erzwingt, eine Position einzunehmen und einen Charakter zu haben, einen der üblichen, am besten gleich einen Charakterpanzer. Dagegen die Utopie der flüssigen, der – wie man sagt – durchlässigen Identitäten, die hartnäckige Propaganda für das Flexible, die aber selbst wiederum die Verluste durch Mobilität unterschlägt. Das gilt nicht zuletzt für die geistige Arbeit. Peter Sloterdijk hat in einer Fernsehsendung einmal so nebenbei und keineswegs gelassen gesagt, niemand von denen, die heute einen intellektuellen Beruf ausübten, wäre von diesem Beruf auch als Person geprägt – wir alle seien »Themenjobber«, und – ich sag's frei nach Musil – so wie im Zeitalter der Fürsten die Geistesfürsten fürs Intellektuelle zuständig waren und dann eben im Zeitalter der Großkaufhäuser die Großschriftsteller, so könnte es sein, dass im Zeitalter des fortgeschrittenen medialen Verschleißes, des Verschleißes durch (unvermeidliches) Vorkommen in den sogenannten Medien und ihren Afterorganisationen, der Themenjobber das Sagen hat. In dieser Rolle kann keiner ganz bei der Sache sein, geschweige denn bei seiner; während man noch zum einen spricht, ist man zum anderen schon vom nächsten Thema absorbiert. Wenn sich die Dinge überstürzen, muss man schnell noch bei einem Symposion absagen (wie in einem Fall Sloterdijk, dessen Absagetext, es sei ihm schlecht gewesen, angelehnt an die Mittelschulprosa seiner Jugend, eines der schönsten literarischen Denkmäler der tiefgehenden Ermüdung in unserer Kultur war); im Notfall kann man sogar abreisen, an einem Grund dafür kann es nicht fehlen, nie, denn schlecht ist einem ja immer.

Ich habe dagegen keine Satire vorzubringen, ich berichte nur von Arbeitsleid – und wenn man darunter leidet, hoffe ich, hat man ohnedies die höchste Stufe erreicht, die noch möglich ist. Ich behaupte, dass die Flüchtigkeit, die dem Themenjobben innewohnt (dieses ewige Verwischen der Spuren, die man zuerst doch sorgfältig gelegt hat), auch eine Methode ist, also ein gangbarer Weg, um (sich) Einsichten zu verschaffen. Die Methode hält mit den sonstigen Geschwindigkeiten mit, bildet sie von innen heraus ab und zeichnet nach, was auf ihre Art erkennbar ist, sich erkennbar zeigt. Aber die Methode räumt die Exklusivität (die mit der alten Art von Größe verbunden ist) weg und vielleicht auch den Sinn dafür. Das gegen das Wegräumen aufgebotene Spezialistentum bildet dazu keinen veritablen Gegensatz; es läuft undialektisch mit.

Spezialistentum, so steht es in Canettis »Blendung«, sei »die Einschränkung des Zweifels auf ein Spezialgebiet«. Canetti zeichnet damit den Gelehrten aus: »Die Stärke eines Gelehrten besteht in der Einschränkung aller Zweifel auf sein Spezialgebiet.« Dass deshalb die Zweifel von Dilettanten umfassend sein müssten, treibt mit der Umkehrung Scherz und merkt manchmal gar nicht, dass es damit ernst ist: Nicht-Spezialisten erkennt man das eine Mal an ihrem fixen Glauben, das andere Mal an ihrem Zweifel, der vor nichts haltmacht. Canettis Utopie vom gescheiten Menschen, der durch kein

Spezialistentum borniert ist und der auf eine erwachsene Art Akzeptanz und Zweifel austariert, existiert in der »Blendung« ohnedies nur als negatives Abziehbild, als Denkmal seiner Abwesenheit. Canettis Maxime kann man aber als eine Beschreibung nehmen: Auf seinem Spezialgebiet lässt der Gelehrte seine Zweifel »wie eine immerwährende, hartnäckige Brandung los; im Übrigen und im Ganzen ergibt er sich dem, was gerade herrscht«. Später wurde so was Fachidiot genannt – und man konnte ja sehen, wie Canetti als sich selbst antizipierende, sich seinem Bruder plausibel machende Größe diese Idiotie nützen wollte: Die Wertungen der Fachleute haben die Größe zu bestätigen. Die Fachleute haben der Größe zu dienen (und sie tun's auch gern, weil sie sich im System der Größenzuschreibungen bewegen, an sich selbst keine Größe entdecken, also eine benötigen, um ihrem System zu entsprechen).

Der real existierende Spezialist jedenfalls ist nichts für das Überraschende einer wesentlichen Wahrheit und – aus guten Gründen – auch kaum etwas für die Öffentlichkeit: Er ist akademisch. Er trägt das Stigma, einerseits für die Aufklärung zu stehen, sie aber andererseits zu hintergehen, weil das Selberdenken eines Spezialisten selten darüber hinauskommt, einem anderen nachzudenken. Dennoch halten die Spezialisten – die für Goethe, Hölderlin oder Brecht, für Thomas Mann oder Musil – den Wunsch nach Konzentration wach, nach der Meisterschaft in der Einschränkung; den Wunsch nach einem persönlichkeitsprägenden Thema. Sie, die Könige im Reich des Sekundärliterarischen, das sich hinter dem großen Originären auftut und das sich manchmal vor das Originäre stellt, haben in der Kultur noch eine andere Funktion als die, die in ihrem Gebiet beschlossen liegt. Die Spezialisten können recht und schlecht, aber doch aufrecht nebeneinander bestehen, und dieser Bestand räumt ihnen eine Gleichrangigkeit ein, gleichgültig für wen und wofür sie Spezialisten sind. Diese Gleichrangigkeit färbt auf ihre Gegenstände ab, für die sie stellvertretend da sind, und erweckt den Eindruck, auf den es ankommt, dass nämlich die Kultur aus im Prinzip gleichrangigen Größen besteht, deren Namen mit der gleichen Bewunderung auszusprechen sind. Das schafft diese seltsam glatte Oberfläche der Kultur, einer Kultur, die wirkt, als würde sie im Grunde von einer einzigen Berühmtheit handeln, die zwar auf einige verteilt ist, deren schmerzhafte Unvereinbarkeit aber kaum noch vorkommt, weil man dafür keine Worte hat.

Ich glaube eben nicht, dass Musil Thomas Mann als Großschriftsteller einfach verhöhnt. Mit »Großschriftsteller« ist ja nicht einfach Thomas Mann gemeint; es sind nicht bloß Personen betroffen, sondern über einige dieser Personen offenbart sich ein geistiger Zustand, gegen den die letzten Reste seines Gegenteils, die gerade noch nicht erstickten Antithesen, polemisieren. »Der Mann ohne Eigenschaften« – so die Intention in meiner Lesart – stellt den Reichtum dieser Antithese dar, schützt sie vor der Verarmung. Musils zeitweise doppelte Buchführung, öffentlich Thomas Mann gegenüber Wertschätzung an den Tag zu legen, fürs Tagebuch aber anders zu denken und im Roman das andere hinzuschreiben, schließlich Manns Hilfe zu beanspruchen – das sind kleine moralische Kunststücke. Erfährt man aber von Karl Corino, »Musil habe bei Nennung des bloßen Namens (Mann) zu zittern begonnen«, dann kann man sich vorstellen, dass hier einer die Macht, die er kritisiert und ironisiert, am eigenen Leibe erfahren hat. Sie ist also kein Willkürprodukt. Vielleicht ist sogar was Wahres dran – am Terminus »Großschriftsteller«, auch jenseits des Psychologischen und Moralischen, und dann könnte man dem Analytiker dankbar sein, der, wie immer auch unter Ressentiments leidend und bei allen Berührungspunkten, (s)eine Unvereinbarkeit mit einer Größe der Kultur darstellt. Was als Haltung wahrgenommen wird, ist ein, wie ich glaube, diffuses, aber äußerst wirksames Konglomerat. Bei einem Schriftsteller besteht es auch aus dem Werk, also aus der Idee, wie denn das Werk eigentlich zu verstehen sei, und aus dem Streit der Fachleute darüber. Aber nicht zuletzt wird als Haltung festgehalten, was aus Bruchstücken des Werkes für die Journale des Luxus und der Moden zu brauchen wäre, alles, womit sich Medien selber ein gutes Zeugnis ausstellen können – indem sie es befürworten oder ablehnen. Es ist banal, aber Haltung resultiert eben auch daraus, wie man sich in der Medienwelt verhält.

Bei Thomas Mann habe ich eine Stellungnahme, die von einer Zeitschrift erbeten worden war, gefunden – es kommt zunächst auf das Thema nicht an, aber der Befragte deklariert eindringlich seine, nämlich die ihm notwendige »Zurückhaltung« beim Antworten, die er aber – aus meiner Sicht – aufgibt, wenn er dann doch Rede und Antwort steht. In seiner Antwort lässt Thomas Mann dieses Problem (diesen klassischen Widerspruch den Medien gegenüber) performativ, durch die Inszenierung des ganzen Vorgangs, durchscheinen, und es ist auch von Interesse, wie diese Antwort aus dem Jahr 1921 bereits an die Versatzstücke der heutigen Statement-Kultur erinnert; es ist ein kompliziertes Thema, »Zur jüdischen Frage« genannt, und so sagt Thomas Mann vorsichtig: »Eine rein persönliche Haltung wird das sicherste Mittel sein, mich vor Blamage zu schützen – wie denn das Persönliche die Zuflucht derer ist, die die Unerschöpfbarkeit der Dinge recht lebhaft empfinden; dazu die natürlich gegebene Äußerungsform für eine gewisse abenteuernde Weltkindlichkeit, zu der ich mich möchte wohl bekennen dürfen und deren Sache es eher ist, zwischen den Fragen und mit ihnen zu leben, als druckfähige Antworten darauf bereitzuhaben. Selbst zu dem Geständnis bin ich unter Freunden fähig, dass es mir von jeher näher lag zu fragen: ›Wie komme ich wohl durch die Welt?‹ als ›Welche Meinungen bilde ich mir über dieselbe?‹« Und nachdem der Dichter ausführlich das Seine zu dem Thema gesagt hat, schließt er mit den Worten: »Da habe ich wieder einmal ›Rede und Antwort‹ gestanden. Darf ich mich setzen?«

Thomas Mann hat den Text seinerzeit nicht veröffentlicht, er hat den Aufsatz während der Korrekturarbeiten zurückgezogen. Medienpartnerschaft ist eben heikel, weil ein Dichter in seinen Schriften wenigstens immer das andere eines Zeitschriftendiskurses sein muss, und Thomas Mann sagt auch, woran das liegt: Es ist die rein persönliche Haltung und mit ihr das, was dem Dichter die professionelle Teilnahme am öffentlichen Ritual des Meinens unmöglich macht, nämlich seine »abenteuernde Weltkindlichkeit«, gegen die alles Zeitschriftenhafte von heute uralt aussieht. Aber das ist nur das Subjektive, diese Weltkindlichkeit, und ihr und ihrem lebhaften Empfinden entspricht das Wesentliche, nämlich: die Unerschöpfbarkeit der Dinge, will sagen, dass dieses Einteilen und Meinen, dieses Behaupten, Selbstbehaupten und Schuldzuschreiben, der Wirbel ums Rechthaben, das Zugeben und Abstreiten, das alle Beteiligten (und auch die Unbeteiligten) sehr erschöpft, dass dies alles die Dinge in ihrer Unerschöpfbarkeit nicht berühren kann. Die Dinge sind von den Parteilichkeiten, die uns der öffentliche Streit aufzwingt, im Grunde frei, und ich bin genug Idealist, um zu glauben, dass dies der Sinn der Dichtung ist, soziologisch: ihre »Funktion«, diese Freiheit der Dinge im Grunde, ihre Meinungsfreiheit, zu vergegenwärtigen; es ist aber auch ein Klischee, das es dem Dichter ermöglicht, sich einzumischen und zugleich herauszuhalten. Der Streit nämlich ist nicht nur aufgezwungen, er ist uns auch aufgegeben; er muss geführt werden, schon allein, weil das bloße Bejahen der Schöpfung theologisch zwar lobenswert erscheint, aber den in ihre Endlichkeiten verstrickten Menschen nur wenig sagt, wenn es sie nicht überhaupt verrät. Diese Menschen, sofern sie lesen, wollen auch wissen, was ein Dichter, eben weil er eine andere Sphäre begründet, zu sagen hat über die anstehenden Streitpunkte. Umgekehrt will sich ein Dichter auch im Rahmen des Erschöpfbaren äußern, weil die humane Substanz, die sein Werk in Gang hält, gerade im gesellschaftlichen Treiben – wo sonst? – verteidigt werden muss, und in diesem Sinne habe ich Thomas Manns politische Interventionen gelesen, auch die »Betrachtungen«.

In diesem Verteidigenwollen, in dem die Differenz von künstlerisch und politisch Fallen stellt (es sind Maximen als künstlerische möglich, die im Politischen katastrophal sind), in diesem Verteidigenwollen liegt die Irrtumanfälligkeit, die sich in manchen Fällen zur Schuld auswachsen kann. An zweierlei, so schrieb es Martin Meyer in seinem Buch »Tagebuch und spätes Leid«, habe Thomas Mann zeitlebens zu leiden gehabt, an den »Buddenbrooks« (nie, wurde gesagt, habe er etwas Besseres geschrieben) und an den »Betrachtungen«, nämlich daran, dass »ihm der frühe Geniestreich des ›Verfalls‹ einer Familie vorgerechnet wurde, während die ›Betrachtungen eines Unpolitischen‹ bis zu seinem Ende einen etwas ungemütlichen Schatten werfen«. Der etwas ungemütliche Schatten. Es liegt in dem öffentlichen Meinen als einer Seitendisziplin für Dichter noch etwas anderes. Namen, die im Streit fallen, prägen sich der Öffentlichkeit ein, besonders dann, wenn diese Namen im öffentlichen Verschleiß ihre Souveränität behalten und auch auf diese Weise »große Namen« werden können. Wer könnte dazu von vornherein besser geeignet sein als ein Autor? Einigermaßen große Künstlerinnen und Künstler müssen das heikle Verhältnis von Geist und Reklame auch aufseiten der Reklame bewältigen – es gehört zum Beruf, da hilft keine moralisierende Prüderie. In der eingangs zitierten Rede hat Marcel Reich-Ranicki, der im Literaturkampf versucht, ein Gegner Robert Musils zu sein, Thomas Manns werbliche Fähigkeiten unter anderem auf die Formel konzentriert: »Die Selbstreklame wurde bald zu Thomas Manns zweitem Beruf.« Der Künstler, will er kein Idiot sein, also kein Privatmann, muss sich dem Gedächtnis der Öffentlichkeit einprägen, und er muss versuchen, das Bild, das von ihm in Umlauf gerät, soweit es nur geht zu kontrollieren. Eine Firma hat für das Image ein Team, ein Künstler muss es auch allein können, selbst dann, wenn er schon genug Menschen gefunden hat, die sich in seinem Sinne einsetzen, die ihm dienen. Auch dafür ist er eine große Persönlichkeit, und das so beliebte Lob für »die Stillen im Lande« gilt nur Leuten, die einen Teil ihres Berufes nicht beherrschen. Problematisch kann es aber werden, wenn sich das Reklamieren ins Werk selber einschleicht – das geschieht aber bei großen Schriftstellern kaum (nämlich höchstens in einer sublimierten Form, die als Reklame unerkennbar bleibt).

Problematisch kann daran werden, dass zwischen dem inneren Menschen und dem notwendigerweise auf seine Außenwirkung bedachten ein Abgrund zu herrschen beginnt, der allmählich kein in sich begründetes, in sich ruhendes oder zerrissenes, aber für die Produktion mobilisierbares Ich mehr zulässt. Abspalten zu können – das eine zu sein, ohne deshalb das andere nicht sein zu müssen –, ist jedoch eine Art von Klugheit, die nicht nur der Künstler lernt. Manchmal kann man sogar das Glück haben, dass andere eine Einheit in einen hineinprojizieren, die man in sich nicht mehr findet. Dazu neigt Künstlern gegenüber »die Kultur« an ihrer Oberfläche: Dort sind nicht nur die Unvereinbarkeiten zwischen den Größen nivelliert; in der Vorstellung von der Größe werden auch die Unvereinbarkeiten in einem Künstler, wenn sie nicht für die bekannten dramatischen Effekte sorgen, gerne unterschlagen. In der Öffentlichkeit herrschen bei der Darstellung bedeutender Menschen Verfahren vor, durch die die Person vom Werk abgespalten wird; wer sich in die Öffentlichkeit begibt, begibt sich genau in diese Gefahr, und ich halte die Appelle für pseudonaiv, man möge doch, wenn einer Person etwas nachgetragen und vorgeworfen wird, deren Werke lesen, die Lektüre würde schon die Vorwürfe selbst erledigen. Solche Appelle richten sich an eine metaphysische Person, an den sogenannten Leser, der, wenn er eben ein wirklicher Leser ist, die Kraft zu haben hat, das Abgespaltene wieder zu vereinen. Die Abspaltungen sind aber eine Voraussetzung für die Reklamewirkung, die von einer Person umso besser ausgehen kann, wenn sie von ihrem Werk unbelastet dasteht. In der gegenwärtigen Öffentlichkeit verwickelt sich der Künstler, der kein Privatmann ist, in die gleichen Fragwürdigkeiten wie jegliche Prominenz: Die Reklame wird akzeptiert, wenn sie aber, worauf sie doch auch angelegt ist, in Verfolgung umkippt, dann kämpft man, wie Grass, Handke oder Walser, dagegen – und zwar mit Recht, wenn auch die Gefahr vorhersehbar war.

In einer Haltung, die sich der Möglichkeiten der Reklame nicht verweigert, liegt die Einsicht, dass unter demokratischen Verhältnissen Größe ohne Breitenwirkung nicht zu haben ist; für eine Breitenwirkung auf Dauer ist aber die Person allein nicht ausreichend. Auch das Werk, will es schon die Zeitgenossen beeindrucken und nicht von vornherein auf die Nachwelt setzen, bedarf bestimmter Voraussetzungen, damit es in die Breite gehen kann und die Fachleute nicht allein über seine Bedeutung abstimmen müssen. Zu diesen Voraussetzungen gehören Verankerungen, zum Beispiel in der Nation; globalisierbare Verankerungen, alle Welt kann dann den Vertreter der deutschen Kultur erkennen, ein Problembewusstsein, das literarisch auf anstehende Fragen antwortet; eine Balance aus Aktualität und dem Zeitlosen (dem, was aktuell dafür gehalten wird); eine Figurenwelt, die etwas Verfilmbares hat; formale Eigenschaften, die gleichwohl Existentielles evozieren: Menschen im Text aus »Fleisch und Blut«. Wo solche Voraussetzungen nicht gegeben sind, kommt es darauf an, ob man sie hineinlesen, hineininterpretieren kann; ob also wenigstens die Voraussetzung besteht, sich über einen Text richtig zu irren, ihn ordentlich misszuverstehen. Ich glaube aber, die Hauptsache für den Welterfolg ist eine realistische Schreibweise, also eine, die erstens ihre Welt in einer Weise konstituiert, die nicht allzu weit von jener Weltkonstitution entfernt ist, die die meisten Menschen zusammenbringen müssen, um ihr Leben zu bestehen: »spannende« Geschichten, also inhaltliche Erschütterungen der eingespielten Erfahrungswelten, ja, aber keine (und alle sogenannten Avantgarden klagen bitterlich darüber) Attacken auf die Art und Weise, in der Erfahrungen sich konstituieren: Die eingebürgerte Weltkonstitution bleibt intakt. Das Zweite ist der Reichtum an Details, zu dem der Realismus imstande ist. Georg Lukács spielt (in seiner Studie »Historischer Roman und historisches Drama«) gegen die von ihm festgestellte relative Abstraktheit familiärer Beziehungen in »König Lear« den Reichtum an Konkretem unter anderem in Thomas Manns »Buddenbrooks« aus: »Welche Breite und Fülle hier der realen Lebensumstände der Familie«, und diese Breite und Fülle, wie immer Lukács sie auch verstanden wissen will, schafft vor allem eines, Wesentliches: Sie verhindert die von vielen gefürchtete Langeweile. Und, ja, wenn die wichtigsten Voraussetzungen in Kraft sind, dann kann man, frisch aus der Problemlage unserer Zeit heraus, im besten Falle sagen: Hier, zum Beispiel mit Thomas Mann, habt ihr einen, bei dem Quote und Qualität stimmen.

Auf einer Fotografie aus dem Jahr 1930 sieht man Thomas Mann. Er steht sehr aufrecht, das heißt etwas steif an einem Rednerpult. Eine Hand liegt auf dem Manuskript, vielleicht damit es nicht durcheinandergerät; es könnte aber auch sein, dass Thomas Mann, hier offenkundig der Redner, sich auf das Manuskript stützt. Sein Blick hat etwas Stechendes, aber das liegt wohl mehr an der Aufnahmetechnik und auch an der Mode der damaligen Zeit, durch die heute manches aussieht wie aus der Welt komischer Noch-Stummfilmfiguren. Thomas Mann sieht, mit ganz leicht gesenktem Haupt, in den Saal, also eben nicht ins Manuskript; es wirkt, als wäre er in diesem Moment nicht am Wort. Seltsam, die Leute im Publikum, vor dem Thomas Mann in erhöhter Position an seinem Rednerpult steht, diese Leute in eleganter Kleidung blicken alle wie auf Befehl in die Gegenrichtung, weg vom Redner. Der Mann, der diese Szene verursacht hatte, ein Schriftsteller, schrieb nach dem Zweiten Weltkrieg darüber, »dass der Saal nervös und von einer gewissen Unaufmerksamkeit durchzuckt schien, was den offensichtlich gleichfalls nervösen Redner nicht zur vollen Entfaltung seiner Gaben gelangen ließ. So entstanden bald Pausen, in welche wir … Zwischenrufe einwarfen.«

Wo sind wir hier?

Gewiss in einer Situation, zum Eskalieren wie gemacht: »Alle schrien gegen alle, und nur 21 Menschen waren ganz still: der Redner Thomas Mann, der wie verloren in der Brandung stand, und die zwanzig SA-Männer, die in ihren Leih-Smokings saßen und Angst hatten, sie zu beschmutzen, da man ihnen unter fürchterlichen Drohungen eingeschärft hatte, sich nur geistig zu betätigen.« Der Mann, der das schrieb, war 1930 noch mit Goebbels befreundet, und er war auch ein Freund Brechts gewesen. Die Einkleidung der SA kam davon, dass die Veranstaltung bürgerlichen Charakter hatte – nur in der standesgemäßen Kleidung gab es Zutritt. »Deutsche Ansprache. Ein Appell an die Vernunft« hieß Thomas Manns Rede, die besagte (für Lepenies so fragwürdige) Rede, gehalten am 17. Oktober 1930 im Beethoven-Saal zu Berlin, und dieser Appell, wenn er von heute aus gesehen auch erfolglos blieb, war politisch vielleicht doch richtig; es ging darum, wie es Mann später kommentiert hat, »diesem Bürgertum Mut zu machen, seinen politischen Platz an der Seite der Sozialdemokratie einzunehmen, damit eine in jeder Beziehung ruinöse Pöbelherrschaft hintangehalten werde«.

Die Rede selbst verdient nach meiner Ansicht größtes Interesse, weil Thomas Mann darin unter der Formel, die Kunst sei »die Sphäre, in der der Gegensatz von Idealismus und Sozialismus sich aufhebt« – (Brecht hätte das Gegenteil gedacht: Kunst ist eine der Sphären, in der der Gegensatz von Sozialismus und Idealismus aufbricht) –, weil er unter dieser Formel die sozialdemokratische Variante der »gesellschaftlichen Klassenidee« samt ihrer Herkunft aus der Ökonomie dem Geiste näher empfand als die »bürgerlich-kulturelle Gegenseite, die nur zu oft zu erkennen gibt, dass sie die Berührung mit dem lebendigen Geist, die Sympathie mit seinen Lebensforderungen verloren und verlernt hat«. Es ist die Anerkennung der Sozialdemokratie als einer kulturellen Bewegung, eine Reminiszenz, deren Aktualität heute nicht mehr ganz so gegeben erscheint. »Ein Appell an die Vernunft« ist eine politische Intervention, eine Reaktion auf den ersten Massenerfolg der

NSDAP bei den Reichstagswahlen vom 14. September 1930. Diese Rede beginnt mit einer Distanzierung von der Rolle, der Thomas Mann, vor allem aus der Sicht von heute, doch nicht allzu ferne stand; »Als gäbe es hier jemanden«, sagte Mann, »der nach der Rolle des praeceptor patriae griffe und den neuen Fichte spielen möchte ... Wir wollen solche lächerlichen Vermutungen ausscheiden.«

Zitat Ende und Schnitt – der Vorfall, einer der Skandale der Weimarer Republik, ist bekannt, aber ich will weniger von ihm erzählen als in Erinnerung an ihn von Thomas Mann als einer »Institution«, wie ihn sein Biograph, Klaus Harpprecht, nennt: »Staatsmänner«, so Harpprecht, »sprachen zu ihm – fast – wie Gleiche zu einem Gleichen.« Ich, darin ganz Anarchist, hoffe, es möge in diesem »fast« fast eine Kluft stecken. Bei Harpprecht findet sich die – aus meiner Sicht – beste Definition für die diskutierte Breitenwirkung: »Thomas Mann, von Millionen anerkannt und verehrt, die womöglich niemals eines seiner Bücher in der Hand gehalten oder gar gelesen hatten.« Dies scheint mir wichtig, und es ist fast ohne Ironie gesagt, dass es eben darauf ankommt, auch und gerade die Nichtleser zu ergreifen und für einen zu ergreifen. Nur so kann diese Wirkung entstehen, die ein Schriftsteller unserer Tage, Thomas Bernhard, sich selbst mit Erfolg vorgeschrieben hat: »Ausstrahlen, und zwar nicht nur weltweit, sondern universell.« Die universelle Wirkung – sie ist nur demokratisch, also unter der tendenziellen Einbeziehung aller, die lesen, und aller, die nicht lesen, möglich.

Dieser Institutionencharakter eines Menschen, ein Charakter, der mich erstaunt und der unter den Dichtern mit solcher Macht Thomas Mann allein zukommt, tritt in einer merkwürdigen Geschichte von heute, einer Familiengeschichte, zutage, die eine ihrer Quellen in dem Skandal von damals hat. Damals war das von mir beschriebene Bild, die Fotografie, die Thomas Mann am Podium zeigt, als Propagandamittel der deutschnationalen und nationalsozialistischen Presse im Einsatz: »Mit abgewandten Zuhörern vor dem Redner Thomas Mann, während das Publikum in Wirklichkeit nur zusah, wie die Störer von der Polizei vertrieben wurden.« So beschreibt es Manfred Görtemaker in seinem Buch »Thomas Mann und die Politik«. Zu den Störern gehörten unter anderen Ernst Jünger, Friedrich Georg Jünger und eben Arnolt Bronnen. Nach eigener Bezeichnung sei er, Bronnen, damals »Faschist« und noch mehr »Anarchist« gewesen. Bronnen hatte den Eklat organisiert, und irgendwann hatte er sich im Saal eine Art Taucherbrille aufgesetzt; es war für ihn, der – nach einem Diktum von Hans Mayer – ein Spieler war, vor allem im Politischen, auch ein Happening. In seinem Lebensspiel hatte Bronnen einige von den Karten, die die Großideologien des Jahrhunderts als ihren Trumpf verteilten, ausgespielt – ob Bronnen einmal Kommunist, einmal Nazi war, es war immer eine No-win-Situation, und zwar deshalb, weil er doch auch versuchte, stets etwas von sich zu retten. Aber dabei verlor er sich, wenn er auch das höchste der Gefühle immerhin erreicht hatte: Er kam auf jämmerliche Weise davon. Gerade deshalb – man bilde sich eine eigene Meinung durch die Lektüre von Friedbert Aspetsbergers Bronnen-Biographie – gibt Arnolt Bronnen ein Lehrstück vom Schriftsteller im 20. Jahrhundert: »Arnolt Bronnen gibt zu Protokoll. Beiträge zur Geschichte des modernen Schriftstellers« – so heißt das Buch aus dem Jahr 1954, in dem die zitierten Sätze über den Eklat im Beethoven-Saal und auch der folgende zu lesen sind: »So wurde ich nur mehr Zeuge, wie Thomas Mann nervös und übereilt seine Rede beschloss.«

Bei Aspetsberger kann man nachlesen, dass Bronnens Happening den Hintergrund einer privaten Rache hatte, die Bronnen an Thomas Mann nehmen wollte, und im Kommentar zu Thomas Manns »Appell-an-die-Vernunft«-Rede steht das Wort »fataler Humor« – mit fatalem Humor hätte Bronnen seine Aktion von 1930 beschrieben, und in der Tat, die Beschreibung klingt insgeheim belustigt; als wären Störaktionen dieser Art nicht Teil einer fatalen Strategie gewesen. Ich hatte eines Tages Glück und schaltete zufällig einen Fernsehsender ein, der manchmal wie eine Parodie auf ein Massenmedium und zugleich auf ein elitäres Seminar wirkt, der aber in diesem Sinne, wohl um sein Budget nicht zu sehr zu belasten, auch überaus ausführliche Vorträge abspielt. So hörte und sah ich Barbara Bronnen mit ihrem Vortrag aus dem Jahr 2005: »Die ›erste Frau Europas‹. Thomas Mann und Ricarda Huch.« Der Vortrag ist eine meines Erachtens sorgfältige Untersuchung von Differenz und Übereinstimmungen, die ihrerseits heterogene Ursachen haben: Thomas Mann, der Emigrant, die Dichterin, die in Deutschland geblieben war. Er hatte ihr einst zu ihrem sechzigsten Geburtstag, 1924, mit den Worten gratuliert: »Nicht nur die erste Frau Deutschlands ist es, die man zu feiern hat, es ist wahrscheinlich die erste Europas.« Er war reich und Nobelpreisträger, wo sie doch, wie sie sagte, den Preis hätte gut gebrauchen können, denn sie war arm. Barbara Bronnen berichtet von verschiedenen Arten, das Risiko der Zivilcourage auf sich zu nehmen: Thomas Mann erscheint dabei diplomatischer, und vor allem – in Bronnens Darstellung – war Thomas Mann den Deutschen gegenüber nach dem Krieg – siehe Brechts Polemik – von einer ressentimentgeladenen Härte. Ricarda Huch dagegen pflegte einen lebenspraktischen, eher versöhnlichen Pragmatismus, war von Alltagssolidarität beseelt.

Bronnens Vortrag hatte in meinen Augen zwei Tendenzen:

erstens das Engagement für die weniger Berühmte, und zweitens die klassische, derzeit oft so cool, so hysterisch cool und manchmal auch so bitter angeekelt zurückgewiesene Schuldfrage: Deutschland als schuldige Nation! Und die Dichter heben die von den Deutschen weggeworfene Schuld auf, machen ein Aufhebens davon, setzen sich mit der Schuld auseinander, die anderen Deutschen, die davon nichts wissen wollen, errettend. Bronnens Schlusswort gilt beiden, sowohl Ricarda Huch als auch Thomas Mann: »Ohne ihre unermüdliche Arbeit und Wachsamkeit, ohne ihre Liebe zu unserem Land und seinen Menschen wären wir heute noch weit übler dran.« Danach sind die Deutschen also übel dran. Ich kann darüber nicht streiten, aber im Sinne des Idealismus ist die Vorstellung, sie wären – ohne sie, ohne diese Frau und diesen Mann – noch übler dran, erfreulich. Andererseits das Zusprechen solcher Macht gegen die Übel der Welt … Die schriftliche Fassung von Barbara Bronnens Vortrag ist in der Münchner Thomas-Mann-Schriftenreihe erschienen, und der Herausgeber, Dirk Heißerer, schreibt im Vorwort, anspielend auf die »Deutsche Ansprache. Ein Appell an die Vernunft« von 1930, es sei besonders erfreulich, »dass Barbara Bronnen den Appell aufgenommen hat, 75 Jahre nach dem Affront ihres Vaters gegenüber Thomas Mann in Berlin mit dem Vortrag über Ricarda Huch die Hand zu einem Friedensschluss über die Zeiten hinweg zu reichen«. Als ich das las, dachte ich, was für ein enger binnendeutscher, ja verwandtschaftlicher Zusammenhang gestiftet werden kann, heute noch, wenn es um Thomas Mann geht.

Postskriptum: Ich habe nichts gegen Größe; sie stört meine Unruhe nicht. Ich glaube nur, dass man mit dem Wort »Größe« das Unbefragbare an geistigen Leistungen, das, woran Kritik sich regelmäßig blamiert (sehr zur Freude derer, die sie auch sonst nicht mögen), dass man mit diesem Wort das damit Gemeinte nicht mehr beschreiben kann. Wer auf Größe nicht verzichten will, »muss den demokratischen Kunstgriff anwenden«, so Musil, »die unmessbare Wirkung der Größe durch die messbare Größe der Wirkung zu ersetzen. Groß ist nun, was für groß gilt; allein das heißt, dass letzten Endes auch das groß ist, was durch tüchtige Reklame dafür ausgeschrien wird.« Von dieser Vermischung erholt sich die wahre Größe nur schwer; sie erleidet durch die Reklame eine Art Dialektik der Aufklärung; nichts kann mehr als groß, als mythisch-groß erscheinen, was nicht strategisch kalkuliert, also aufgeklärt so ausgeschrien wird. Das hat auch einen Vorteil, nämlich dass die finsteren Seiten der Größe, ihre dämonischen Kräfte weniger in Anspruch genommen werden. Die personenbezogene Größe war doch ein säkulares Produkt, während die Anfälligkeit für das Böse heute wieder einmal dazu neigt, sich gleich aus der Transzendenz zu bedienen. Was für viele bleibt, ist das Herausfordernde der Größe – nämlich die Lust, sie einem anderen abzusprechen: »Wenn sie heute eine Zeitung aufmachen, lesen sie fast nur irgendwas vom Thomas Mann. Jetzt ist der schon dreißig Jahre tot, und immer wieder, ununterbrochen, das ist ja nicht zum Aushalten. Dabei war das ein kleinbürgerlicher Schriftsteller, ein scheußlicher, ungeistiger, der nur für Kleinbürger geschrieben hat. Das interessiert ja nur Kleinbürger, so ein Milieu, das der beschreibt. Das ist ja ungeistig und dumm. Irgendein fiedelnder Professor, der irgendwo hinfährt oder eine Lübecker Familie, lieb! Aber nicht mehr ist es als Wilhelm Raabe auch. Sie werden immer, ob das in *Le Monde* ist oder sonstwo, immer etwas finden über Thomas Mann. Was der Kerl eigentlich dahergeschrieben hat über die politischen Sachen! Der war völlig verkrampft und ein typischer deutscher Kleinbürger. Mit einer geldgierigen Frau. Das ist für mich diese deutsche Schriftstellermischung. Immer Frauen gehabt im Hintergrund, ob das der Mann ist oder der Zuckmayer. Die haben immer geschaut, daß sie neben dem Staatspräsidenten sitzen, bei jeder blöden Plastikausstellung und Brückeneröffnung. Was haben Schriftsteller dort zu suchen? Das sind die Leute, die immer mit dem Staat und den Mächtigen packeln … Der typische deutschsprachige Schriftsteller … Die haben ja nie einen Charakter gehabt.«

Ich gebe zu, ich halte das für außerordentlich dumm und zugleich für intelligent, nämlich für ausgefuchst gemein; es stammt von Thomas Bernhard. Eine österreichische Art, persönlich zu werden, feiert darin fröhliche Urständ. Intelligent und gemein daran ist, wie das Zutreffende, wie das, was stimmt, arrangiert wird, um dieser anderen Kleinbürgerfraktion, der Fraktion der schimpfenden Kleinbürger, alle Ehre zu machen. Aber das ist zugleich die Stärke der Attacke: Das Schimpfen (gleichgültig, ob es inszeniert ist oder von Herzen kommt) verwandelt das komplexe Motiv vom »Großschriftsteller« in einen »Klartext«, in eine direkte Auseinandersetzung: Aug in Aug steht Thomas Bernhard, einer der Letzten, dem im deutschsprachigen Raum Größe zugesprochen wurde, fiedelnden Professoren und anderen Verkörperungen der etablierten Wertschätzungen (*Le Monde*!) gegenüber. Die Direktheit hat aber auch was Blödes; sie ist nur so formuliert und in dem zitierten »Gespräch« von 1988 so inszeniert, dass sie nicht allein die Bewunderer amüsiert. Auch das ist das Geheimnis einer Wirkung: alle Blödheiten so witzig sagen können, dass die Einwände dagegen verblassen und langweilen.

Die Deutschen und die Österreicher

Der Deutsche hat eine Schippe.
Damit schippt er.
Der Österreicher hat eine Schaufel.
Damit schaufelt er –
natürlich sein Grab.
Und in Wien
gibt es die Schauflergasse!

Liebe & Tod

In memoriam Ernest Bornemann

Oft liege ich nachts wach und kann und kann nicht schlafen. In solchen Nächten bin ich schon zu müde, um das Licht aufzudrehen – und wenn ich wieder einmal die Stromrechnung nicht bezahlt habe, würde es ohnedies nicht Licht werden. So bleibe ich im Finsteren und schalte etwas anderes ein, nämlich einen Regionalsender, den Kuschelsender meiner Heimat, und während mir allmählich die Augen zufallen, habe ich immer noch die Ohren offen für die neuesten Neuigkeiten auf dem weiten Feld der Liebe: Gesang, Rhythmen, alle sind wir Fremde in der Nacht, und wenn die Musik meinen Nicht-Schlafraum erfüllt, träume ich hellwach das Prinzip des Schlagers: Schlägt man einem Ohrwurm den Kopf ab, wachsen ihm zehn Köpfe nach. »Steig ein in das Traumboot der Liebe« – wenn möglich mit mir? Nein, nur mit mir, untersteh dich!

Ja, die Liebe ist ein exklusives Glücksversprechen, aber offenkundig ist vor allem die Leidenschaftsliebe ganz schön kompliziert, nicht so einfach zu steuern wie ein Traumboot, oder, medizinisch gesprochen, ist die Leidenschaftsliebe ziemlich neurotisierend. Aus Liebe, hat Freud gesagt, begehen manche Menschen Verbrechen, sogar ohne Reue! Ich nenne das »die romantische Liebe«, die einen Menschen in die Lage versetzt, im Guten und im Bösen total über sich hinauszuwachsen. Diese Romantik hat eine merkwürdige, verschieden akzentuierbare Struktur, und diese Struktur wiederum hat eine wesentliche Voraussetzung. Die Voraussetzung für die romantische Leidenschaftsliebe ist ein hoher Grad an Individualisierung; will sagen: Zwei Menschen stehen einander gegenüber und wollen miteinander eins sein. Dieser Wille, eins zu sein, resultiert daraus, dass die beiden – als mehr oder minder extreme Individualisten – alles andere sind als eins; sie sind – mehr oder minder schmerzhaft – voneinander getrennt. Die Sehnsucht, eins zu werden, ist also eine unmittelbare Funktion, eine unmittelbare Folge ihrer Entzweiung. Vielleicht ist das der Punkt, von dem aus man verstehen kann, was Nietzsche sagte und was Musil wortwörtlich seinem Werk einverleibt hat: Der »Todhaß« der Geschlechter sei der Ursprung der Liebe! Das kann nicht gutgehen, und in der romantischen Liebe wachsen Individuen Fähigkeiten zu, auch dieses Nichtgutgehen-Können in ihre Liebeshändel einzubauen. Das kann noch weniger gutgehen, wenn der Schmerz der Liebeskranken die Liebe nur noch steigert. Fragt man mich, dann wird man zu hören bekommen, dass die romantische Liebe eine Beziehungsfalle ist, eine Falle, bei der die Massen sich drängen, in sie hineinzulaufen.

Eine Beschreibung der klassischen Liebesfalle lautet: Gesetzt den Fall, ich – ich bin der Liebende – rede also jetzt von mir. Ich möchte als Liebender, weil es ja um meine Existenz geht, in der Liebe sichergehen. Denn Lieben heißt für mich doch, ganz und gar daraus zu existieren, dass du mich wiederliebst. Zum Teufel mit Kierkegaard, diesem nordischen Philosophen, der einem die Maxime zumutet, das Verlangen nach Gegenliebe würde die wahre Liebe beflecken. In der Liebe existiere ich nur durch dich. Es brächte mich um, würdest du mich nicht (zurück)lieben. Ich will aber leben, schon allein, um dich so leidenschaftlich zu lieben, wie es dem Maß entspricht, in dem du mich töten würdest, würdest du mich nicht gleichermaßen leidenschaftlich lieben wie ich dich.

So muss ich also sichergehen, und sichergehen kann ich nur, wenn ich mich des anderen, also deiner versichere, mir deiner absolut sicher bin. Wenn ich Glück habe, bist du in der gleichen Lage wie ich, bist dir ungewiss, ob ich dich ebenso liebe wie du mich. Auf der Basis der beidseitigen, die Sehnsucht unendlich steigernden Unsicherheit beginnt von der Operette bis zur Tragödie das sogenannte Maskenspiel der Liebe: Ein jeder maskiert sich, verstellt sich, damit man ihm nicht anmerkt, wie abhängig, wie ausgeliefert er dem anderen ist. Die Kunst der Liebe hat nur wenig mit irgendwelchen Techniken zu tun, einen Geliebten zum Höhepunkt zu stimulieren. Liebeskunst heißt, den Menschen, mit dem man gemeinsam in der Liebesfalle steckt, zu schützen – obwohl man weiß, dass der Schutz, den man ihm gewährt, einen selber schutzlos macht. Man kann die Falle durchschauen, ohne ihr entfliehen zu wollen. Man bleibt gefangen und blickt einander offen an: Keine Spiele mehr!

In dem Theater der Leidenschaft, das man sehr subtil betreiben kann, ist der Geschlechtsakt nicht nur eine Quelle der Lust, sondern auch eine Praktik, mit der man sich verzweifelt des andern versichert: Lust und Verzweiflung parasitieren in der romantischen Liebe voneinander, und im Orgasmus, dem – wie es der Klischee-Franzose sagt – »kleinen Tod«, ist das Bewusstsein der Liebenden wenigstens vorübergehend ausgelöscht. Die romantische Liebe hat ihr höchstes Glück dort, wo der Verstand verschwunden ist. Im schönen Jahre 1777 stellte Georg Christoph Lichtenberg ungläubig die Gretchenfrage: »Ist die Macht der Liebe unwiderstehlich, und kann der Reiz einer Person so stark auf uns wirken, daß wir dadurch unvermeidlich in einen elenden Zustand geraten müssen, aus welchem uns nichts als der ausschließende Besitz dieser Person zu ziehen imstande ist?«

Natürlich, Lichtenberg, der Aufklärer, hat von der Würde des Menschen ein anderes Verständnis als der romantisch Liebende. Aus der Perspektive dieses Aufklärers erweist die romantische Liebe sich als eine Verengung des Bewusstseins, während ich, der Liebende, in meiner Liebe einen unendlichen Gefühlsreichtum geschenkt bekommen habe. Aber eines trifft die Sache: das Wort »Besitz«. In unserer Welt, die ganz deutliche Strukturen der Sicherheit dem bietet, der besitzt, was er begehrt, oder der besitzt, was ihm widerstrebte, besäße er es nicht. Erst wenn ich die Geliebte besitze, dann bin ich mir absolut sicher. Andererseits aber will ich ja geliebt werden. Das führt in einen klassischen Widerspruch, in einander ausschließende Bedürfnisse und Appelle: Einerseits will ich die Geliebte zwar besitzen, aber andererseits will ich geliebt werden, das heißt: Ich will, dass der andere, dass die Geliebte, freiwillig, liebend, in meinen Besitz übergeht. Ich will also als Liebender seine Freiwilligkeit und will zugleich, dass diese Freiwilligkeit nicht existiert, denn ich will ihn ja besitzen, und besitzen heißt doch, die Freiwilligkeit des anderen, seine Freiheit, ein für alle Mal kassiert zu haben. Sie, die Geliebte, soll mir gehören – und in der Tat passiert es oft, dass so ein Besitzender das Liebesverhältnis abbricht und sich darüber beklagt, dass seine Geliebte ihm hörig geworden ist, dass sie alles tut, was er will; also sich nichts von jener Freiwilligkeit mehr anmerken lässt, von jener Freiwilligkeit, die der Besitzende an ihr zwar zerstört hat, die er aber eigentlich hätte besitzen wollen …

Die Liebe, sagte Ambrose Bierce, sei etwas für Menschen, die unter künstlichen Bedingungen leben. Barbaren, die bei frischer Luft aufwachsen, wüssten nichts von Liebe. In der Tat ist die Liebe eine Art Kunstwerk, und was besonders schwer zu glauben ist: Sie ist auch ein »Geschichtsprodukt«, das heißt:

Das, was wir heute für Liebe halten und was uns (wenn wir Glück oder Unglück haben) mit unmittelbarer Wucht trifft, das ist erst im Lauf der Zeiten entstanden. Einer, der über diese Historizität viel nachgedacht hat, über den habe ich viel nachgedacht, und ich wüsste niemanden, dessen Ende so demonstrativ ein Zuschnappen der Liebesfalle gewesen ist.

»Sah er für seine eigene Liebe keine Zukunft mehr? Hat er deswegen Hand an sich gelegt? Oder war er, der Achtzigjährige, lebensmüde, des Lebens müde? Vielleicht war beides beteiligt, Liebe und Müdigkeit. Wir werden es nicht erfahren.« Nein, wir werden es kaum erfahren, nicht genau, aber etwas genauer schon. Erfahren werden wir jetzt gleich, dass das gerade Gelesene, also diese etwas fragwürdige Personalisierung, dieses voyeuristische Herumgetue um einen Selbstmord, um einen Freitod?, ein Zitat aus einem postum erschienenen Buch von Ernest Bornemann war. Die bohrende Frage, ob's Liebe oder Müdigkeit gewesen ist, steht im Buche als »Editorische Vorbemerkung«, die ein wk, also wahrscheinlich ein abgekürzter Willi Köhler verfasst hat. Willi Köhler war der Herausgeber einer Buchreihe, die den unübertrefflichen Titel »Geist und Psyche« trägt; und mehr als Geist und Psyche kann man gar nicht zwischen zwei Buchdeckel tun. Und ich, den die Liebe leben (und weniger das Leben lieben) hat gelehrt, der auf diesem Gebiet – wie jeder andere – Erstaunliches hat zur Kenntnis nehmen müssen, bin wieder einmal verwirrt, denn Bornemanns Buch trägt keinen geringeren Titel als »Die Zukunft der Liebe«.

Alles, was man benennen kann, erscheint so gut wie gewusst, wie erkannt, aber dass die Begriffe zumindest auch bloß ein Hauch der Stimme sind (weshalb sie sich so gut für die Rhetorik eignen), das vergisst man leicht bei einer zünftigen Benennung, und ich gebe zu, ich verstehe Willi Köhler, den einstigen Herrscher über Geist und Psyche im Fischer Verlag, recht gut, denn: Da hat er nun ein Buch mit dem großen Thema der Liebe, aber vom Autor Bornemann wissen wenigstens noch die Eingeweihten, dass der am Schluss – nicht am Schluss seines Buches, sondern seines Lebens – an der Liebe oder zumindest an einer Liebe scheiterte. Er scheiterte – es war 1995 – öffentlich, und wenn irgendetwas von der Zukunft der Liebe sich andeutet, dann wohl auch dieses Aufsaugen einer Privatangelegenheit, der Liebe, durch eine öffentliche Zurschaustellung: *love* als narzisstisches Showbusiness.

Bornemann war ein Experte für Liebes-, nein, besser für sexuelle Fragen, und von seinen Mitexperten unterschied er sich nicht zuletzt in einem: Die Mitexperten pflegen vielleicht unterschwellig mit ihrer eigenen Sexualität zu locken, aber konkret kommt ihnen kaum irgendwas über die Lippen, was ihre Vorlieben oder gar ihren sexuellen Erfülltheitsgrad verraten könnte. Dagegen sprach Bornemann über sein Glück laut und deutlich; stolz war er, der Achtzigjährige, der sich – ja, auch sexuell – manchem Jüngling überlegen fühlte. Auf eine seltsam naseweise kindliche Art triumphierte er über die Trostlosigkeit des Unbefriedigtseins (der anderen). »Ich«, erklärte Bornemann dem Österreichischen Rundfunk anlässlich seines achtzigsten Geburtstags, »habe den Trost. Gott sei Dank. Ich wünschte, dass neunzig Prozent der Menschen jüngeren Alters halbwegs so viel Freude noch hätten wie ich.«

In seinen letzten Lebensjahren wurde Ernest Bornemann nie müde, von jener jungen Ärztin zu erzählen, der er in seinem hohen Alter noch beischlief. Selbstverständlich räumte er der jungen Frau ein, mit jüngeren Männern zusammen zu sein, zu schlafen; ein alter Mann allein, so sagte er, genügt doch einer solchen Frau nicht! Nach Bornemanns Tod tauchten plötzlich Mitschnitte von Telefongesprächen auf, die die für ihn quälenden Vorlieben seiner Ärztin bei einem jüngeren Mann belegten. In Österreich und in Deutschland gab es schließlich Zeitungen, die nicht umhinkonnten, diese Mitschnitte abzudrucken, und der Mensch, der die Redaktionen mit den Klartexten versorgte, soll behauptet haben, es geschehe eben im öffentlichen Interesse. Das glaube ich im Übrigen auch: In Bornemanns Ende steckt ein Paradox, ein lehrreicher, wenngleich ein unauflöslicher Widerspruch. »Unauflöslich« will sagen: Auf irgendwelche Begriffe kann man die Lehre nicht bringen, die Bornemanns Beispiel erteilt; was bleibt, ist der Mensch in seinem Widerspruch, und »lehrreich« will sagen: Es geht auch die an, die ein ganz anderes Ende finden werden als Ernest Bornemann.

Nein, keineswegs – bei Bornemann wär's auch zu spät – möchte ich dem Voyeurismus Einhalt gebieten, diesem Schauen aufs fremde Schicksal, von dem jedermann weiß, dass es nichts anderes ist als das Resultat eines eingefleischten Desinteresses, als die mehr oder minder harmonische Kehrseite jener Gleichgültigkeit, die man den meisten Menschen – wie's heißt – entgegenbringt. Ich kannte Bornemann persönlich, er war mir gleichgültig, und doch, jetzt, im Nachhinein, erfasst mich eine Sympathie; eine Männerfreundschaft, einseitig und im Gedenken, zweifelnd und am Schluss wiederum verzweifelnd. Auch im Gedenken kann ich ihm nichts schenken: Einmal hielt er eine Lesung aus einem unpublizierten Roman, den er in der Emigration geschrieben hatte. Der Text berichtete von einem Mann, der mit einer Frau nur schlafen konnte, wenn eine andere Frau dabei war. Der Mann, der zwei brauchte, hatte es nicht leicht, denn er musste sich immer eine andere Frau zusätzlich beschaffen – auf einem Gebiet, auf dem es schon schwer genug ist, eine allein für sich zu finden.

Der Roman, wenn ich mich recht erinnere, erzählte davon, wie diese nicht geringe Schwierigkeit schließlich zu einer Art von Beschaffungskriminalität führte. Die Romanfigur ging, um sich eine zweite Frau zu beschaffen, über Leichen. Ja, so ein Lebensmotor ist die Sexualität. Sicher bin ich mir, dass selten ein dermaßen schlechter Text zum öffentlichen Vortrag gelangte; schlecht wurde einem von dem Text, weil er das, was die eine Fraktion von Spießern wohl für obszön halten muss, für eine andere Fraktion von Spießern umfunktionierte: In Bornemanns Darstellung klang das vermeintlich Obszöne plötzlich pastoral, von Bedeutung triefend, und der Autor – so kam es mir vor – war nicht in der Lage, die Komik des ewig-männlichen Hindernislaufes nach der Potenz auch nur im Geringsten zu begreifen. Nichts an der Lust erschien ihm lustig.

Lange sendete der Österreichische Rundfunk als Reklame für die Interviewreihe »Im Gespräch« einen Trailer, auf dem auch Ernest Bornemann, seinerzeit ein wichtiger Mann, zu hören war. Heute noch klingt mir sein sagenhafter Satz von damals im Ohr; er sagte ungefähr: Was für Christen oder für religiöse Menschen die Religion oder gar Gott ist, ist für mich die Sexualität. Das muss man genau hören. Wie war das? Das war genau so: »Für mich ist die Sexualität, was für den gläubigen Menschen Gott ist.« Nun kennt man den sogenannten »theokratischen Kurzschluss«. Der theokratische Kurzschluss liegt vor, wenn zum Beispiel ein Mensch leider Gottes auf Erden glaubt, sein Handeln, seine Politik ginge ganz im Sinne des Göttlichen und der Vorsehung auf. Zu glauben, dass das, was man selber tut, der Wille Gottes wäre, ist ein Kurzschluss, und was für einer, am Schluss blitzt und donnert es dann manchmal überirdisch. Der theokratische Kurzschluss verursacht gut und gerne Katastrophen.

Das Absolute durch die Sexualität zu ersetzen, erscheint dagegen harmloser, aber ein Kurzschluss ist es auch, und gut ausgehen wird's wohl auch kaum für den, der sich selber so kurzschließt. Ja, die Sexualität ist eine Macht, von mir aus eine Himmelsmacht, freilich bloß eine relative Macht, also eine der Mächte nur, die das Leben bestimmen. Macht man sich eine dieser relativen Mächte zur Hauptmacht, dann schafft man sich selber die Gefahr, ihr zum Opfer zu fallen. Ich gebe zu, an diesem Punkt wird mir meine Argumentation fragwürdig: Besagte Kurzschlüsse mögen destruktive, selbst-destruktive Folgen haben, andererseits jedoch: Ohne Obsession ist derzeit eine ernsthafte geistige Leistung kaum möglich, und es war das Obsessive, durch das sich Bornemann von seinen Konkurrenten auf dem Gebiet der Sexualpublizistik unterschied. Auf diesem Gebiet arbeitete er auf den höchsten Höhen. Sein Buch »Das Patriarchiat« ist ein wissenschaftliches Werk, und zugleich hat sein Autor für seine Wissenschaft büßen müssen. Das Buch richtete sich hoffnungsvoll an die Frauen; es sollte der Frauenbewegung dienen, und zwar wie das »Kapital« von Karl Marx der Arbeiterbewegung, nämlich, so Bornemann, »als Analyse der Vergangenheit, als Schlüssel zur Zukunft, als Waffe im täglichen Kampf der Gegenwart«.

Dem Rundfunk (aber naturgemäß nicht dem Sender, auf dem die Schlager, die meiner Weisheit Schluss sind, laufen) erzählte Ernest Bornemann, was (ihm) wirklich geschah: »1975, als ich sechzig war, begann die schlimmste Zeit meines Leben. Ich hatte fast vierzig Jahre an einem Buch gearbeitet, das die Vorgeschichte des Patriarchats, also, wenn wir's so ausdrücken wollen, die frauenrechtlichen Gesellschaftsordnungen behandelte und danach den schmerzlichen Übergang in Männerherrschaft – und ich hatte wirklich in meiner Naivität geglaubt, dass ich von all den Frauen, die ich liebte und von denen ich immer umgeben und gehätschelt wurde, jetzt in noch höherer Weise umarmt werden würde. Die Reaktion der Frauenbewegung, die das als absolut verheerend fand, dass ein Mann es überhaupt wagte, sich an die Vorgeschichte des Patriarchats heranzuwagen, und die mir immer wieder von neuem den Vorwurf machten, ihr Männer raubt uns alles, selbst unsere Vorgeschichte – das hat mich in einer solchen Weise gekränkt, dass ich mich bis heute nicht davon erholt habe.«

Dies ist der Angelpunkt meiner Sympathie: Bornemann betrieb nicht nur eine gelegentlich etwas penetrante Verquickung von Privatleben und Wissenschaft; er verband auch Theorieproduktion mit einem Existenzkampf und seinen Existenzkampf mit einem politischen Kampf. Weil er dabei naiv war, sprich das Beste wollte, machte er sich angreifbar, was bei einem Menschen von seiner Empfindsamkeit und von seiner Eitelkeit bedeutete: Er setzte a) seine Lebensqualität und schließlich b) im Lauf der Zeiten sein Leben aufs Spiel. Denkt man an andere Theoretiker und Theoretikerinnen, dann weiß man, was immer sie selber wissen mögen, von ihnen jedenfalls eines sehr bald: Die riskieren gar nichts – und so sehen ihre Theorien auch aus.

Bornemann, der sich als Wissenschaftler in den höchsten Gipfeln bewegte, arbeitete auch in den tiefsten Niederungen, zum Beispiel als Briefkastenonkel diverser Blätter und im Radio. Bei einem Popmusiksender konnte man in manchen Nächten anrufen und erhielt eine schnelle Auskunft, wie die Chancen im Sexualleben standen. Die Zukunft der Liebe also – ist das Buch »Die Zukunft der Liebe« niedrig, ist es hochstehend? Die Frage stelle ich deshalb so blöd, weil das Buch in signifikanter Weise beides ist: Es ist eine Mischung aus naturwissenschaftlichen Notizen, aus geisteswissenschaftlichen Fragmenten, aus außerordentlich intelligenten eigenen Beobachtungen und gelegentlich aus einer Rhetorik, bei der es mir schwerfällt, das Wort »Stammtisch« zu vermeiden.

Jedenfalls habe ich in dem Buch etwas wiedergefunden, was mir seinerzeit an dem Briefkastenonkel Bornemann so gut gefiel. Manche seiner Ratschläge trafen mitten ins Herz, waren gar nicht, wie oft die Redereien seiner Konkurrenten, versöhnlerisch freundlich, sondern riefen zur Härte der Trennung auf. Im Buch heißt es, »daß eheliche und sexuelle Beziehungen nicht etwa daran scheitern, daß der eine oder der andere Partner ›schuld‹ hat, sondern fast ausschließlich daran, daß die Partner von Anfang an nicht zueinander gepaßt haben … Ist die Partnerwahl einmal mißglückt, ist jede Eheberatung, jede Paartherapie, für die Katz. Die professionellen Berater und Therapeuten geben das … niemals zu (denn das würde das ganze Therapie- und Beratungsgewerbe brotlos machen).«

Die Zukunft der Liebe ist finster. In der Zukunft, das war Bornemanns zentrale Idee am Ende seines Lebens, wird man vom guten alten Koitus vielleicht überhaupt Abstand nehmen, eines Tages wird man die für Sexualität zuständigen Gehirnzonen direkt stimulieren. »Dann«, sagt Bornemann, »benötigten wir keine Sexualpartner mehr, sondern könnten durch Elektrosonden in unseren eigenen Gehirnen Lustgefühle hervorrufen, die weit über das Maß der denkbar größten Sexualekstase hinausgehen würden.« Aber dieses Maß hat für Bornemann nichts Verlockendes; er war ein traditioneller Humanist, ihm konnte es nicht um die höchste mögliche Lust gehen, es ging ihm ums »menschliche Maß«, also um eine überkommene, aber verbesserte Einbettung des Sexuellen ins Soziale und ins individuell, aber gleichwohl interaktiv Sinnenhafte: riechen, schmecken, fühlen – ohne Mediatisierung durch Apparate!

Ich behaupte, aus Bornemanns Buch »Die Zukunft der Liebe« spricht auch eine Kränkung, nicht allein eine rein persönliche, sondern eine Kränkung durch den persönlich genommenen, durch den erlittenen Weltlauf: Die mögliche Zukunft der Liebe negiert am Schluss selbst noch die Würde der alten Sexualforschung, in der Bornemann seine Verdienste hat. Übertrieben gesagt, Sexualforscher der Zukunft sind dann keine Anthropologen, keine Menschenforscher mehr, sondern Maschinenkundler, die sich bei den Apparaten auskennen, von denen sich die Menschheit ihre Mega-Orgasmen besorgen lassen wird. Dagegen ruft der Forscher zur Gegenwehr auf. Bornemanns Buch endet frohgemut mit den Worten: »Der Fortschritt, den es ja nach Meinung der Postmoderne nicht gibt und auch gar nicht geben kann, beruht darauf, daß eine winzige Minderheit gegen den Rat der großen Mehrheit das Unmögliche versucht – und schafft!«

Problematisch war die Liebe seit eh und je. Immer schon hatte sie es mit dem Unmöglichen zu tun, das man schafft oder nicht schafft. In ihrer romantischen Fassung ist sie nach Bornemann wohl eher eine Ideologie mit dem Zweck, sexuelle Befriedigung zu verhindern: Die Romantik dämonisiert die Liebe und verhindert, aus ihr den Genuss herauszuholen, der irdisch möglich wäre. »Die Liebe«, hat Tolstoi gesagt, »existiert nicht. Es gibt das sinnliche Verlangen, sich mit einem anderen Wesen zu vereinen, und das vernünftige Verlangen, einen Lebensgefährten zu haben.« Vernünftige Sinnlichkeit, mehr ist nicht ... Das war wohl auch Bornemanns Ideal; das Ideal, aus dem heraus er in seinem Buch »Die Zukunft der Liebe« den romantischen Liebesbegriff strikt ablehnend rekonstruierte. »Die Dynamik dieser Liebe«, schrieb er über die mittelalterlichen Quellen der Romantik, »war ihre Unerfüllbarkeit. Wie der Fetischist den Koitus als vulgär betrachtet, so betrachteten die Troubadours die geschlechtliche Erfüllung als Verrat an der Liebe.«

Danach wäre die Romantik gerade auf jenem Gebiet, auf dem sie besonders kompetent erscheint, impotent, lebensfeindlich. Die Aufklärer, die die Romantik seit eh und je für unvernünftig, für irrational hielten, schlagen sie damit auch im Gefühlsleben aus dem Felde: Romantische Gefühle, sagt der Aufklärer, sind dumme, ja zerstörerische Gefühle, und mit einigem Aufwand richtet sich Bornemann die Romantik so einseitig zu, dass ihre lüsternen Seiten verschwinden, zum Beispiel die skandalöse Sexualisierung der Religion in den »Hymnen der Nacht« des Novalis. Die Romantiker des 19. Jahrhunderts, so Bornemann, hätten aus allen Zeiten bloß das Schlechteste gewählt, »aus den Mutterreligionen des vorhellenischen Altertums nicht die beharrenden, aufbauenden, sozialisierenden Aspekte des Femininen, sondern nur die dämonischen: nicht Sophia, die Weisheit, sondern Eva, die Verführerin. Aus der Vielfalt der hellenischen Kultur entlehnten sie ausgerechnet das Ideal der Liebe als Leidenschaft und koppelten es mit dem beängstigenden Konzept der klassischen Tragödie: daß das tragische Schicksal nicht aus Schlechtigkeit, sondern aus Unwissenheit erwächst und deshalb unvermeidbar ist. Damit war die Dämonisierung der Liebe vollzogen. Aus dem Christentum entnahm die Romantik nicht die Barmherzigkeit der Agape, nicht die allumfassende Humanität des Christus, sondern die paulinische Frauenangst und Frauenfeindlichkeit, den Sadomasochismus der Anachoreten, der Geißler, der Inquisitoren, der Puritaner. Von den Arabern, siebenhundert Jahre lang Herrscher über Spanien, entlehnten die Romantiker das Konzept des Kismet, das zwei füreinander bestimmte Liebende zusammenführt und ihr Schicksal fortan bis in den unvermeidlichen Tod regiert. Von den Troubadours schließlich kam die Verknüpfung der Liebe mit dem Tod, der volkstümliche Niederschlag des wohlgehüteten Geheimnisses der manichäischen Lehre: daß die Erfüllung des Eros dessen Negierung ist. De Sade führte diese Konzepte zu ihrem logischen Ziel: zur Definition der Liebe als Zerstörung. Und die Spätromantik des l'art pour l'art – Baudelaire, Rimbaud, Verlaine und ihre Epigonen, der gotische Kult in England, die tristezza della volutta in Italien – knüpfte an de Sade an und formte das Ideal einer Liebe, die in der Zerstörung des anderen den Preis der Leidenschaft sah.«

Ich habe das so ausführlich zitiert, weil sich vor dem Hintergrund dieser Einsichten das Paradox des Lebens von Ernest Bornemann überdeutlich abzeichnet. Immerhin zeigt sich, dass die Romantik keine willkürlichen Parolen ausgegeben hat, denn sonst hätte es in seinem Leben anders kommen müssen. Ich glaube es ja nicht, aber ein österreichischer Schriftsteller soll Bornemanns romantisches Lebensparadox auf die Formel gebracht haben: »Die (sexuelle) Freiheit hat ihn, Bornemann, offenbar, auf seinen Freitod hin gesehen, nicht frei gemacht.« Hier spricht der Philister, der sich selber beweist, wie gut es war, dass er sich niemals Freiheiten herausgenommen hat. Die Häme hinter dem bürokratischen Ton gewährt dem triumphierenden Überlebenden Schutz: Für ihn hat Bornemanns Schicksal das Tröstliche des Einzelfalls; er kann das Allzumenschliche von Bornemanns Unglück nicht einsehen.

1995 in der Nummer 23 berichtete die Illustrierte *News*, was am Ende wirklich geschah: Bornemanns junge Geliebte, die Ärztin, hatte einen neuen Freund, einen Maler – betrunken prügelte er sie, und sie, die junge Frau – so wird berichtet – entdeckte dabei ihre masochistischen Neigungen. Er, Bornemann – so soll es ihm die junge Frau erklärt haben – habe diese Neigungen nie befriedigen können, und schlimmer noch: Der neue Liebhaber rief in der Nacht ein paarmal Ernest Bornemann an, um ihn zu demütigen. Der Mann habe am Telefon seine Potenz protzig hervorgehoben und die Bornemanns degradiert. In einem Abschiedsbrief, den *News* abdruckte, schrieb Bornemann, der Mann, den die junge Frau als Liebhaber vorgezogen hatte, habe der Geliebten die Telefonnummer herausgelockt, indem er sie zusammenschlug. Sie habe ihm berichtet, so Bornemann, dass sie das benötige, dass sie Schläge benötige, um Orgasmen zu bekommen. Das könne er, Bornemann, nicht ertragen, und deshalb scheide er aus dem Leben. Dieser Abschiedsbrief – eine Schuldzuweisung – ist im Grunde eine unterschwellige Anzeige des Selbstmordes als Mord. Die Überlebenden sollen mit dem Vorwurf fertigwerden, dem sadistischen Maler wird es vielleicht nicht schwerfallen, aber die junge Frau – war das nicht zu viel an Rache für eine degradierte Potenz? So hat Ernest Bornemann es nicht geschafft. Er, der radikale Anti-Romantiker, ging in einem Setting der schwärzesten Romantik zugrunde.

Der Kasperl

Das Fressen,
das Saufen,
die Gretel.

Die Nase,
hölzern,
bekommt
die Schläge ab.
Fall ich
auf die Fresse,
steht sie
im Weg,
aber sie ist stabil.

Mein Arsch bekommt
die Schläge ab.
Ihr könnt ihn sehn
bei der Arbeit
für euch.

Das Fressen
mundet mir,
und das Saufen
schwemmt mich auf.
Es polstert mich,
und die Polster
fangen die Stürze ab.

Ich stolpere
unbesorgt.

»Durchlaucht«,
sagt Gretel
zu meinem Arsch.

Mein Schmerz
ist lustig,
ich bin lüstern,
stopf der Gretel
meine Nase rein.
Nehm statt der Gretel
eine andere ran.

Die Nase hält,
was sie verspricht.
So eine nasse Nase
niemals bricht.
Ich lob vor Stolz
mein Holz.

Ich bin der Kasperl,
schuld euch keinen Deut.
Ihr seid bepisste Leut,
und scheißen tu
ich auch noch drauf.

Nehmt bitte
diese Bittschrift an.
Ihr habt kein Geld?
Ich nehm auch Naturalien,

studierte alle Materialien.
Bin ein Philosoph
von höchsten Graden
und kenne euren Laden.

Würde es nach meiner Nase gehen,
so würde den globalen Unternehmer,
das Faustische an mir,
ein jeder sehen.

Bin, bin, bin
in der Sterilität eurer Labore
der gesunde Batzen Dreck,
den ihr nicht immer
wegwischen könnt wie nichts.
Ich spuke und spucke
in der reinen Mathematik umher,
in den Notenschriften zwischen den Zeilen / Musik,
in den Akten zwischen den Bankgeschäften,
in den Staatsakten, in den Stasiakten,
in den Statistiken, bei den Koalitionsverhandlungen.
Bin unpolitisch und zugleich das Wesen
der Politik. Bin unhistorisch und zugleich
eure geballte Ladung Geschichte: der Krieg.

Was glaubt ihr,
wer sitzt im Direktotototoktorium
der Staatsoper des Opernstaats
des Operettenstaates / des Kulturstaates
mit dem Kultstatus?

Das Orchester hört
auf meine feine Nase
(auch politisch),
und himmelhoch jauchzen die Geigen,
wenn ich furze.

Hohes Haus,
ich muss hinaus!

Wer arbeitet am Sonntag?
Der Kasperl.
Bin Kirchenfürst
zur Ehre der Altäre.
Als einer, den man sehr verehre,
erteil ich euch die Lehre.

Im Reflektototorium
bring ich meine Zeit dann um,
verschmause ganz die Kirchensteuer,
bin Küchenfürst
mit einer guten Nase,
und aus dem Stiftskeller
für meine Blase
die allerbesten Tropfen nur.

Tri, tra, trallala,
der Kasperl, der ist da.

Der Mensch sich oft den Kopf zerbricht,
doch Kasperls Nase niemals bricht.
Ich bin der Schaffner in der Bahn
Und küsse abends Gretel lahm.

Ihr aber habt doch keine Nase,
ihr Ärsche,
und du, du hast kein Glied,
rufen die Kinder im Chor,
dem Kasperl
die lange Nase
zeigend.

Und der arme Kasperl
zieht sich
hinter die Bühne
zurüüüück.

Sehnsucht nach Radikalität

Eine Zumutung an die Kunst

Es ist klar, dass unsere Gesellschaft voll von Sehnsucht und von Sehnsüchten und von Süchten ist. Das ist ein Gemeinplatz. Es gibt in dieser Gesellschaft auch Konzentrate solcher Sehnsucht; ich nannte, um mit einem Beispiel am Rande zu beginnen, zum Beispiel die Güte, lateinisch clementia, deutsch auch Milde genannt, einen Sehnsuchtsbegriff, der eine seltsame Eigendynamik hat. Dazu gehört, dass sogar Menschen, die den Begriff gar nicht kennen, die ihn verbal nicht zur Verfügung haben (auch weil Güte ein altes, vielleicht schon veraltetes Wort ist), sich hin und wieder nach ihr sehnen. Das muss gar nicht egoistisch sein; es kann auch die Sehnsucht nach sozialen Verhältnissen sein, in denen so etwas wie Güte nicht unvorstellbar bleibt.

Ich gebe zu, dass ich selbst die Kaltschnäuzigkeit in Verdacht habe, von einer Sehnsucht geprägt zu sein. Wenn sie unerfüllt bleibt, neigt der Betroffene zur Hybris und sagt Sätze von der Art: Für einen anderen da sein, ihm helfen, das rührt entweder aus einem Schwächeanfall oder es ist die pure Heuchelei.

Ich mag solche Sätze, weil sie erbaulich sind. Güte, bleibt man bei dem Begriff, geschweige denn die darunter subsumierbare Praxis, diese Güte ist zweideutig, und zwar in dem Sinne, dass so ein Begriff einerseits durchaus reales menschliches Handeln beschreibt, dass er aber andererseits normativ, wertsetzend gemeint sein kann, im Sinne von: Man soll gütig sein, gefälligst …

Solche Begriffe, die unbedingt eine deskriptive und zugleich eine normative Seite haben, eignen sich sehr gut dazu, Sehnsuchtsbegriffe in meinem Sinne zu werden; sie sind nämlich Begriffe, die man mit seiner Sehnsucht aufladen kann (die einen dazu einladen, sie mit Sehnsucht aufzuladen, auch deshalb, weil sie zumeist im Zusammenhang mit einer Sehnsucht, also sehnsüchtig entstanden sind).

Auch Kunst lässt sich als Sehnsuchtsbegriff auffassen, und zwar entlang der Überlegung, dass der Begriff der Kunst einerseits deskriptiv ist: Mit Kunst kann man ja eine Institution (und eine Tradition) beschreiben, die es nun einmal gibt (die deshalb auch, wissenschaftlich gesehen, einen Positivismus ermöglicht, also ein rein an Fakten orientiertes Erforschen), eine Institution, die ihren Inhalt nicht zuletzt vermittels organisatorischer Meisterleistungen der Menschheit entfaltet, wie zum Beispiel Musikvereine oder Kunstuniversitäten.

Andererseits aber wäre Kunst überhaupt nicht Kunst, sie wäre nicht sie selbst, hätte ihr Begriff nicht einen stark wertsetzenden Anteil (oder Antrieb), der mit Deskription allein nicht auskommt, sondern der sich gleichsam damit herumstreitet, was denn überhaupt als Kunst zu gelten habe, was als Kunst gelten dürfe. »Das ist keine Kunst«, ist ein stehender Ausdruck in der mehr oder minder gebildeten Community, die sich mit solchen Fragen (noch) befasst, und so ein Ausdruck, »Das ist keine Kunst«, hat nur deshalb Sinn, weil ein Artefakt den Werten, denen es seine Entstehung verdankt, durch die es überhaupt plausibel ist, weil so ein Artefakt diesen Werten entweder entspricht oder nicht entspricht, ihnen hohnspricht (worüber Übereinstimmung herrscht oder ein Streitgespräch geführt werden muss); weil so ein Artefakt diese Werte entweder konventionell bestätigt oder revoltierend außer Kraft zu setzen versucht. Auch die Revolte hält sich an die Regeln, wenngleich nur, indem sie die Regeln verletzt – die beiden Elemente, die konservativen und die progressiven, die wertbestätigenden und wertumwälzenden Elemente, zimmern an dem Rahmen, der der Kunst Gestalt und eine Tradition gibt.

Das ist eine ziemlich mühsame Angelegenheit, ein Hin und Her, ein Definieren, also ein Eingrenzen und ein Ausgrenzen, ein Sich-Abgrenzen, und es hat etwas leicht Idiotisches – dieses Behaupten von Kunst im Gegensatz zur Nicht-Kunst, zumal es ja in der Geschichte bis zum Gehtnichtmehr durchexerziert worden ist, sodass der Wunsch verständlich wird, den Begriff der Kunst überhaupt aufzugeben, ihn zu dispensieren und sich von ihm zu emanzipieren. Der grandios grantige Theatermann – so grandios grantig, dass man als Wiener im Grant kaum nachkommt –, also Peter Stein, den ich am Schluss dieser Überlegungen zur Radikalität der Kunst noch einmal zitieren werde, hat in einem Interview ausgerufen: »Ich arbeite nicht, um Kunst zu produzieren. Ich möchte ein Werk ganz besonders gut kennenlernen. Das kann man durch Inszenieren besser als jeder Universitätsprofessor.«

Sprachlich ist die Maxime missglückt, aber das tut in dem Fall ausnahmsweise nichts zur Sache. »Kunst« will der Regisseur ersetzt haben, durch einen intellektuell-emotionalen Vorgang, den auch ein Universitätsprofessor beherrscht, aber eben nicht so gut wie ein Regisseur, der durch das Inszenieren ein Werk viel besser kennenlernen kann als der wissende, bloß interpretierende Professor. Aber genau das ist ja Kunst oder besser eine Definition davon: Sie ist ein besseres Erkennen durch Machen und Herstellen. Ich will auf die Tautologie hinaus, dass man – in der Kunst – aus der Kunst nicht hinauskommt. Sobald Werke betroffen sind, die ihre Plausibilität und ihre Möglichkeit zu entstehen von der Kunst haben (wie zum Beispiel Alban Bergs Oper »Lulu«, über die Stein diesbezüglich ausführlich wird), ist es gleichgültig, ob einem die Kunst daran interessiert. Wenn man sie inszeniert oder spielt, macht man in unserem kulturellen Raum nolens volens Kunst, die man ruhig anders nennen kann – zum Beispiel: ein Werk ganz besonders gut kennenlernen.

Aber mit der Kunst, zumindest so, wie sie sich eingebürgert hat, wie sie eine Geschichte hat, die Kunstgeschichte (an deren Ende stehen mag, dass man ihrem Begriff desinteressiert gegenübersteht), mit der Kunst hat es in Bezug auf Sehnsucht noch eine besondere Bewandtnis. Die Kunst ist – wie die Liebe – ein genuines Medium der Sehnsucht. An die beiden, an Kunst und Liebe, sind sehnsüchtige Erwartungen par excellence geknüpft, und, ach, es hat damit zu tun, dass unser Liebes- und Kunstverständnis, ist es nur modern genug, von der Romantik geprägt ist: »Die Welt muss romantisiert werden. So findet man den ursprünglichen Sinn wieder. Romantisieren ist nichts als eine qualitative Potenzierung. Indem ich dem Gemeinen einen hohen Sinn, dem Gewöhnlichen ein geheimnisvollen Ansehn, dem Bekannten die Würde des Unbekannten, dem Endlichen einen unendlichen Schein gebe, so romantisiere ich es.«

Das sind berühmte Sätze des Novalis, die in allen Epochen aufs Neue verstanden, also auch interpretiert werden müssen – deshalb neu interpretiert werden müssen, weil die Konstellation, in der das Gemeine, der hohe Sinn, die Entzauberung und das Geheimnis, das Bekannte und das Unbekannte erscheinen, weil diese Konstellation zu verschiedenen Zeiten eine jeweils andere ist, schon allein deshalb, weil die zitierten Prinzipien, das Gemeine, der hohe Sinn, das Bekannte und alles Weitere, weil diese Prinzipien nicht zu jeder Zeit das Gleiche beinhalten können: Heute ist bekanntlich das Unbekannte von gestern das Bekannte, das man morgen schon vergessen haben wird oder endlich vergessen kann. Und ich halte dafür, dass der Satz »Die Welt muss romantisiert werden« wörtlich zu verstehen ist – nämlich nicht als Vorschlag zur Güte, sondern es bleibt uns nichts anderes übrig, wir müssen die Welt romantisieren, sonst stehen wir mit impotenten Qualitäten herum, stehen inmitten dieser impotenten Qualitäten, und ihr unromantischer, ja, entromantisierter Status färbt auf die Umstehenden ab: phantasielose Menschen in einer phantasielosen Welt, kunstfeindlich und aggressiv realistisch, sagen wir, vermeintlich realistisch. Aber auch hier wiederum eine Ambivalenz: Dass wir romantisieren müssen, macht uns auf der einen Seite liebenswürdig, liebesfähig, und auf vielen anderen Seiten zugleich gefährlich. Die Kunst, die Institution der Kunst, steht nun an einer der Fronten unserer Romantisierungsanstrengungen (und sie ist, wie wir wissen müssen, zum Beispiel als Ästhetisierungsressource für die Politik, als Versuchung, das Politische erhaben und unbefragbar zu inszenieren, durchaus als Beteiligter auch in die menschliche Selbstgefährdungsgeschichte miteinbezogen).

Wie dem auch sei, auf jeden Fall singt das Nockalm Quintett: »Sehnsucht heißt, ich liebe dich.« Und das Nockalm Quintett wird wissen, was es singt. Lexikalisch ist Sehnsucht ein unbefriedigtes, tiefes Verlangen nach jemandem oder etwas, den oder das man liebt und/oder begehrt. Der Witz des Sehnsuchtssuchtsbegriffs liegt aber darin, dass so etwas wie Sehnsucht durch Erfüllung sich auflöst – erfüllt, hat die Sehnsucht kein Medium mehr, ihres ist die Unerfülltheit; erfüllt, mag die Sehnsucht in Glück, in Zufriedenheit übergegangen sein, spießig: in Sattheit. Und sei es nur für Momente – es wären die entscheidenden. So gesehen, ist der gelegentlich zynische, manchmal aber pädagogisch menschenfreundliche

Hinweis, dass das, wonach man sich sehnt, die Liebe und das Glück, gar nicht existieren; ja, dieser Hinweis ist nicht besonders klug. Nimmt man nämlich die Romantik im Begriff der Sehnsucht ernst, dann ist an ihr gar nicht das Wichtigste, ob irgendetwas auf der Welt ihr entspricht. Die Erfüllung ist doch ihr Feind. »Der Mensch kennt nie, erhofft nur Seligkeit«, sagte ein Mann des 18. Jahrhunderts, Alexander Pope. Und der berühmte Dr. Johnson, im angelsächsischen Raum der Inbegriff von Gelehrsamkeit, hat sich, so sein Biograph James Boswell, über diese Stelle wie folgt ausgelassen: »Johnson behauptete, keiner werde je der Gegenwart froh; da jedoch jeder Lebenszustand früher einmal zu den kommenden Dingen gehört habe, von denen wir uns den Himmel auf Erden versprechen, so entstehe wenigstens durch die Hoffnung einiges Glück. Als man in ihn drang und wissen wollte, ob er wirklich der Ansicht huldige, das Glück sei nie im gegenwärtigen Augenblick zu finden, erwiderte er: ›Nie, außer wenn einer betrunken ist.‹«

Dafür kann man einen Mann der Moderne zum Zeugen aufrufen: »Man muss immer trunken sein«, sagt Baudelaire, und er fährt fort, dieses Gebot unterstreichend: »Darum geht es; das ist das einzige Geheimnis. Um die Last der Zeit nicht zu fühlen, die eure Schultern zerbricht und euch zu Boden drückt, müsst ihr euch ohne Unterlass berauschen. Womit aber? Mit Wein, mit Poesie oder Tugend, nach eurem Belieben. Aber berauscht euch.«

Mir scheint, dieses Zitat aus der französischen Literatur ist einerseits deutlicher realistisch als die Romantisierung, weil es reale Substanzen, die Trunkenheit gewähren, zumindest mitberücksichtigt. Andererseits kommt hier etwas zum Vorschein, das die Romantisierung eher nicht meint (oder vielleicht bloß verschleiert): das Kompensatorische nämlich, mit dem der Rausch über das Reale hinweghilft. Ich neige eher zum Glauben an den gewiss ambivalent realistischen Charakter der Sehnsucht. In Susan Neimans Buch »Moralische Klarheit« steht ein Satz, der diesen Glauben bestätigt: »Wie sehr man sich nach dem Schutz im Mutterleib sehnen mag, keiner will wirklich dahin zurückkehren.« Jedenfalls wollen wir das hoffen. Neimans Satz bezieht sich auf ein paradoxes Verhalten, das exakt der Sehnsucht entspricht: Sie erhält sich dadurch, dass sie nicht in Erfüllung geht, und biologisch ist das stimmig, denn man will ja gar nicht in den Mutterleib zurück, auch wenn man nicht aufhört, sich nach ihm (der dann vieles andere ist und viele andere Namen trägt) zu sehnen.

Zum Glück weiß der Mensch Rat, wie er sich auch ohne einschlägige Substanzen wenigstens die Sehnsucht bewahrt – endliches Wesen, das der Mensch ist, braucht er sich nur nach dem Absoluten zu sehnen, traditionell und religiös nach Gott (in den heimzugehen vom Gläubigen auch mit Todessehnsucht betrieben werden kann), aber auch die Kunst kennt religiöse Überfrachtungen, als Kunstreligion, in der der Kunst Funktionen der Transzendenz, zum Beispiel der Entlastung von der Endlichkeit, aufgebürdet werden.

Davon, von der Sehnsucht nach dem Absoluten, steckt nicht wenig im Umgang, der gewöhnlich und heute noch mit der Kunst gepflegt wird. Ich möchte drei signifikante Enttäuschungserfahrungen nennen, die man mit so einer Sehnsucht erleben kann; ich beschreibe die Sehnsucht nicht durch die Stelle, an der sie sich in der Erfüllung sonnt und damit verschwindet, ich beschreibe sie durch einige Stellen, an denen die Enttäuschung den Grad und die Art der Sehnsucht definiert. Und am Ende möchte ich ein Unbehagen diskutieren, eine Unruhe darüber, dass die Kunst zu wenig radikal erscheint, vor allem einigen in der Kunstbranche, ja, vorbildlich einem der Wortführer, nämlich dem Maler Jonathan Meese, dem ich diese Sehnsucht nach Radikalität vorbildlich anhängen kann, von der ich aber zugeben muss, dass ich sie bis zu einem gewissen Grad auch teile.

Boris Groys hat im Rückblick auf die Künstler der klassischen Avantgarde, die unter dem dialektischen Motto »Negation ist Kreation« antraten, den Horizont beschrieben, in dem Radikalität plausibel wurde und zugleich die Rezeption von Kunst konditioniert hat: »Ein modernes Kunstwerk«, so Groys, »wurde daran gemessen, wie weit der Künstler in der Zerstörung der künstlerischen Tradition ging. Obwohl sich die Moderne in der Zwischenzeit selbst oft genug als überholt erklärt hat, hat dieses Kriterium der Radikalität bis zum heutigen Tag nichts von seiner Relevanz für unsere Bewertung von Kunst verloren. Das Schlimmste, was von einem Künstler gesagt werden kann, ist immer noch die Feststellung, seine Kunst sei ›harmlos‹.«

Ich werde später den Begriff der Radikalität eine Spur einengen, im Sinne einer Unterscheidung, die eher konservative Menschen gerne angebracht sehen. Die Unterscheidung entfaltet ihre Überzeugungskraft vor allem in der politischen Sphäre: Für viele Menschen mag alles Radikale extrem wirken, aber dennoch ist Extremismus nicht identisch mit Radikalität. Wenn ich auch nichts gegen die Zerstörung von Traditionen habe – es gibt keine schönere und wahrhaftigere Beschäftigung als das Absägen des eigenen Astes –, so funktioniert die extremistische Geste nicht, wenn sie bloß eine Erwartung erfüllt, die die Kunstrezeption in aller Ruhe haben kann.

Radikalität als eingebürgertes Kriterium verhindert Radikalität (vielleicht wie der Kunstbegriff als Fetisch Kunst verhindert), und so wirken Zerstörungen, Destruktionen und Dekonstruktionen auf einmal langweilig. Zugegeben, nicht selten wird der Verweis auf die Langweile der zerstörerischen Akte moderner Kunst dazu benützt, um die Kränkungen zu übertünchen, die Traditionalisten in der Moderne und in der Postmoderne eben erleiden müssen. Aber andererseits platzt in die radikalen Routinen triumphierend ein Traditionalismus hinein. Platz da, rufen seine Vertreter unaufhörlich und unüberhörbar. Man kann dies besonders in der Theaterkunst erleben, in der heute das Imperium der Urgesteine zurückschlägt. Nach Peter Stein also auch einer seiner ersten Schauspieler: »Ich glaube«, sagt Brandauer (den ich verehre), »dass es keine größere Demut geben kann als die, welche der Peter Stein vor einem Text hat. Das ist Kortners Erbe, das hat auch mich geprägt: Genauigkeit. Was glauben Sie, was uns Theaterleuten alles einfällt, wenn wir proben. Aber es passt halt oft gar nicht zu dem, was im Text steht. Wir müssen diese Reise aus dem Text heraus entwickeln. Den müssen wir entschlüsseln. Wir haben nichts anderes als Worte, und es ist doch viel mehr als nur Worte.«

Dass die Transzendenz, also das eigentlich Künstlerische, in der Textgebundenheit liegt, ist gegen die Modernisierung der Theaterbranche gerichtet, in der die Modernen vielleicht überhaupt keine Basis, kein Fundament (sondern immer jeweils ein anderes oder jeweils andere Konstellationen als Fundament) anerkennen, weshalb sie eben das gerade gestern noch Anerkannte heute zerstören müssen: zum Beispiel wie einst Zadek die schönen Shakespeare-Texte; er ließ sie damals seine Schauspieler grunzen, blöken, kreischen, und zwar grundsätzlich jenseits der Verständlichkeit von Sprache – Shakespeare, das war Wiederkauen von viel zu oft schon Verstandenem. Die Bühne zeigte – durch Zerstörung der Worte – der umstandslosen, selbstverständlich-billigen Kommunikation den Spiegel.

Es ist klar, dass Traditionalisten sich in einem kulturellen Milieu, in dem Radikalität gepflegt wird, als die eigentlich Radikalen empfinden. Brandauer drückt diese Empfindlichkeit genial aus, das heißt, mit unübertrefflichen Stichworten: Die Textgebundenheit käme gerade nicht aus einem Mangel an Einfällen; sie sei das Resultat einer Selbstbeschränkung, eines Verzichts auf eine Fülle, die sich beim Spiel ohne weiteres ergibt. Und es ist schließlich ein höherer Wert, der die überquellende Einfallskraft erprobter Schauspieler im Zaum hält: Es ist die Demut. Verkappte Theologie, denn auch hier gilt die Demut der Schöpfung, wenn auch nur einer literarischen. In aller Demut geht es darum, nicht sich zu verwirklichen, sondern im Sinne der Ahnen (Kortners Erbe!) den Text. Der Text wird so heiliggesprochen. Man hat nichts als seine Heiligkeit, nichts als Worte, aber weil sie eben heilig sind, sind sie transzendent, nämlich mehr als das, was sie sind, viel mehr als Worte. Wie die Demut sich einstellt, wenn der reproduzierende Künstler seinen Blick nach oben richtet, zur Schöpfung, so ist es eine andere Tugend, die analog dazu im Irdischen dem Text dient: die Genauigkeit. Eine Tugend? Doch mehr eine Selbstverständlichkeit – bei diesen Gagen, und doch wieder eine Tugend bei Stein, der in manche seiner Produktionen eigenes Geld investiert.

Der Witz ist, dass der Gegensatz von »modernus« und »antiquus« aus dem Mittelalter stammt, und dass er uns bis heute seine Streiche spielt. Ich werde auf die theologische Sprache zurückkommen, und zwar halbwegs zustimmend, und ich glaube, was die Enttäuschungsanfälligkeit unserer Annahmen über Kunst betrifft, geht einiges aus dem Theater hervor. Aber in der Maxime, ein Kunstwerk dürfe nicht harmlos sein, weil es dann seiner Radikalitätspflicht nicht obliegt, in dieser Maxime steckt Enttäuschungspotential, vor allem wenn die Verachtung der Harmlosigkeit mit Illusionen über die eigene Macht, ja, sogar über die eigene Gefährlichkeit einhergeht. Also nun, wie angekündigt, die Enttäuschungserfahrungen, von denen ich nur behaupten kann, sie wären welche, weil ich unterstelle, dass sie auf Absolutheitsvorstellungen und -ansprüchen, auf Sehnsüchten beruhen, die in bestimmten Augenblicken, an bestimmten Stellen sich nicht mehr bewahrheiten lassen. Wolfgang Ullrich, der Kunst-Theoretiker, der in allen Kunstfragen auf virtuose Weise die Rolle des Skeptikers übernommen hat, der seinen Umgang mit der Kunst unter das Motto »Tiefer hängen!« gestellt hat, Ullrich wartet mit einem wunderbaren Fundstück auf, das ich kurz ausbreiten werde:

1947 schrieb ein Franz B., ein anonymer Kunstrezipient, der Inbegriff eines solchen, einen Leserbrief an die Zeitschrift *Bildende Kunst*. Bereits in der Überschrift bezeichnet er sich als »ehemaligen Kunstinteressierten«. Zuerst – ich folge wörtlich Ullrichs Exzerpt dieses Briefs – erzählt Franz B. aus Berlin-Steglitz von seinen zahlreichen Ausstellungsbesuchen in den 1920er Jahren. Die bildende Kunst habe seinem »Dutzenddasein Sinn gegeben«. Als »Großberliner Annoncenvertreter für eine bedeutende Illustrierte der Provinz« habe er zwar nicht das Budget gehabt, selbst Kunst zu sammeln, aber auf seine »gründlich durchgeführte Liebhaberei« sei er dennoch stolz gewesen. Nach dem Krieg habe er daran anknüpfen wollen, sei also wieder in eine Ausstellung gegangen, aus Neugier, auch aus »Sehnsucht nach der guten alten Zeit«. Allerdings war die Erfahrung deprimierend, denn wenn ihm auch das ein oder andere Exponat gefiel, ließ es ihn doch »kalt«: »Kaum«, heißt es im Brief, »war ich wieder draußen unter den Trümmern, so war es vergessen.« Auf diese Art gelangte Franz B. zu der Erkenntnis, dass die (bildende) Kunst gerade in einer Notzeit versagte und nicht halten konnte, was sie versprach. Daher bezweifelt er in seinem Brief auch die Legitimation einer Kunstzeitschrift und stellt der Redaktion die Frage, ob sie wirklich »den alten Aberglauben wieder … erwecken (wolle), dass es sich in der Kunst um mit den höchsten Daseinswert handelt«. Für ihn stehe mittlerweile fest, dass dies ein »Autoritätsschwindel« sei.

Ich will die Diskussion, die das seinerzeit, 1947, ausgelöst hat (und die das heute auslösen könnte), nicht verfolgen; es genügt mir, die Art der Aufkündigung eines für absolut gehaltenen Wertes, der in der Kunst gesehen wurde, eines vorgeblich höchsten Daseinswertes, naiv nennen zu können – naiv im besten Wortsinn, also: ohne Arg und von der Absicht her direkt der Wahrheit dienlich. Gewiss, in die Naivität mischt sich so etwas wie Rache für die Enttäuschung, die einem ein alter Glaube bereitet hat, dem andere immer noch anzuhängen scheinen. Alles, was sich mit Sehnsucht aufladen lässt, ist eben enttäuschungsanfällig, und genauso wie man seiner Sehnsucht treu bleiben kann, ein Leben lang, kann man ihr heute noch abschwören, aber man wird es zumeist ausgerechnet in dem Moment tun, in dem man seine alte Sehnsucht besonders nötig hätte: Wenn die Kunst nicht mehr wirkt, wenn sie nicht mehr hilft, dann macht man Schluss mit ihr. Sie hat sich angesichts der Realität nicht bewährt, und genau für diese Bewährung hat man an sie geglaubt. Jetzt entlarvt sich die Sehnsucht als das, was sie immer auch sein kann, nämlich als Illusion. Man sage aber nicht, gleich einem Franz B., die Kunst hätte keine Macht über die Ruinen, über die Zerstörung, über die Angst. Mit der Kasuistik, also mit dem Argumentieren in Fallbeispielen, lässt sich auch anderes beweisen: Ich gedenke derer, die in den Konzentrationslagern Gedichte vor sich hersagten, um Trost zu schöpfen und auch, um sich in der Erniedrigung eine Sprache, also ein hochkultiviertes Organon, zu bewahren. Aber es geht mir eben nicht um diese Diskussion, sondern einfach um die naive Weise, mit einer Sehnsucht zu brechen.

Alles andere als naiv ist logischerweise jener Umgang vor allem mit der wertsetzenden Seite der Kunst, jener Umgang, der im Kunstsystem, ohne selber eine Kunst zu sein, die größte Karriere gemacht hat; ich rede vom kritischen Umgang mit der Kunst, ein Umgang, der im Status seiner Professionalisierung Kunstkritik heißt. Die Kunstkritik ist von Berufs wegen mit der Enttäuschung befasst; gewiss, auch das Rühmen ist ihre Sache, aber zumindest aus meiner Sicht scheint es so, als ob die Kunstkritik erst so richtig bei sich ist, wenn sie verletzte Werte, denen die Sehnsucht des Kritikers, der Kritikerin gilt, einklagt.

Ein Beispiel gibt der englische Kritiker, der »englische Starkritiker«, wie es heißt, Matthew Collings; es ist ein Beispiel, das einen Kritiker bei einer typischen Handbewegung der Kritik zeigt, nämlich beim Verwerfen dessen, was sich gegen den eigentlichen Wert der Kunst durchgesetzt hat: »Die heiligen Kühe der Kunstwelt« heißt daher sein Aufsatz, den die Berliner Kunstzeitschrift *Monopol* verdienstvoller Weise veröffentlicht hat.

Collings nimmt sich fünf Künstler her (Gerhard Richter, Sigmar Polke, Bill Viola, Louise Bourgeois und Matthew Barney). Er geht sehr geschickt vor, weil er im Angriff auf die heiligen Kühe deren Künste auch würdigt, man spürt, wie schwer ihm die Würdigung fällt, aber indem er den Künstlern auch ein Können zugesteht, ist er mit allem glaubwürdiger, mit dem er sie schließlich ablehnt. Er weiß, dass auch die Polemik eines Kritikers (ach, nicht zuletzt sie) die Künstler genau dort hinbringt, von wo sie der Kritiker weghaben möchte, nämlich vom »Mittelpunkt des Interesses«. Ein Kritiker ist ja nicht naiv: »Es entzückt sie«, schreibt Collings über seine berühmten Gegner, »im Mittelpunkt des Interesses zu stehen, dafür nehmen sie auch Tritte in den Hintern in Kauf.«

Das Derbe, also der Hintern, ist keine Verfehlung, sondern eine der Kritik immanente Möglichkeit. Man verwirklicht sie tunlichst, wenn es gegen einen vornehmen Ton geht, den eine vermeintliche oder eine tatsächliche falsche Geltung einem aufzwingt: »Was macht bestimmte Künstler«, stellt Collings seine rhetorische Frage, »so unantastbar, dass eine kritische Haltung ihnen gegenüber nicht bloß ein Fauxpas ist, sondern ein Akt des sozialen Selbstmords? Als würde man in Gegenwart der Queen einen fahrenlassen.« Und Collings bleibt im Bild, wenn er am Ende erklärt, was denn zu gewinnen wäre, könnte man endlich freimütig über die heiligen Kühe reden, ohne sein Ansehen zu gefährden: Man ließe frische Luft herein: »Man könnte freier atmen. Man hätte mehr von der Kunst, weil man ihr ohne den Zwang zu stupider Bewunderung begegnen und sich wirklich auf sie einlassen könnte.« Es ist also das Immunisierungssystem, hinter dem sich Celebritys verschanzen und das Collings analysiert, mit dem Versprechen, es aufzubrechen. Es geht also um einen »Autoritätsschwindel«, und es kommt im Zusammenhang meiner Überlegungen nicht so sehr darauf an, mit welchen Strategien Künstler sich eine Geltung erschwindeln – das sind jedenfalls Strategien, die nach Collings in erster Linie auf Berühmtheit aufbauen, auf »Prominenz« (wozu ich sage: dass Berühmtheit auf Leistung gründen mag, sich dann aber von jeder Leistung emanzipieren kann, um ein eigener Wert zu werden. Berühmt sein ist schließlich für sich selbst etwas, egal, wofür man berühmt ist). Ja, diese Berühmtheit beruht dann auf einer Bereitschaft, über metaphysische Probleme, über Leben und

Tod, also über Werte, gemeinhin akzeptierbare und doch extravagante Sätze zu sagen. Dieses sich Verankern im Bewusstsein der Anhänger durch Widersprüchlichkeit: »Sie sind«, sagt Collings über die von ihm angeprangerten Künstler, »konservativ und radikal zugleich.« Und sie sprechen, so der Kritiker, »einen unverwechselbaren Sermon«, ich würde sagen, sie sprechen eine Privatsprache der Werbung, mit der sie diejenigen, die auf sie hören, konditionieren; unendlich, unerschöpflich darauf neugierig machen, was sie demnächst in diesem Theater zu zeigen und zu sagen haben.

Den Autoritätsschwindel aufzudecken ist die vornehmste Aufgabe der Kritik, die eben nicht ohne Risiko ist. Erstens, weil Autoritäten Macht ausüben, die in erster Linie gegen alle wirkt, die versuchen, die Illegitimität dieser Macht aufzuklären, und es ist für mich, der ich in der Kunstwelt nur staunender Beobachter bin, eben erstaunlich, wie sehr ein Insider, also ein Matthew Collings, in seinem Kampf gegen den Autoritätsschwindel das Pathos der klassischen Aufklärung bemühen muss; anscheinend ist die Macht, der man sich als Kritiker so tapfer widersetzt, groß, ja, übermächtig. Die heiligen Kühe sind für das aufklärerische Pathos Verkörperungen einer Theologie: »Es ist eine Theologie, der jeder in der Kunstwelt beizupflichten hat: kein Austausch von Ansichten, sondern das Murmeln von Mantras, ein Ritual der Unterordnung, das einen bestimmten Sprachgebrauch vorschreibt. Es geht nicht darum, die Rezeption zu bereichern und dem Werk wirklich auf den Grund zu gehen: Die Theologie der heiligen Kuh verlangt nach der Akzeptanz einer einzigen, unbefragbaren Vorstellung von künstlerischer Größe.« Und das ist die Sehnsucht nach dem Höheren, nach einer Transzendenz ohne Gott, die die Leute, die auf den Autoritätsschwindel hereinfallen, von den Künstlern ins Werk gesetzt sehen möchten.

Ein Kunstkritiker hat im Idealfall die Sehnsucht rationalisiert, ohne dabei seine Leidenschaft für die Sache zu ruinieren. Die Kritikergeste, mit der man einen Zwang zum Konsens über bestimmte Wertschätzungen unwiderstehlich, absolut verpflichtend nennt, um genau diesem Zwang dann vor Publikum – als Einziger – die Gefolgschaft aufzukündigen, diese Geste gehört zum Repertoire: zu einem Job, der Helden braucht, Sturmvögel der Aufklärung. In einem Starsystem will, ja, muss jeder ein Star sein, erst recht der Starkritiker. Der Kritiker erscheint als Radikaler, der gegen ein eingebürgertes Justemilieu, gegen einen sozial etablierten Zwang die ästhetischen Werte, die eigentlich gelten sollten, vorbringt. Umgekehrt jedoch gehört es für mich zum Beruf des Künstlers, zusätzlich zu seiner Arbeit, von mir aus als Kollateralschaden, auch seinerseits eine Konvention hervorzubringen, die es bei sozialer Ächtung verbietet, schlecht über den Künstler und seine Kunst zu sprechen. Das ist gleichsam eine Marketing-Maßnahme, aber nicht nur, denn diese Konvention leistet etwas Wesentliches, etwas für den Geist Gutes: Sie beschneidet, so gut es halt geht, die gerne wahrgenommene und in der Demokratie zu Recht bestehende Chance, dass jeder Trottel über mein Werk sagen kann, was er will und was ihm gerade einfällt. Und das ist andererseits das Risiko der Kritik im tieferen, im weniger vordergründigen Sinn: Die Kritik kann sich irren – der Autoritätsschwindel liegt dann im Auge des Betrachters, und es ist eine Autorität, die der Kritiker angreift.

Nun gibt es in Kunstfragen eine weitere, nach meiner Ansicht signifikante Umgangsweise mit der Enttäuschung. Sie steht wie so vieles häufig in der *Kronen Zeitung*, und ich kann nicht leugnen, dass es billig ist, die Sprache darauf zu bringen, zum Beispiel darauf: »Die unseligen 68er haben ja den Heimathass in die Herzen der nachfolgenden Generationen getragen; sie haben mit ihrem Multikulti-Wahn unser Land überfremdet, weil ja jeder Habenichts und Kriminelle besser ist als ein Einheimischer … Sie haben unsere Sprache zerstört und unseren Gott für Götzen von seinem Thron gestoßen; sie haben über ihre fürchterliche Kunst jede Abartigkeit salonfähig gemacht.« Ideengeschichtlich ist das eine scharfgemachte Variante der These vom »Verlust der Mitte« – die Welt ist jetzt aus den Fugen und die, die sie so weit gebracht haben, haben für ihr Zerstörungswerk die Kunst instrumentalisiert. Sehnsucht steckt insofern dahinter – »fern« ist das richtige Wort bei auratisch aggressiven Gesten –, insofern, als die Zeitdiagnose in Form einer Verfallsgeschichte zum Besten gegeben wird: Es war früher anders, ganz anders, bis an einem in diesem Fall sogar exakt angebbaren Datum das Böse, das den Namen des Datums trägt (die 68er), in diese Welt gekommen ist. Aber früher einmal – und diesem imaginierten Zustand gilt die Sehnsucht – war alles in Ordnung. Der Januskopf der Sehnsucht, ihre rückwärtsgewandte Seite: Auch die Kunst war damals eine Stütze der Ordnung; sie muss also eine Macht gehabt haben, von der nichts geblieben ist als ihr Vermögen, jede Abartigkeit salonfähig zu machen. Das ist eine ungeheure Macht, wenn ich bedenke, von wie vielen Abartigkeiten ich bisher habe glauben müssen, dass sie ganz ohne Kunst salonfähig wurden. Aber die Assoziationsfähigkeit, die die Kunst dem Entsetzlichsten zugesellt, hat keine Grenzen. In einem anderen Leserbrief an die *Krone* heißt es: »Politiker, die einem Hermann Nitsch ein Museum bauen und diese perversen ›Kunstwerke‹ in den Himmel loben, züchten ja geradezu so eine kranke Gesellschaft herbei, in der Kinder missbraucht werden können.«

Es genügt nicht, von perversen Kunstwerken zu schreiben, die Kunstwerke müssen in der Zeitung eigens unter Anführungszeichen geschrieben stehen. Das Interesse, das ich an den zitierten Beispielen aus der Zeitung habe, kommt nicht daher, dass ich sie lächerlich fände, sondern daher, dass sie für einen Umgang mit der Enttäuschung in Kunstfragen zeugen, der weder naiv noch kritisch ist. Weder naiv noch kritisch. Die Paranoia hat eine assoziative Kraft oder besser: Sie übt durch das Stiften von Zusammenhängen Gewalt aus; sie ermöglicht es nicht nur, unliebsame Kunst per se als schlechte Kunst, als perverse Nicht-Kunst, zu durchschauen. Der an Perversionen geschulte Durchblick des Paranoikers sieht auch den direkten Zusammenhang zwischen Kunst und den ihm verhassten sozialen Phänomenen. »Es wird herbeigezüchtet« – eine Formulierung, die unwillkürlich das eigene Verfahren verrät. Kunst – Politik – Kindesmissbrauch, verbunden durch den Begriff »krank« und dem Eigennamen eines Künstlers: Zwei bürgerlich geachtete Institutionen führen über den zitierten Namen zu einer kriminellen Sexualität, die zur Zeit der Abfassung des Leserbriefes in aller Munde war. Solche Assoziationen kann man straflos veröffentlichen, ohne dass der damalige Herr über die Leserbriefe auch nur im Geringsten wenigstens mit sozialer Ächtung bedacht worden wäre. Das meine ich nicht als Protest, der sinnlos wäre, sondern als Maxime zur Beschreibung einer Gesellschaft, die seltsamerweise von jenen als »krank« abgelehnt wird, die ihren Schutz genießen und zum Beispiel jeden Künstler (also nicht bloß das Werk, sondern auch die Person) beschimpfen können, wie sie nur wollen. Ich halte diesen Schimpf, der weder kritisch noch naiv ist, für pseudoradikal.

Pseudoradikal ist einem Wort nachgebildet, das vor langer Zeit in einer philosophischen Debatte Karriere machte, dem Wort pseudokonkret. Man erzeugt die Illusion besonderer, ja, übersteigerter Konkretheit, so wie man die Illusion besonderer Radikalität erzeugt. Warum man das überhaupt tut, wirft ein Licht nicht zuletzt auf die Sehnsucht nach Radikalität: Die Sachverhalte (man denke nur an Kunst und Politik) sind allesamt nicht einfach, sie sind kompliziert miteinander verknüpft, komplex – die Anstrengung, das alles zusammenzudenken, hat, besonders für den, der darin nicht geübt ist, etwas Lähmendes; es kostet einen die Vitalität, die man sich mit Machtsprüchen wiedererobern möchte. Es muss doch, so fühlt man, aus diesen Vertracktheiten eine ganz einfache Befreiung geben, eine Befreiung mit einem Schlag. Deshalb ist die Form der Äußerung der Ausbruch, und da er im Falle der einschlägigen Leserbriefe keine Vitalität zutage bringt, sondern nur ein weitverbreitetes Ressentiment bloßlegt, nenne ich solche Ausbrüche pseudoradikal.

Das Erbärmliche der Kunstpolitik der *Krone* ist, dass sie auch in ihrem Abscheu nur selten über Hermann Nitsch hinauskommt. Ich halte es für das Anzeichen einer im möglichen Fortschritt zurückgebliebenen Gesellschaft, wenn Diskurse, die die Kunst oder gar die moderne Kunst zum Feind haben, wenn solche Diskurse das Klima des Zusammenlebens mitbestimmen oder es wenigstens mit Erfolgsaussichten versuchen. Einer liberalen Gesellschaft, so meine These überspitzt, ist die Kunst wurscht; man steht ihr im Großen und Ganzen indifferent gegenüber und erlaubt, dass sich ihr gegenüber im Kleinen große Leidenschaften entwickeln, die aber – im Persönlichen – privat bleiben müssen, und die, was die öffentliche Hand betrifft, auf das Kunstsystem beschränkt sein sollen: Museen, Konzerthäuser, Kunstuniversitäten, auf einen kollektiven Reichtum, den man als Staat halt hat.

Die Kunst zu einer zwingenden Angelegenheit des Ganzen zu machen, mit dem dieses Ganze auch politisch steht und fällt, ist nur in Gesellschaften möglich, die – wie unterschwellig auch immer – bestimmte theologische, metaphysische oder ästhetische Konzepte als verbindlich vorschreiben wollen (und sei es aus der Perspektive der Umwegrentabilität für den Fremdenverkehr, von dem vorgeblich alle profitieren).

Der Preis für die Freiheit der Kunst ist, dass sie zwar Macht über alles beanspruchen und simulieren darf, dass sie diese Macht aber garantiert nicht hat. Die in diesem Sinne freie Kunst hat sich ohnedies selber von den metaphysischen Konzepten emanzipiert, durch die sich die Kunst in der Menschheitsgeschichte ausgezeichnet, in die Menschheitsgeschichte eingeschrieben hat. Diese metaphysischen Konzepte sind nach meiner Ansicht keineswegs überholt, aber sie haben auf jeden Fall etwas von der Aktualität der Opern, die zwar immer wieder neu aufgeführt werden können, ohne dass etwas Gleichrangiges und Neues von ihrer Art geschrieben werden kann. Also Musiktheater, mit Pauken und Trompeten, aber von gestern, wenngleich den Heutigen zur Anregung, sich der Aktualität von etwas glorios Vergangenem innezuwerden.

Zur Erläuterung möchte ein Beispiel dessen bringen, was man unter »metaphysisch« im Zusammenhang mit der Kunst verstehen kann, ja, wahrscheinlich verstehen muss. In der Selbstkommentierung eines seiner Bücher, in der der weibliche Teil eines Liebespaares den Tod findet, spricht der Dichter Siegfried Lenz von einem Gegensatz: auf der einen Seite der endliche, der zerbrechliche, der sterbliche Mensch. Auf der anderen Seite das »Universum des Trostes«, in dem Fall vom Dichter geknüpft an: Johann Sebastian Bach: Kantate 106, »Gottes Zeit ist die allerbeste Zeit« (Actus tragicus): »Gottes Zeit / ist die allerbeste Zeit. / In ihm leben und sind wir, / solange er will. / In ihm sterben wir zur rechten Zeit, / wenn er will.«

»Das Universum des Trostes« ist eine Formel, hervorragend geeignet, die metaphysische Seite von Kunst überhaupt zu beschreiben, ein Seite, die nicht frei dahinschwebt, sondern die an die Endlichkeit des Menschen schmerzlich gebunden ist, schmerzlich, selbst wenn sie von der Hoffnung, vom Trost erfüllt wird, dass diese Endlichkeit doch einen Sinn hat, den zwar niemand auf der Welt, aber doch Gott im Himmel kennt, der schon weiß, warum er einen wann abberuft, nämlich immer zum richtigen Zeitpunkt. An diese Stelle gehört eine andere Formel über Kunst, die ich seinerzeit im Philosophie-Studium von Peter Heintel gelehrt bekommen habe; sie lautet: »Kunst ist die Eschatologie der Wirklichkeit im Hinblick auf die Aporie derselben.«

Was soll denn das heißen? Gemach, wir wissen es ja schon. Die Wirklichkeit des Menschen ist ausweglos, auf die Spitze getrieben heißt die Aporie, die Ausweglosigkeit, die eben am Ende steht, Tod. Aber bis dahin – auf dem Lebensweg – geht es ausweglos, aporetisch genug zu, und Kunst ist im Grunde die Heilsgeschichte, die Eschatologie dieser Ausweglosigkeiten, also: ein »Universum des Trostes«. Aber das ist sie nicht durch Vertröstung, durch Wegschauen, sondern sie ist eine Heilsgeschichte, eben durch den umgekehrten Vorgang: einzig und allein im Hinblick auf die Aporien. Religiös ist der Blick in erster Linie »nach oben« gerichtet, empor zur Transzendenz, zur Erlösung. Der Erlösungszauber der Kunst hält primär an innerweltlichen Erfahrungen fest. In der Kantate des Johann Sebastian Bach ist die Kunst noch nächst zur Religion, aber was das Universum des Trostes ausmacht, ist nicht mehr der religiöse Inhalt, sondern schon das Ästhetische, das Künstlerische, eine Form, in der das Rettende, das Tröstliche glaubwürdig erscheint – unendlich viel glaubwürdiger, als würde der Pastor das Gleiche mit seinen dürren Worten predigen.

Die Formel aus meiner Studienzeit (»Kunst ist die Eschatologie der Wirklichkeit im Hinblick auf die Aporie derselben«) belehrt aufgrund der Metaphysik, der sie ihre Entschiedenheit verdankt, mich, den Zeitgenossen dieser Augenblicke, über die ungeheure Banalisierung, die die Subversion, wenn man will, die Radikalität erfahren hat. Da bildet die Zeitung einen Theatermann ab, der vom Modischen her gesehen etwas gepflegt Wildes hat – so einen Piratenkopfschutz, eine schwarze Glatzenschutzhaube, und der Mann trägt auch ein Hemd, frisch gewaschen und sicher sturm- und regentauglich – er muss es beim Anheuern ausgefasst haben, dort, wo die Boutiquenware nur an die Verwegensten geht. Der Mann sagt im Interview: »Je älter ich werde, desto radikaler werde ich.« Und ich schlafe, nachdem ich dieses einschläfernde Bekenntnis zu Radikalität gelesen habe, endlich wieder einmal einen Nachmittag bis zum nächsten Morgen durch.

Aber da steht schon wieder ein Theatermann in der Zeitung, einer, der wenigstens nicht auf seine Kleidung achtet. Doch was ist der für ein Widerspruchsgeist: »Warum bekommen wir denn Subventionen?«, fragt er rhetorisch, und er weiß natürlich die Antwort: »Ich denke, wir werden alimentiert, damit wir unbotmäßig und subversiv sind. Kunst muss eine Kassandra sein, und Kunst muss immer subversiv sein.« Die Subversion als Agentur der alimentierten Selbstzufriedenheit, im Wortspiel mit der Subvention; die Geste der Radikalität, die paradoxerweise darauf verweist, dass einer mit sich eins und zufrieden ist. Kunst muss übrigens gar nichts, und wenn sie's immer wäre, nämlich subversiv, könnte sie's kaum jemals sein. Dann wäre sie halt, wie sie ist, per se subversiv, aber das ist sie erfahrungsgemäß nicht immer, und sie wird sich nicht von einem Berliner Theatermacher sagen lassen, dass sie dann keine Kunst ist. Es ist dieser »Hinblick auf die Aporien«, der, wenn er mit allen Mitteln der Kunst erfolgt, subversiv wirkt, weil man mit diesen Mitteln im primitivsten Fall übertreiben, etwas überdeutlich machen kann und weil ästhetische Strategien einprägsam sind: Sie führen zur Ergriffenheit.

Wie immer man sich zuzeiten über subversive Kunst aufregt, so hat sie doch, wenn sie ihrem Begriff entspricht, das Potential, die Kraft, eines Tages angenommen, akzeptiert zu werden. Das Argument nimmt die Avantgarde in Schutz, der man spöttisch nachsagt, dass sie eh schnell Tradition wird und ins Museum kommt. Ihre Akzeptierbarkeit ist am Ende ebenso eine Stärke gewesen wie das Unakzeptable, mit dem sie einst die Bühne betrat und das sie so berühmt machte.

Dass also Kunst im menschlichen Geist die Position einnimmt, auf die Aporien der Wirklichkeit fixiert zu sein, und dass sie durch die Darstellung dieser Aporien (mit allen Mitteln der Kunst) das Ausweglose der menschlichen Existenz zugleich deutlich macht und über sie tröstet, und zwar nicht über sie hinweg, sondern im Hinblick auf sie tröstet (es ist ein Trost ohne Wegschauen, Kitsch wäre einer durch Wegschauen), diese Konstellation erklärt, welche Sehnsüchte mit welcher Intensität Kunst wecken kann. Aber ist diese Konstellation gültig, ist sie noch in Kraft, betrachtet man die Kunst der Moderne, die doch – sieht man zum Beispiel von den »Phantastischen Realisten« ab – anti-metaphysisch, also nicht auf einen Sinn und Zweck von allem Sein aus ist. Na ja, ich behaupte, in Spuren – in Spuren (und im Verbund mit ihrer Vergangenheit) ist der Kunst ein mit den Aporien verbundenes eschatologisches Moment geblieben. Der Weg, weiß Gott, ist lang von dieser Eschatologie bis zu einer These von heute, einer These des Medientheoretikers Norbert Bolz.

Bolz, dessen Arbeit ich schätze, weil sie, wie kaum eine andere im deutschen Sprachraum, jene Anforderungen berücksichtigt, die die Gegenwart mit der ihr eigenen Rücksichtslosigkeit an uns stellt, vor allem bei Fragen, bei denen man aus der Vergangenheit gerne gesicherte Antworten annimmt. 1997 hat Bolz in einem Aufsatz »Kunst als Placebo« definiert, das heißt, als ein Medium, dessen Wirkung auf Einbildung beruht, aber das immerhin noch diese Wirkung hat, obwohl sie, die Kunst, »objektiv gesehen«, von ihrer Substanz her, bedeutungslos ist. Die These, so scheint mir, gehört zu einem gesellschaftlichen Liberalismus, der unter anderem die Entkernung metaphysischer Gebilde betreibt und die Kerne dann vor Publikum ausspuckt. Die Erwähnung dieses Verfahrens sagt nichts darüber, ob die Resultate falsch oder richtig sind. Die Bedeutungslosigkeit der Kunst als einem Placebo wird von Bolz immerhin mit der Maxime ausgestattet, dass man doch, solange man nichts Besseres hat, auf sein Placebo nicht verzichten soll. Das klingt erst so richtig gut auf Amerikanisch, von wo es auch herkommt, und ich denke, es tut auch »deutschem Denken« so richtig gut: »Don't knock placebo if that is all one has.«

Ich werde auf die bisher vorgebrachten Motive zurückkommen, ich will nur eines dieser Motive in den Vordergrund rücken: das Kunstbetriebsmotiv. Man darf, um es vorsichtig zu sagen, annehmen, dass ein Unterschied, eine Differenz besteht zwischen einer Kunst, einer Kunstgattung und der Art und Weise, wie Kunstwerke an ihr potentielles Publikum, an den Mann, an die Frau gebracht werden; es besteht also, banal gesagt, ein Unterschied zwischen Kunst und Kunstbetrieb – es ist einer dieser Unterschiede, die überbrückt werden müssen, in der Überbrückung haben solche Unterschiede ihren Sinn: Unüberbrückt ist ein Kunstwerk für sich allein, allseits unbekannt, und es kann sich in keiner Rezeption verwirklichen. Ganz und gar auf dem Markt, in ihm aufgegangen, ist es auch verloren, ist das Werk Kunstmarktkunst. So etwas ist natürlich immer ein Streitpunkt: Was dem einen sein Ein und Alles, ist dem anderen schnöde Marktgängigkeit. Und nicht nur das: Von Bolz stammt in einem Votum für die Varianten der kapitalistischen Moderne, sowohl für die künstlerischen als auch für die politisch-ökonomischen, eine radikale These, der gemäß die von mir vorsichtig angenommene Überbrückung auf Nivellierung hinauslaufen soll. »Wir haben«, sagt Bolz, »von der Postmoderne gelernt, dass Kunst ein Geschäft ist. Jetzt müssen wir von der postindustriellen Gesellschaft lernen, dass das Geschäft eine Kunst ist: Business Art im Sinne von Andy Warhol. Und nun bleibt noch ein weiterer« – nach Bolz ein letzter – »Schritt zu tun: der Schritt von der Business Art zum Marketing als Kunst.«

Ich sinniere darüber nach, wie eine solche Identifikation der Kunst mit dem zustande kommt, was außerhalb der Kunst eh herrscht, nämlich Marketing und Business Art. Zunächst ist es eine innertheoretische Angelegenheit: Es gibt Theoretiker, die – durchaus mit Gründen – einen regelrechten Hass auf gesellschaftskritische Theorien entwickelt haben. Solche Theorien haben ja auch die Kunst zum Beispiel als »gesellschaftliche Antithese zur Gesellschaft« (jedenfalls als Antithese) in den Dienst genommen. Dagegen versuchen die Gegner, zu einem Umdenken zu verleiten. Odo Marquard zum Beispiel ruft nimmermüde zur Subversion gegen die »Subversionsenthusiasmen« auf, gegen »die amtierenden Wonnevokabeln der gängigen Kunstdefinition – Utopie, Vorschein, Kritik, Revolte«, also gegen die eingeübten, routiniert verbalisierten Sehnsüchte, gegen Erwartungen, die nicht zuletzt von Wortführern an die Kunst gestellt werden, und vielleicht gibt es ja – was nicht mein Thema ist – Leistungen, die die Kunst tatsächlich, realiter erbringt und die deshalb gar keine Antworten auf Sehnsüchte zu sein brauchen.

Es ist nun zweitens etwas Realistisches in dem Argument von Bolz: Wer Kunst mit Sehnsucht auflädt, mit den Wonnevokabeln vor allem der Revolte oder gar der Revolution, der stellt sich (wie verschleiert auch immer) vor, so was wie Kunst könne die Welt aus den Angeln heben. Wer weiß, sage ich …, aber ich bin mir sicher, dass man für so ein Konzept, für so ein Wünsch-dir-was-Konzept, die Welt entschieden unterschätzen muss. Man hat keinen realistischen Blick auf sie, und mit einem solchen könnte man umgekehrt vielleicht erkennen, wie im komplizierten disharmonischen Zusammenspiel von kapitalistischer Gegenwart und der Herstellung von Kunstwerken ein andere Definition, eine Umdefinition von Kunst passiert. »Zentral steht die Einsicht«, sagt Bolz, »dass Leistung keine Aufmerksamkeit mehr erzeugt: deshalb muss jede ästhetische Produktion als kultische Selbstinszenierung des Künstlers angelegt sein. Ein Werk könnte da nur ablenken … Publizität und Prominenz sind Brennpunkte, um die er die Ellipse seiner Kunst konstruiert. Der Kult um den Künstler ist selbst sein einziges Werk.«

Die Kraft der Verhältnisse äußert sich in der entsprechenden Kunst, in einer Kunst, die realistisch an den Verhältnissen, die sie widerspiegelt, dranbleibt (und die deshalb diesen Verhältnissen nicht so leicht zum Opfer fallen kann wie die Antithesen, die mit der Zeit verfallen, und wie die Antithetiker, die umfallen und sich dann erst recht im Mainstream um ihren Lebensunterhalt bewerben). Eine solche Kunst, so die These, ist gerade durch ihre kalkulierte Realitätsgerechtigkeit, dadurch, dass sie sich von dieser Realität hat formen lassen, selber stark und zeitgemäß und zeitigt Wirkung (wie Jeff Koons, den Bolz meint), während alles andere, die Revolte, nichts offenbart als die entschiedene Schwäche der Sehnsucht: ihre Substanzlosigkeit, nämlich: dass Sehnsucht ein Subjekt zwar unendlich beschäftigen kann, dass ihr aber auf Erden am Ende nichts entspricht, und dass sie daher auch als Revolte gar nichts taugt, sondern ins Leere geht.

Die Gegenposition dazu ist klar: Es ist eine kritische Position, also eine, die sich von der kapitalistischen Moderne unterscheiden möchte; bieder formuliert: Von dieser Position aus wird versucht, der Leistung, dem Werk, Aufmerksamkeit zu verschaffen, nicht zuletzt, indem man die Aufmerksamkeit vom Kult um den Künstler – durch Kritik daran – abzieht. Es trifft sich, dass der Kunstkritiker Eduard Beaucamp aus der von mir zitierten Intervention seines englischen Kollegen Collings die Stichworte entnommen hat. Aber merkwürdig – im Lichte des bisher Gesagten – ist die Strategie Beaucamps: Er streitet nämlich gar nicht dieses Ineinanderrutschen von Kunst und Marketing ab – er versucht nur, es links liegenzulassen, auch deshalb, weil man ohnedies nichts dagegen tun kann, vor allem nicht als Kritiker. Die Einwände und Analysen der Kritiker, so Beaucamp, »richten nichts aus gegen kapitalgestützte Künstler, gegen global vernetzte Handels- und Auktionskonzerne, gegen millionenschwere Marktnotierungen und die gesellschaftliche Macht der Sponsoren«. If you can't beat them, don't join them, leave them alone. Umgekehrt lässt einen der Markt ja auch allein: »Der Markt braucht keine Kritiker: er produziert seine eigene Marketing-Poesie.«

Diese Marketing-Poesie wäre nach Bolz wohl die Kunst. Der Terminus »kapitalistische Moderne«, der von Beaucamp stammt, sagt genau dasselbe; es ist ein Terminus, der für die gegenwärtige Kunstepoche stehen soll, nämlich für eine »Spätform einer ursprünglich idealistischen, revolutionären, aufklärerischen und experimentellen Moderne«. Das hat sich geändert und ist doch vergleichbar geblieben: »Die kommerziellen Impulse sind heute genauso radikal und umfassend wie einst die expressionistischen, dadaistischen, konstruktivistischen oder surrealistischen Prinzipien und Schubkräfte der Moderne. Absurd, mit ästhetischen Kriterien gegen die kommerziellen Vereinbarungen und Kanonisierungen anrennen zu wollen.«

Der Kritik bleibt das kleine Glück, die Freiheit, nicht Sprachrohr der garantierten Erfolge zu sein. Nebenwege, Gegenstrategien, Aufklärung; die Scheinhaftigkeit, die Berechenbarkeit, den Surrogatcharakter der kommerziellen Kunstproduktion aufdecken, die kalkulierten Attitüden aufdecken, Methoden und Praktiken aufdecken, mit denen heute Klischees und Erwartungen bedient werden, und jene interessante Arbeit der Erforschung, wie in einer »deformierten kapitalistischen Moderne Begriffe wie Freiheit, Autonomie, Innovation, Avantgarde oder Fortschritt zu Werbe- und Verkaufsparolen verkommen«. Was der eine verkommen nennt, ist im Horizont der Ausführungen des anderen die eigentliche Kunst: nämlich Werbe- und Verkaufsparolen, die ziehen: der Marketingerfolg.

Aber es ist immerhin merkwürdig, dass zwei einander entgegengesetzte Positionen in einem Prinzip übereinstimmen: Im Prinzip, ob man's nun für gut oder schlecht findet, herrscht auf der Welt Wirtschaftsgesinnung und Wirtschaftsmacht vor. Soll man nun an der Kritik festhalten? Und was sollte man in der sogenannten Krise sonst tun, in der eine Position wie die von Bolz deutlich ihre Prämissen bloßgestellt bekommt: Als Philosoph kommt Bolz auch von der Kritischen Theorie her, von jener kapitalismuskritischen Philosophie Benjamins und Adornos, die im Laufe der Jahre zu einer stilistischen Attitüde verkam. Nichts, sagt Bolz heute, kann die so verendete Kritische Theorie, ihr konformistischer Nonkonformismus, zum Verständnis der Welt mehr beitragen.

Wenn nun aus dieser Sicht die eingebürgerte Kritik unvernünftig wird, dann ist es nicht unklug, es mit der Vernunft des Affirmativen zu versuchen, zum Beispiel mit der Intelligenz des Marktes, der sich ein wahrer Künstler (geschweige denn ein richtiger Philosoph) nicht entgegensetzt, gegen die er nicht opponiert. Ein Künstler, der der Rede wert ist, eignet sich die Intelligenz des Marktes an: seine schwarze Hand, seine Komplexität, seine Vielseitigkeit, sein Überraschungs- und Enttäuschungspotential, seine Unberechenbarkeit, zumal ja in der Kunst sonst nichts steckt: keine Metaphysik, keine Theologie, keine Sozialkritik (und das ist, kann man vielleicht sagen, die eigentliche Kritik des Künstlers am Markt, nein, nicht am Kunstmarkt, sondern am Weltmarkt: Der Künstler surft als Nihilist im Nihilismus des Weltmarkts und predigt keine Ideologie, predigt nichts davon, dass es irgendwas anderes gibt als die Weltherrschaft des Marktes, über die vielleicht die Kunst, ohnehin nur ein Placebo, trösten könnte).

Ich glaube es gern, aber ich fürchte, die Krise zeigt, dass so ein Glaube, wenn schon nicht die Intelligenz, so doch die Souveränität des Marktes heillos überschätzen muss, und merkwürdigerweise erscheint die Kunst selber als Avantgarde der Krise, weil doch die Preise für Kunstwerke naturgemäß Fiktionen sind – ähnlich wie die Kredite, denen man einfach einen Wert zugesprochen hat, den sie vielleicht haben, vielleicht aber auch nicht. Das ist das Schöne am Duo Geld und Kunst – Kunst ist so viel wert, wie man für sie zu zahlen bereit ist, sie ist ein gelungenes Produkt unserer Fiktion, unseres Verlustes an »Bodenhaftung«, und es ist kleingeistig, die Emsigkeit zu denunzieren, mit der man gelegentlich und planmäßig die Preise in die Höhe treibt. Der Kunst wenigstens entspricht keine Realwirtschaft, die sich für Spekulationen bitter rächt, und Jeff Koons (oder war es ein anderer?) hat einmal auf die Frage, was er denn über die hohen Preisen, die er erzielt, denke, gesagt, na ja, das zeige eben, wie viel Geld Menschen für Kunst auszugeben bereit sind. Nicht mehr und nicht weniger. Und um Damien Hirst ranken sich die schönsten Geldanekdoten. Als er einmal wieder einen ordentlichen Scheck an Land gezogen hatte, teilte er mit, das Geld hätte ihm dabei geholfen, ernst genommen zu werden. Ja, Geld ist eine ernste Sache.

Die schönste der Hirst-Anekdoten, die wahrscheinlich extra für ihn in einem Büro fabriziert werden, lautet aber, und ich zitiere sie in der Fassung für die Zeitungen: »Ein ungewöhnliches Trinkgeld hat ein Taxifahrer in London erhalten: Nachdem er den Künstler Damien Hirst durch die Stadt gefahren hatte, bekam er von ihm eine Zeichnung für seinen Sohn geschenkt.« Der Sohn, damit man ihn ernst nimmt, will keine Zeichnung, sondern Geld: »Jetzt wird das Papier bei einem Auktionshaus versteigert und soll bis zu 5000 Pfund einbringen, wie der Sender BBC berichtete. Mit dem Geld will der 15 Jahre alte Sohn des Taxifahrers eine Kamera kaufen und seinen Traum von einer Karriere als Filmemacher erfüllen … Auf dem Notizpapier sind ein Totenkopf, ein Hai und ein Schmetterling zu sehen. Außerdem hat Multi-Millionär Hirst dem Jungen ein aufmunterndes ›Gib die Kunst nicht auf!‹ auf das Blatt geschrieben.«

Hält man im Sinne dieser Aufmunterung an der kritischen Position fest, dann haben wir für unsere Radikalität ein Problem: Erstens ist die kapitalistische Moderne auf ihre Art selber radikal, und zweitens sind in ihr die klassischen Attribute der Radikalität (Freiheit, Autonomie, Innovation, Avantgarde oder Fortschritt) Werbesprüche, also selber gar nicht radikal. Kann man die Radikalität noch von der Radikalität unterscheiden?

Die Fiktion einer authentischen Radikalität wird immer

wieder bemüht; es ist kein Wunder, weil – aufgrund der Moderne – der Kunst, wie gesagt, kaum ein schlimmerer Vorwurf gemacht werden kann, als dass sie harmlos wäre. Counterdependent, also von dem Vorwurf abhängig, neige ich dazu, die Harmlosigkeit in Schutz zu nehmen. Aber ich lasse mich auch dahintragen, mitreißen, wenn Jonathan Meese, ein erfolgreicher Künstler, uns Mores lehrt: »Man muss«, sagt er, »der heutigen Harmlosigkeit etwas entgegensetzen. Wir sollten wieder ein Abenteuer wagen … Doch sogar unter den 20-Jährigen gibt es, wenn überhaupt, nur noch simulierte Radikalitäten.« Das Gegenteil des harmlosen Menschen ist der gefährliche. Gegen die dekadente Jugend und den nostalgischen Traditionalismus plädiert Meese für eine Radikalität heute: »Ein Künstler sollte es schaffen, zu seinen Lebzeiten gefährlich zu sein, und wenn man nicht in jungen Jahren auf die Barrikaden geht, wann dann?«

Das ist eine Aufforderung zur Güte, radikal zu sein. Wie kann man sie realisieren? »Ich bin«, sagt Meese, »für die komplette und totale Abschaffung von Kunsthochschulen. Diese Zuchtanstalten haben keinen Sinn mehr. Von zehntausend Leuten, die in die Hochschulen hineingehen, kommen ohnehin nur zehn heraus, die akzeptabel sind, und darunter ist dann vielleicht ein richtiger Künstler.« – »Kunst«, sagt Meese weiter, »ist weder lehrbar noch erlernbar. Die Masse der Professoren will ihr Mittelmaß weitertragen, geradezu ein künstlerisches Mitläufertum erzeugen. Da bekommt man dann Ratschläge wie: ›Da oben muss aber noch ein bisschen mehr Grün auf die Leinwand.‹ Ansonsten: Immer mehr Benotungen, immer mehr Beglaubigungen, immer mehr Beurkundungen, da wird nichts riskiert, aber alles standardisiert, das ist doch zynisch. Das hat doch nichts mit Kunst zu tun.«

Ich muss nicht hinzufügen, dass ich anders denke. Aber

ich halte die Einwände für substantiell, so sehr der Rede wert, dass man sie nicht verleugnen, sondern im Kopf haben muss, wenn man – wie ich – dennoch in einer Kunstuniversität arbeitet. Alles, was man in komplexen Gesellschaften tut, ist ja von Antithesen umzingelt, und Meese schließt dankenswerter Weise den Kreis der Universitas, das Universum der Trostlosigkeit, mit seiner Einschätzung der Studenten: »Noch schlimmer als die Professoren sind die Studenten. Sie haben die Pflicht, sich aufzulehnen. Stattdessen gehen sie den vorgebahnten Weg. Ich kann mir doch nicht nach sechs Jahren an der Hochschule von einem Gremium sagen lassen: Ja, du bist ein toller Künstler. Das ist so ähnlich wie mit den Stipendien. Seltsame, komische, sperrige Künstler beantragen keine Stipendien, die können das gar nicht. Das ist denen viel zu bürokratisch. Also gelangen nur Leute an Stipendien, die stromlinienförmig sind, und das schon mit 23 Jahren.«

Ich habe an anderer Stelle eine Begründung des Sinns von Kunsthochschulen versucht – und zentral dabei ist das Moratorium, der Aufschub, den Kunsthochschulen dem Markt gegenüber erlauben, und das in einer sensiblen Lebenszeit, in einem empfindlichen Alter junger Menschen, und ohne Zweifel, es gibt Künstler, die einen solchen Aufschub nicht benötigen und für die Kunsthochschulen den Hauptzweck haben, sagen zu können, niemals in einer drin gewesen zu sein. Das ist keine ironische, es ist eine pädagogische Maxime, die darauf baut, dass die bewusste Verweigerung eingebürgerter Angebote manche Menschen weiter bringt als die Annahme solcher Angebote.

So wie man Institutionen gegenüber skeptisch sein kann, vor allem, wenn sie bevormundend, geschweige denn tyrannisch wirken, wenn sie das Individuum knechten, abrichten, zum Beispiel durch Bürokratie, so kann man auch skeptisch gegenüber fundamentalistischer Institutionenkritik sein. Es gibt geistige und auch künstlerische Freiheiten, die akademische Institutionen verkörpern, vorbildlich gewähren, und selbst das angeklagte Mittelmaß kann manchmal noch der Sache mehr dienen als der am Markt als hervorragend herausgestellte Einzelkämpfer mit seinen Konkurrenzreflexen.

Das Problem der Radikalität, ein Problem auch jenseits der Sehnsucht, erledigt sich weder durch kämpferische Rhetorik noch durch akademische Distanz. Die Verwechslungen, die im Umlauf sind, machen es zusätzlich schwer. Zum Beispiel irrt diese bis in die höchsten Kreise des Staates vorgedrungene »Kunst-muss-immer-subversiv-sein«-Propaganda; sie irrt, sollte sie Radikalität für sich in Anspruch nehmen. »Die Welt muss romantisiert werden. So findet man den ursprünglichen Sinn wieder.« Tja, in diesem Manifest des Novalis steht die Radikalität in erster Linie. Radix, das weiß der Lateiner, heißt Wurzel oder Ursprung. Der ursprüngliche Sinn kann in bestimmten Situationen subversiv werden oder auch extrem. Aber das ist eine sekundäre Auswirkung, »ursprünglich« ist die Radikalität in der Kunst nicht notwendigerweise subversiv oder extrem. Die oft gewiss notwendige Subversion mit einer Ursprünglichkeit zu verbinden, gehört zum Schwersten in der Kunst, sie ist jedenfalls viel schwerer, als es die routinierte Rhetorik der subventionierten Subversion vermuten lässt.

Seit ich an Kunstuniversitäten unterrichte, stelle ich Überlegungen darüber an, was denn eine, nur eine mögliche zeitgemäße Verhaltensweise eines Künstlers sein könnte. Der Aufsatz über Thomas Mann in diesem Band galt dieser Frage. Bestimmte Verhaltensweisen haben sich eingebürgert oder, simpel gesagt, sie hatten Erfolg, und das schafft zum Glück auch Gegner. Odo Marquard, der Papst des deutschsprachigen Skeptizismus, ist zum Beispiel ein Gegner der »Avantgarde«, vor allem, wenn diese darauf aus ist, die Differenz von Kunst und Leben auszulöschen. Es ist aber die Differenz, die die Kunst – gegenüber dem Alltag – zum Fest macht, ein Dauerfest wäre Diktatur, verordnete Radikalität, für die allerdings die Verlockung nicht gering ist, weil der Wunsch, aus dem Alltag auszubrechen, diesem immanent erscheint. Das »Gesamtkunstwerk« hat es Marquard angetan, und er bekämpft es nicht nur in der Variante Richard Wagners. Er erkennt zum Beispiel in Joseph Beuys den »Kommunismus des Genies«: Jeder Mensch ist danach ein Künstler, und alle Menschen zusammen sind Teil eines Gesamtkunstwerks, das allerdings erst unter der Anleitung des Genies zu sich kommt. Das Genie, so Marquard, signalisiert durch seine Kleiderordnung, »kein Einzelner zu sein: darum war etwa – als gesamtkunstwerkelne Identität von Avantgarde und Heilsarmee – Joseph Beuys (dieses Ein-Mann-Heer für Pazifismus und Nichtuniformierung) der disziplinierteste und exzessivste Uniformträger der Gegenwart: der standhafte Sinn-Soldat.«

So hatte Beuys immerhin Haltung, wenngleich nicht die gewünschte. Ich würde sagen, ein Künstler ist einer, der nicht pseudoradikal und handstreichartig die Komplexität unserer Wirklichkeiten auf sein Werk und – noch mehr der Zeit gemäß – auf seine Persönlichkeit zuspitzt. Der Künstler – in meiner Utopie – nimmt Rücksicht darauf, dass »alles doch so kompliziert« ist und dass die Kunst nicht der Erlöser davon sein kann. Aber damit gerät er in die Gefahr der reflexiven Zögerlichkeit, durch die man statt Taten am Ende nur Bedenken vorweist und eine Unschärfe erzeugt, die vielem genügt, die aber überhaupt nicht ausreicht, weil sie alles, worauf es in der Kunst doch ankommt, verwischt. Oder man positioniert sich radikal im üblichen Sinne, zerschlägt die Verknüpfungen wie einen gordischen Knoten, präsentiert seine Schlagkraft vor Publikum und geht damit das Risiko der Lüge ein, denn menschliche und ästhetische Verhältnisse sind längst als wahrhaftig komplex durchschaut.

Die ganze Welt ist Bühne, sagt Shakespeare. Also noch ein Wort vom Bühnenkünstler. »Die Liebe«, sagt Peter Stein, ganz in der Tradition derer, die wissen, dass einer Sehnsucht nichts entspricht, »die Liebe ist nicht lebbar, wie alles, was wir Menschen in uns haben. Letztlich wird alles vermischt oder im Gegeneinander trickreich ausbalanciert.« So ist aber nur das wirkliche Leben: Die Sehnsucht, auch die nach Radikalität, überlebt in trickreich ausbalancierten Mischungen, in einem Durch- und Gegeneinander, und sie geht zugleich darin zugrunde. Wahrscheinlich aber ist Kunst per definitionem ein Glücksfall, das heißt: Sie ist immer radikal, ohne die Komplexität zu zerstören, es gelingt ihr immer (wenn sie das hält, was sie verspricht), auf der Seite der Radikalität aus der konstruierten Antithese herauszukommen, auch wenn jede Theorie es ihr bloß hinterher nachweisen kann, weil, wie es geht, sich bei der Kunst nicht vorhersagen lässt.

Zu Martini

A Goans
Na, zwa Gaans
A ganze Goans gans
Na, zwa goanze Gaos gans
Goans Goans

Egoismus

Ich sehe was,
was du nicht siehst.
Ich sehe was,
was du nicht.
Ich sehe was,
was du.
Ich sehe was,
was.
Ich sehe was.
Ich sehe.
Ich.

Bei der Psychologin

Der Einzige war ich nicht, aber immerhin war's bei mir zum ersten Mal. Ich fuhr da hinaus, mit der U-Bahn bis Hütteldorf, von dort musste ich ein Taxi nehmen, um auf einen der Hügel zu kommen. Ich hatte von vielen gehört, die regelmäßig mit der U-Bahn nach Hütteldorf fuhren und dann mit dem Taxi hinauf auf einen der Hügel. Wenn ich früher davon gehört hatte, lachte ich hochmütig – aber das kannte ich ja von mir: diese heillose Arroganz, ein Überlegenheitsgefühl, gegen das ich nicht ankam, und das mich auch nicht gestört hätte, wenn nicht fast ein jedes Mal etwas geschah, das meine Arroganz lächerlich machte. Früher zum Beispiel verliebte ich mich und hatte das Gefühl, na, die junge Frau ist mir aber zugetan, die ist mir ja hörig … Und dann stellte sich gleich das Hochgefühl ein, das mir Warnung genug hätte sein sollen. Ein paar Tage noch, und schon ging's bergab, und ich war der Schatten von einst.

Die mir eingefleischte Arroganz, der Triumph, obenauf zu sein, alles im Griff zu haben, hat bei mir bloß den Zweck, die Fallhöhe zu verlängern. Aber das ist nicht das Schlimme; schlimm ist meine Unbelehrbarkeit, meine ständige, sich nur für die Wiederholung des Gleichen wechselnde Lage, mein suchtartiges Suchen nach immer derselben Situation. Natürlich suche ich im Grunde den Triumph, ich bin ja kein Masochist – aber weiß ich denn nicht, dass mein Triumph keinen Grund hat? Die Abstürze waren zahlreich, und etwas Bitteres, Ängstliches begann sich in mein Leben einzuschleichen. Auch deshalb saß ich in der U-Bahn nach Hütteldorf, wie schon einmal ein anderer gesessen ist, der auch da hinausfuhr, weil dort draußen wohnen sie, die Psychologen, in ihren Häusern auf den leicht abfallenden Hügeln. Sie wohnen schön und schwer erreichbar!

Hunderte Menschen, ja Tausende fuhren täglich in der U-Bahn hinaus zu den Psychologen-Häusern in der Vorstadt. Als ich im Taxi saß und einen der Hügel hinauffuhr, war mir klar: Die hier sesshaften Leute sind alle Psychologen, und die Straßenkinder hier sind alle Psychologenkinder. Ich habe einmal einen Schauspieler, der so ungefähr dreihundertunddreiundsechzig Jahre in einer Fernsehkindersendung mitgespielt hatte, sagen hören: »An jedem Kind hängen Elternteile.« Und an den Kindern, die sich während der Fahrt zur Psychologin auf der Straße zeigten, hingen halt Psychologenelternteile. Das war klar, so klar, wie mir überhaupt vieles klar war. Ja, ich litt, es ging mir schlecht (die Deutschen sagen: es geht einem »scheiße«), aber ich war mit mir eins. Ich wusste, wer ich war – dieses innere Mitgefühl, das so ein Selbst, wie ich eines habe (oder bin?), abtastet, sodass sich meinereins oder unsereiner kennenlernt; mein Selbstgefühl funktioniert wie eine Sonde, die die Daten überallhin sendet, bis man schließlich selbst ausschließlich aus diesen Daten besteht, also keinerlei Überraschung zu fürchten hat. Man ist gepanzert, und der Panzer bin ich, und an dem Panzer brandet alles, was Schmerz bringen kann, hoch. Wo aber bleibt das Erfreuliche?

Es ist nicht so, dass ich zum Spaß rausfuhr, und es ist auch nicht ganz so, dass ich es freiwillig tat. Ich litt, ich war ein Leidender, und ein paar Leute in meiner Umgebung ertrugen mich nicht mehr. Sie riefen im Chor: Du musst zum Psychologen! Und der Ruf einer ganz bestimmten Psychologin, nennen wir sie datengeschützt Frau Dr. Isabella Váiszhár, drang zu mir vor: Sie sei klug, und die Möglichkeit, dass ich sie über meine wahre Natur täuschen könnte, wäre gering, ja, gleich null. Da ich eine Leidensgrenze erreicht hatte, saß ich in dem Taxi, mit dem es, vorbei an den Psychologenstraßenkindern, einen dieser Hügel hinaufging. Die Leidensgrenze hatte ich erreicht, als es mir nicht mehr möglich war, mich zu mir selbst zu verhalten, mein Problem fraß mich auf; ich hatte keine Distanz mehr, die ich einnehmen konnte, vor allem keine, um überlegte Entscheidungen zu treffen. Ich war panisch, im Zustand einer starren Panik, aus der ich – ebendieser Erstarrung wegen – nicht ausbrechen konnte.

Das Taxi hielt weit oben am Hügel. Für einen Augenblick empfand ich Hass, und um meinen Hass noch deutlicher empfinden zu können, benützte ich ein mir verächtliches Klischee; ich sagte höhnisch vor mich hin (und hörte mir dabei genau zu): »Von hier aus kann man einen schönen Ausblick genießen!«

War das Hütteldorf dort unten?

Ich schritt den Maschendrahtzaun der Psychologinnenvilla ab und läutete schließlich an der Türklingel. Ein paar peinliche Momente und Frau Dr. Isabella Váiszhár, die Psychologin, erschien. Ihre Stimme war tief und ihr Akzent war ungarisch; die Psychologin war weder freundlich noch unfreundlich; sie war neutral. Eine solche Neutralität hätte ich niemals hingekriegt; ich verwickle mich ja immer in irgendwas Persönliches, und auch an der Geschichte, die ich gerade erzähle, ist ja das Schöne, dass ich persönlich werden muss. Kein Mensch ist unpersönlich bei der Psychologin.

Sie führte mich in die Villa, die genauer besehen ein besseres Haus war und die mich auch ein wenig an eine luxuriös, also übertrieben hergerichtete Schrebergartenhütte erinnerte; ein Haus, das den Bewohnern sehr wichtig war, subjektiv wichtig, obwohl es nicht viel hermachte und ich mir vorstellen konnte, dass an manchen Stellen die Feuchtigkeit durchsickerte; es feuchtelt, heißt es in Österreich. Aber ich bin kein Immobilienmakler, leider. Ich wurde auch nicht ins Innere des Hauses geführt, sondern in eine Art Vorzimmer – vom Standpunkt des Eigentümers aus einer der wichtigsten Räume: Von hier aus ist ein jeder schnell draußen.

Ich hatte also Platz genommen und begonnen, die ruhig und bedächtig gestellte Frage nach meinem Problem zu beantworten. Mein Problem war der Vater, damals schon ein sehr alter Herr – er war auf meine Hilfe, die er einerseits ablehnte und von der er sich andererseits menschenunmögliche Vorstellungen machte, angewiesen. Ich jedenfalls sah es so, und der Hass, der zwischen meinem Vater und mir fast ein Leben lang gelauert hatte, der manchmal seine Ausbrüche gehabt hatte, war jetzt zu meinem täglichen Brot geworden, an dem ich bei jedem Bissen zu ersticken drohte. Ich hatte Angst vor dem Vater, der mich Tag und Nacht im wörtlichen und ebenso im übertragenen Sinne, in Gedanken, beschäftigte. Die Psychologin schien sich darüber zu wundern: »Ich kenne einige Ihrer veröffentlichten Ansichten, mit denen Sie mir einen rationalen Eindruck machen. Wovor haben Sie denn Angst? Was kann Ihnen denn ein Neunzigjähriger tun?« Als mein Vater, als dieser neunzig Jahre alte Herr, kann er mir nichts tun, aber was kann er mir nicht alles tun »als der Vater, der zu Gericht sitzt über alles, was immer ich tue«? So was muss eine Psychologin doch wissen.

Bei der Schilderung meines Problems geriet ich in Enthusiasmus. Vollendet zeichnete ich Vaters Charakter, und ich, ein Schriftsteller, also ein Mann der Meinungsfreiheit, berichtete der Psychologin von meiner Lieblingsuntat des Vaters: Er hatte eines Tages das Tagebuch seines Sohnes studiert und alle Stellen, die ihn, den Vater selbst, betrafen und die ihm alle nicht passten, redigiert; er schrieb über meine Sätze einfach drüber, was ihm als das Richtige erschien, was also an ihrer Stelle eigentlich hätte stehen sollen. An dieser Stelle sagte die Psychologin knapp und entschieden: »Ihr Herr Vater ist ein Sadist«, und sie schloss – nach meinem Gefühl – mit dieser Maxime an ihr früheres Erstaunen darüber an, wovor ich denn Angst hätte, was er mir denn tun könnte. Ich weiß nicht, wie, aber diese sachgerechte und fachgerechte Intervention von Isabella Váiszhár drehte mein oben beschworenes Selbstbewusstsein um. Ich hörte aus dem Satz »Ihr Herr Vater ist ein Sadist« überdeutlich das Kompliment heraus: »Sie, lieber Herr Sohn, sind ein Masochist.«

Überraschung, ich bin ein anderer! Selbstverständlich ist »Masochist« bloß ein Schlagwort, aber manche solcher Schlagworte schlagen sich bis zum Herz der Dinge durch. Mir war plötzlich, auf eine nicht-begriffliche Weise, klargeworden, welch einen Genuss ich aus der Unreife schöpfte, andauernd über meinen Vater klagen zu können, und wie sehr aus diesem Genuss die Strafe folgte, den Vater fürchten zu müssen. Mit Plötzlichkeit, also ganz und gar überraschend, hatte ich bei der Psychologin erlebt, dass sich ein festgefügtes Selbstbewusstsein aus den Angeln heben lässt, und dass man zwar derjenige bleibt, der man ist, dass man aber einen Blick auf sich werfen kann, der die Intimität, die man mit sich ständig aufrechterhält, wenigstens für einen Augenblick relativiert. Es mag langwierige Prozesse der Selbsterkenntnis geben, aber es gibt auch eine Aufhellung, die nur plötzlich möglich ist, die ohne Überraschung gar nicht denkbar wäre.

Als ich mich von der Psychologin verabschiedete, versicherte ich ihr beredt, dass ich selbstverständlich bald wiederkehren würde, um ihre Therapie in Anspruch zu nehmen. Ohne diese Therapie würde nun in meinem Leben nichts mehr gehen. Ihr Blick sagte es deutlich: Ich war schon wieder in mein Muster zurückgefallen. Unter dem Vater gelitten habe ich weiter, aber ich konnte mich besser (fast wie ein erwachsener und nicht wie einer dieser ewigen Söhne) durchsetzen. Es war erträglich geworden. Zur Therapie kam ich nicht wieder, aber ich bin damals – nach dem Gespräch mit der Psychologin – in der frischen Luft und zu Fuß den Hügel hinunter nach Hütteldorf gegangen.

Café Klinik

Was ist das Gegenteil der Natur? Natürlich das Allgemeine Krankenhaus in Wien. Dorthin kam ich fast direkt, beinahe ohne Umwege, aus der Natur. Gewiss ist die Natur, die sich einem Menschen wie mir zugänglich erweist, bloß eine Kulturlandschaft. Aber immerhin. Ich saß am Fluss und sah nichts, gar nichts vom Fluss. Der Fluss war erst in Dunkelheit, dann in Nebel gehüllt, in jedem Fall war er unsichtbar. Ich starrte mit höchster Aufmerksamkeit auf das Unsichtbare, denn ich wartete auf einen Moment, auf den Augenblick des Übergangs von der Unsichtbarkeit des Flusses zu seiner Sichtbarkeit. Dieser Moment, das wusste ich schon, ließ sich nicht feststellen – er war, wenn ich ihn bemerkte, immer schon vorüber. Und siehe, da war er schon wieder vorbei: Der Nebel hatte sich aufgelöst, der Fluss trat aus seiner Unsichtbarkeit hervor, und ich sagte laut dazu: Die Natur ist erwacht.

Ich hatte sie durch Wochen beim Erwachen beobachtet. Da ich nicht schlafe, höchstens ein paar Stunden und manchmal sogar am helllichten Tag, war ich der Natur für das Schauspiel ihres Erwachens dankbar. Dieses Erwachen ist, wenn man entsprechend vorgebildet ist, schöner als Fernsehen. Aber ich bin nicht vorgebildet genug, um im Erwachen der Natur mehr zu sehen, als dass es hell wird. Die Helligkeit verpflichtet die Menschen zu Fleiß und Industrie, und so war ich auch immer traurig, wenn es Tag wurde. Am Tag wird es ernst, obwohl es auch Menschen gibt, die in der Nacht so schlecht träumen, dass sie aus dem Bett fallen oder springen und sich nicht selten verletzen. »Gestern habe ich von dir geträumt, dann bin ich, ohne zu erwachen, aus dem Bett gesprungen, fiel, und war immer noch nicht erwacht, auf die Kante meines Schreibtisches, verletzte mich schwer, und rief in einem Mix aus Halbschlaf und Hellwachheit die Rettung. Als die Rettung endlich da war, gab ich mein Wachsein auf und wurde ohnmächtig.«

Im Allgemeinen Krankenhaus dachte ich gerne an die Natur und ihr Erwachen. Ich sagte zu niemandem Schellings Satz: »Die Natur schlägt im Menschen die Augen auf und bemerkt, dass sie da ist.« Ich hatte den Satz für mich gehütet wie ein Geheimnis, aber dann, lange bevor Rüdiger Safranski auch damit im Fernsehen auftrat, fand ich den Satz in der *Neuen Zürcher Zeitung* veröffentlicht. Obwohl ich ihn auswendig weiß, beeindruckt er mich zusätzlich, wenn ich ihn lese. Ist es die Natur, die in mir die Augen aufschlägt, und was bemerke ich dabei? Sicher bin ich es, der die *Neue Zürcher Zeitung* aufschlägt, im Café Klinik, um mithilfe einer Lektüre über die Runden zu kommen, die der Schmerz diktiert: erste Runde, zweite Runde – über wie viele Runden der Kampf gehen wird, weiß man am Anfang noch nicht. Am Nebentisch sitzt eine Dame; sie hat ein Glas Bier vor sich, und sie spricht in ihr Mobiltelefon. Beim ersten Anruf sagt sie: »Ja, du kannst ihr zu essen geben, was sie will. Es ist gleichgültig; sie erbricht alles.« Im zweiten Anruf sagt sie das Gleiche und im dritten Anruf wieder. Die Dame mit dem Glas Bier vor sich macht einen Rundruf. Sie verständigt der Reihe nach Verwandte und Bekannte. Im sechsten oder siebten Anruf habe ich sie zusätzlich sagen hören: »Die Mutter wird sterben. Das ist sicher.«

Heute sehr zeitig in der Früh hatte ich das Allgemeine Krankenhaus, dieses Gegenstück der Natur, beim Erwachen erlebt. Wenige Menschen waren in der Halle und noch weniger waren auf den Stockwerken unterwegs. Wo ich hinmusste, war ich ganz allein: Ich hatte den ersten Termin des Tages bei der Magnetresonanz (eine Untersuchung, vor der ich mich fürchtete), und ich versuchte, meine Übermüdung im Morgengrauen als Beruhigungsmittel zu benützen. Dieses Haus in seiner Künstlichkeit kam mir plötzlich belustigend vor. Sie hatten das riesige Allgemeine Krankenhaus im Inneren so gebaut, dass es aus lauter kleinen Einheiten, aus *little boxes*, bestand; sie wollten sich die Illusion der Übersichtlichkeit nicht nehmen lassen. Die Boxen hatten verschiedene Farben, vor allem das Orange ging mir auf die Nerven. Auf jeder Box stand die bedeutungsvolle Funktion geschrieben, die sie für das Ganze der Heilkunde übernommen hatte. Alles lag in einem Halbdunkel, und ich konnte Gott sei Dank nicht genau lesen, welche medizinischen *facilities* (Hilfen, Hilfsmittel, Anlagen, Ausstattungen, Einrichtungen, Gelegenheiten, Gerätschaften) ich hier passierte. Ich schleppte mich meinen Weg entlang, durch die verlassenen Gänge, während ich dachte, die englische Sprache schafft das mit einem Wort. Aber führt alles auf einmal nicht zu Ungenauigkeiten, zu Verwischungen?

Das Fußballer-Doppelpack, Meniskusriss und Muskelriss, war meine Diagnose. Dabei spiele ich schon seit vierzig Jahren nicht mehr Fußball. Anerkennend hatte der Professor, der mich als Erster untersuchte, gesagt: »Sie können ja kaum einen Schritt tun.« Jetzt, in der Krankenhausdämmerung, tat ich einen Schritt nach dem anderen, und es tat sehr weh, und nach jedem Schritt tat es noch mehr weh. Unterwegs befragte ich mich selbst, ob ich von der Vorstellung zu verführen wäre, mich in eine der Kojen zu legen, einen noch größeren Schmerz als den eines Muskelrisses durchzustehen und schließlich adieu zu sagen. Was denkt man denn, wie viele Leute, die hier zu Bett liegen, werden an diesem Morgen nicht mehr erwachen? Der erste Tag eines Lebens, an dem es mit dem Erwachen aus ist. Man könnte sagen, »einwenden«, dass viele an so einem Morgen entlassen werden: geheilt entlassen. Aber das, dachte ich, spielt sich in einer anderen Welt ab: Das Ende ist mit dem Weitermachen nicht kompatibel. In diesem Augenblick, da ich ans Ende dachte, gingen die Lichter an, das Krankenhaus, wie soll ich es sagen, erwachte zum Leben. Eine Putzbrigade und ein paar Ärzte in Turnschuhen kamen mir entgegen. Wie Geschosse aus dem All schossen die, die gut bei Fuß waren, an mir vorüber.

Ich saß schon wieder, allein, es war noch zu früh für den Betrieb in seiner ganzen Gewalt. Die Box (war es eine orangefarbene?) tat sich auf; sie holten mich ab, um mich in die Maschine zu schieben. Es ging um meine ultimative Durchleuchtung. Das ist doch wie im Tonstudio, dachte ich, wo ich einmal im Monat eine Glosse über das Glück aufnehme: Ich führe mich vor dem Mikrophon auf, und draußen – hinter einer Glaswand – sitzen ein Techniker und ein Redakteur, denen mein Glück schnuppe ist. Während der Apparat mein Inneres fotografierte, kontrollierte die medizinische Mannschaft – hinter einer Glaswand – den Vorgang rein technisch. Was hatte ich denn erwartet? Zum Glück war es bei mir das Bein, das rechte Bein: Wenn es das Bein ist, schieben sie dich nicht mit dem Kopf voran in die Röhre, die dich dann wie ein erpresserischer zweiter Leib umschließt. Ich lag mit dem Bein voran in der Röhre, der Kopf war draußen: »in der Wirklichkeit«, und nicht hinter der am Ende eng werdenden, sich verjüngenden Röhrenausbuchtung. Einer von der medizinischen Mannschaft hatte mir eine Menge Beruhigungstropfen eingeflößt. Beruhigt-beunruhigt schloss und öffnete ich die Augen, die Maschine ratterte beim Durchleuchten bösartig, mein Blick fiel auf das Etikett, auf die Marke der Maschine: Hm, dachte ich, die Firma erzeugt ja auch Unterhaltungselektronik. Die Welt ist klein, alles liegt eng beisammen, mein Fernseher … Denen da draußen, die von meinem Inneren mehr mitbekamen als ich, hätte ich in meiner beengten Lage gern die folgende Geschichte aus meinem Leben erzählt:

Ich weiß nicht, wie alt ich damals war, ich weiß nur, dass ich vollkommen gesund war und dass jedes Erwachen in der Früh einen Einschnitt wie Tag und Nacht bedeutete; es war also damals anders als heute, da die Schlaflosigkeit kaum einen Unterschied zur Verschlafenheit zulässt, mit der ich meistens am Tag – für die anderen – Wachheit vortäusche, genug Wachheit, damit sie glauben können, ich höre, was sie sagen, und ich tue, was sie verlangen. So wird das Leben zur Alterserscheinung. Aber als ein neuer Mensch erwachen, jeden Morgen, das heißt Jugend. In meiner Jugend, und ich habe nicht die geringste Ahnung, warum, blieben mir ein paar Sätze Nietzsches hängen. Ausgerechnet, als ich gesund war und selbstverständlich auf die Fortsetzung dieses Zustands setzte, grub sich in mein Gedächtnis eine Passage vom Taumel der Genesung ein, vom Glück eines Erwachens aus dem Schmerz, dessen Tyrannei man als Kranker mit dem ebenso tyrannischen Stolz begegnete, aus ihm keine Folgerungen für das Leben überhaupt zu ziehen. Aber dann diese Augenblicke der Befreiung, das Ende der Tyrannei, Gesundheit und Hoffnung und schließlich bei Nietzsche auch eine Naturmetapher, die Beschwörung eines plötzlichen Gefühls und Vorgefühls »von wieder offenen Meeren«.

Sonntag in Wien

»Noch im Netz der Müdigkeit
verheddert.« Dieser Satz,
ein Zitat aus der Zeitung,
aus dem Zusammenhang gerissen,
ist die ganze Wahrheit.

Ich kann dich nicht treffen
»im Café vom letzten Mal«
(wie du schreibst).
Es ist heute, es ist immer
sonntags geschlossen.

»Die Zeit ist hin«

Notizen zum Liebesabschied

Eine der Folgen der Kriminalfilmserie »Bella Block«, ausgerechnet einen Zweiteiler, der schon allein der Verdoppelung wegen ehrgeizig erschien, mochte ich, ein Fan der ersten Stunde, gar nicht: Bella Block erleidet im Zuge der Ereignisse ein Messerattentat und verliert in der Folge ihre Stimme. Dass die beste Sprecherin deutscher Sprache, Hannelore Hoger, eine Zeitlang ohne Stimme spielen muss, ist vielleicht ein Inbild für den Zustand des öffentlich-rechtlichen Fernsehens. Aber diese Überdramatisierungen von Kriminalhandlungen sind eine deutsche Unsitte, die an vielerlei Tatorten um sich greift. Dabei missversteht man die Regeln der Gattung und ersetzt sie durch Seelendramen, in denen ein Pathos verletzter Innerlichkeit die Handlung kontrolliert. Dagegen ist das Schöne an der Gattung die ausgefeilte Unterstellung, dass sich das wirkliche Leben, wie immer auch von Psychischem angetrieben, wenn überhaupt irgendwo, dann in der Außenwelt abspielt.

Dennoch war die Doppelfolge »Am Ende des Schweigens« für mich sehr wichtig. All die Jahre hatten Bella Block und ihr Lebensgefährte Simon Abendroth, also Hannelore Hoger und Rudolf Kowalski, in einer Kunst ohnegleichen ihre kompliziert-zarte und doch zugleich feste Beziehung vor Augen geführt. Würde man eine Montage dieser Kunst zeigen, Ausschnitte aus den Jahren der Gemeinsamkeit, es wäre lehrreich für Dramaturgen, Psychologen und Liebende. Lehrreich ist auch das Ende ihrer Beziehung. Es geht mit den beiden nicht mehr. Der Film zeigt ein schwarzes Buch mit dem Namen »Theodor Storm« darauf und man hört auch entsprechende Verse, das Ende eines Gedichts: »Und wieviel Stunden dir und mir gegeben, / Wir werden keine mehr zusammen leben.«

»Die Zeit ist hin« heißt das Gedicht von Storm. Ich bin dankbar, davon erfahren zu haben – es ist in meinen Augen ein vollkommenes Gedicht.

»Die Zeit ist hin; du löst dich unbewußt
Und leise mehr und mehr von meiner Brust;
Ich suche dich mit sanftem Druck zu fassen,
Doch fühl' ich wohl, ich muß dich gehen lassen.
So laß mich denn, bevor du weit von mir
Ins Leben gehst, noch einmal danken dir;
Und magst du nie, was rettungslos vergangen,
In schlummerlosen Nächten heimverlangen.
Hier steh' ich nun und schaue bang zurück;
Vorüber rinnt auch dieser Augenblick,
Und wieviel Stunden dir und mir gegeben,
Wir werden keine mehr zusammen leben.«

Karl Kraus hat über den Reim gesagt: »Er ist das Ufer, wo sie landen, / sind zwei Gedanken einverstanden.« Was dies heißen soll, kann man eben an Storms Abschiedsgedicht begreifen, in dem Trauer über den Abschied und die Einsicht in die Unerbittlichkeit, dass er sein muss, also Emotion und Intelligenz einander treffen. Es gibt die verlorene Zeit, und es gibt den verlorenen Menschen. Zwischen Bella Block und Simon Abendroth tritt ein Schweigen. Es wird immer mehr ihrer beider Medium. Das Schweigen ist selbstverständlich etwas anderes als ein übliches Missverständnis. Das Problem beim Schweigen ist ja, dass man es allzu gut versteht; es ist alles gesagt, man hat einander nichts mehr zu sagen, auch wenn man noch versucht, das »richtige Wort« zu finden. Dieses Schweigen zwischen Mann und Frau. In Prosa steht meine Stelle dafür in Konrad Bayers »der sechste sinn«: »unten im gras sitzen mirjam und oppenheimer in ihren körpern, mit rosa haut überzogen und mirjam sendet starke schallwellen in den äther, die in ihrer muttersprache mitzuteilen versuchen, dass oppenheimer sie vernichtet habe, die haltung von oppenheimers körper deutet auf banalitäten wie ›die zügel entglitten‹, nicht ›herr der lage‹ und so weiter.«

Es ist der Versuch, das Schweigen durch die Schuldfrage zu lösen. So wie die Antwort ausfällt, gibt es nicht einmal eine Scheinlösung. Floskeln der Hilflosigkeit, die entschuldigen, aber zugleich besagen, dass einem die Schuld gleichgültig ist. Oppenheimer konnte nicht anders, weil er nicht anders wollte, aber er sagt noch was, um sich »das Schweigen« zu ersparen. Mirjam hingegen redet, aber es ist ein rein physikalischer Vorgang, es sind Schallwellen, immerhin starke, die allerdings nur den »Äther« zum Adressaten haben. Aber ist »der Äther« nicht größer als jeder Mensch? Routinemäßig übersetzen sich die Schallwellen in die Muttersprache, in was denn sonst. Es fällt das Wort »vernichtet« – es bedeutet dem, der nichts wiedergutmachen möchte, einen von weit herkommenden, weit an ihm vorbeigehenden moralischen Vorwurf. Dass seine Moral schlecht ist, weiß ein Oppenheimer. Es kostet ihm nichts, wenn man ihn damit konfrontiert. Das Ganze ist sinnlos, aber es hört nicht auf. Diese Unaufhörlichkeit habe ich in einem Film von Erwin Wurm gesehen: eine Frau, die in einer Endlosschleife den verlorenen Menschen beschimpft, schon allein deshalb, weil er nicht mehr da ist. Er hat es geschafft, sich dem Schimpf zu entziehen. Er kann glücklich sein, nichts, kein Wort mehr von ihr zu hören.

Es dauert, bis man erkennt, dass das »richtige Wort« nur eines des Abschieds sein kann. Es muss aber ein letztes Wort sein, sonst ratscht man sich tot wie die Person in Wurms erhellendem Film. Die Rolle der Sprache in der Liebe ist oft besprochen worden. Ich gebe zu, dass ich skeptisch bin (oder aversive Gefühle hege) der These gegenüber, dass Liebe ein »Kommunikationscode« sei, ein »Script«, das die Regeln der Eindrücke und des Ausdrucks reguliert. Das ist schon wahr, aber solche Thesen machen eine Frage von Leib und Leben der Wissenschaft mundgerecht. Sie übertragen eine riskante Sphäre in eine relativ risikolose, in der der Philosoph oder der Soziologe endlich schalten und walten kann. Soll er! Aber mich fesselt die Tatsache, dass Liebende auch mit Worten ineinander verankert sind. Wenn man sie streiten hört, hört man auch: »Du hast gesagt …« und: »Nein, das hab ich doch nie gesagt«, und es beginnt eine (un)fröhliche Hermeneutik. Diese Hermeneutik, die Auslegungskunst dessen, was gesagt wurde, kann in den Trennungsphasen oder am Anfang einer Liebe schneidend sein: »Was, verdammt noch einmal, meint sie, wenn sie sagt …« Die beiden Pathologien, die aus diesem Umstand resultieren, sind einerseits der nie versiegende Wortstrom, der den Geliebten, die Geliebte umspült, aber doch niemals mitreißt. Und die andere Pathologie, die aus der Sprachgebundenheit sogar der sexuellen Aktivitäten herrührt, ist der wortlose Abschied. Ich habe einmal einer Geliebten, die sich so empfahl, mitgeteilt, eine kleine, wenigstens eine ganz kleine Zeremonie des Abschieds sei doch wünschenswert. Eine solche Zeremonie, sagte ich, während ich um nichts Geringeres als um ein Telefongespräch bat, sei doch kulturelles Menschheitserbe.

Darunter mach ich's halt nicht. Aber das Problem, das sich hinter dem wortlosen Abschied verbirgt, kommt von der

Frage, wie man denn mit einem Menschen umgeht, den man einmal geliebt hat. Früher einmal. Wie geht man in dem Augenblick mit ihm um, in dem man ihm zeigen muss, ihm sagen muss, dass man ihn nicht mehr liebt. Es ist der »entscheidende Augenblick«, und ich predige darüber keine Moral. Der Witz aber ist, dass die Abfuhr, die man einem einst geliebten Menschen erteilt, zugleich mit Selbstachtung zu tun hat. Ich kenne Menschen, die für den wortlosen Abschied plädieren: Wenn eine Liebe vorbei ist, dann gibt es nichts mehr zu sagen. Und dieses Nichts muss man ernst nehmen. Das scheint mir »menschlicher« als Oppenheimers faule Resignation, die gegen den Totalanspruch des Wortes »vernichtet« nur weiche, ausweichende und zum Schein überbrückende Floskeln kennt. Der wortlose Abschied (jeder andere auch, aber vielleicht weniger) erzeugt bei den Betroffenen einen Rededrang: Ein Freund, der auf einer Universität lehrt, erzählte mir von einem Kollegen. Dieser war einst sogar in einer Illustrierten beim Namen genannt worden, denn eine berühmte Schauspielerin liebte ihn. Aber als es zu Ende war, verließ sie ihn wortlos, und der akademische Lehrer konnte von nun an nicht aufhören, jedem, dessen er habhaft wurde, eindringlich die Frage zu stellen: »Warum sagt sie denn nichts …«

Die Qual, die in dieser Frage, nein, nicht steckt, sondern die aus ihr herausschreit, ist Allgemeingut der Liebe. Worüber Leopold von Sacher-Masoch Madame in »Venus im Pelz« referieren lasst (»… je hingebender das Weib sich zeigt, umso schneller wird der Mann nüchtern und herrisch werden; je grausamer und treuloser es aber ist, je mehr es ihn misshandelt, je frevelhafter es mit ihm spielt, je weniger Erbarmen es zeigt, umso mehr wird es die Wollust des Mannes erregen, von ihm geliebt, angebetet zu werden«), das ist kein Credo einer erotisch-sexuellen Spezialität. Es ist schlicht die Regel jeder Leidenschaftsliebe, die sich dadurch aufrechterhält, dass zwei Menschen einen Kreislauf aus Qual und der Erlösung etablieren. Die Frage: »Liebst du mich?« aus dem Geiste der unbegründeten Eifersucht zeigt diese Orientierung deutlich: Man sucht die Qual (und sei es nur spielerisch), um die Intensität zu erreichen, auf die einen die Leidenschaftsliebe drillt. Deshalb, wegen des Anteils an verrückt machender Qual in der Liebe, haben einige Aufklärer empfohlen, der Liebe die Freundschaft vorzuziehen. Liebe macht verrückt, aber in der Freundschaft hat man seine Sinne beisammen. Auch die Ehe als Utopie hat mit der Vorstellung zu tun, man könne den Wahnsinn der Herzensbindungen in die »Keimzelle des Staates« verlagern, in eine allseits nützliche Lebensgemeinschaft überführen. In der Ehe wäre die Leidenschaftsliebe aufgehoben, das heißt: bewahrt und zugleich in etwas weniger Schädliches transformiert. Das ist wie Sozialdemokratie im Gefühlshaushalt, also »sublimierter Klassenkampf«. Aber, fragt man mich, dann bietet die Ehe (wie der Staat) nichts als den jeweils eigenen Wahnsinn, allerdings ohne die Chance auf Wollust, die der leidenschaftlich Verliebte sich wenigstens verspricht.

Dennoch bleibt nichts übrig, als die Transformation der Leidenschaftsliebe, als ihre Überführung in »etwas anderes« zu erhoffen und zu betreiben. In der eingebürgerten Liebe steckt nämlich eine hoffnungslose Paradoxie, und das auch noch unter dem Horizont eines Machtverhältnisses: Wer weniger liebt, hat Macht über den, der seiner Liebe ausgeliefert ist. Die Mächtigen in dieser Beziehung genießen eine Zeitlang ihre Macht; sie sind von der Erotik euphorisiert, können besser arbeiten, ja, leben. Aber bald tritt ihnen das Leid, das sie verursachen, zu nahe; es geht ihnen auf die Nerven, und weil sie in ihrer Souveränität selber kein Leid empfinden, vergeht ihnen auch die Liebe.

Die Paradoxie kommt aus den sadomasochistischen Quellen der Leidenschaftsliebe. Ohne Qual keine Intensität. Die glückliche Liebe, das andauernde ungebrochene Liebesglück, hebt sich von selber auf. So etwas wird langweilig und verschwindet, und wehe dem Menschen, für den ein anderer, der sich bereits mit ihm langweilt, noch ein Glück ist. Es reißt ihn tiefer hinab, denn es ist ja sowieso das Unglück, von dem die Leidenschaftsliebe lebt, von dem sie hochgepeitscht wird. Andererseits bleibt, wenn man die Liebe in nichts anderes überführen kann, die Qual als der Grund bestehen, aus dem ein halbwegs vernünftiger Mensch (oder ein Liebesirrer mit dem, was ihm an Vernunft geblieben ist) seinen Abschied nimmt. In der Qual liegt daher auch die Rettung. So ist der Abschied nicht das andere der Liebe. Der Qual wegen, die unerträglich werden kann, ist der Abschied der Leidenschaftsliebe immanent. Nur das Leid stachelt auf, hält die Liebe auf Dauer. Aber wer hält das *in the long run* aus?

Die Leidenschaftsliebe, jenes körperliche und geistige Zittern, das zumindest anscheinend von einem anderen Menschen ausgelöst wird und das den Menschen durch und durch erschüttert, das ihn zum Täter und zum Opfer im emphatischen Sinne macht, diese depersonalisierende Leidenschaft, in der die Täter und die Opfer den eigentlichen Kern ihrer Person, ihres Wesens zu finden glauben, versetzt sie in die Ausweglosigkeit. Im bloßen Glück verliert die Leidenschaft ihre Macht (ihre Qualität), im bloßen Unglück wird sie unerträglich.

Der Zivilisationsprozess, der so etwas wie »die Liebe« hervorgebracht hat, war auch ein Geschlechterkampf. Den Frauen vor allem wurde eingeredet, an »das Glück in der Liebe« zu glauben, und unterwegs haben auch einige Männer daran glauben müssen. Aber es geht nicht darum, irgendein mögliches Glück zurückzuweisen. Die Aporie ist kein Schicksal, sondern eine »Challenge«, eine Aufforderung zur Klugheit. Man muss entlang der Frage agieren, ob man sich der Liebe ausliefern oder ob man ihren Wahnwitz lassen soll. Der Verzicht bedeutet eben kein Glück, sondern Souveränität ohne die Freuden der Hingabe: drüberstehen. Das ist genauso ungut wie Unterliegen, wie der Selbstverlust zugunsten eines Fremden, den man für seinen Nächsten hält. Wie sollen zwei Menschen, die einander nicht verfehlen wollen, die Metamorphose der Leidenschaftsliebe schaffen, ohne in der dramatischen Trennung oder in der öden Routine zu landen?

Unter den Abschieden hat der wortlose für mich die stärkste Aura. Er sagt ganz entschieden, was den wahrscheinlich unbeabsichtigten Doppelsinn von Storms Gedichttitel ausmacht: »Die Zeit ist hin.« Sie ist nicht nur vorüber, sie ist kaputt, zerstört. Sie hat keinen Wert mehr. Da erübrigen sich die Worte. Ich glaube, dass man aus dem Plädoyer für den wortlosen Abschied auch die Differenz von Liebe und Freundschaft herauslesen kann. Einen Freund wortlos zu verlassen, ist möglich, aber es hat nicht annähernd die Bedeutung wie der Abschied ohne Worte in der Liebe. Die, die für ihn plädieren, würden keinen Freund wortlos verlassen – warum denn auch? Einen Geliebten schon, weil, wenn dessen Attraktivität, worin immer sie auch bestanden haben mag, zu Ende ist, wenn die Zeit hin ist, ist für solche Menschen nichts mehr da. Was gibt's da noch zu sagen? Sie überstehen – beneidenswert – jede Liebesbeziehung in selbstzufriedenem Schweigen.

Postskriptum: Mit siebzig fängt das Leben erst an. Aus Eifersucht zündete ein 73-jähriger Pensionist einen mit Schrauben gespickten, selbstgebastelten Sprengsatz neben seiner 84-jährigen Ex-Geliebten und verletzte sie dadurch tödlich.

Liebe Grüße

Erst grüßt sie nicht,
weil sie mich nicht sieht.

Dann sieht sie mich
und grüßt mich nicht,
weil sie mich nicht erkennt.

Dann sieht sie mich
und grüßt mich nicht,
weil sie mich erkennt.

Grußlos trete ich ihr
aus den Augen.

Kann denn eine Liebe Vorbild sein?

Einen Literaturkritiker habe ich sagen hören, er würde nicht das Leben rezensieren, sondern nur den Widerschein desselben in der Literatur. Er wollte damit wahrscheinlich ausdrücken, und ich unterstütze ihn dabei, dass er für sich – außerhalb jedes Widerscheins – auch noch ein Leben habe. Aber weil dieses Leben echt ist und nicht scheinhaft, ist er darin auch frei von den Stigmata seines Berufs. Den Literaturkritiker habe ich ausrufen hören: »Ich hab doch keinen Autor!«

An unserer Kultur liebe ich sehr, dass man in ihr nichts behaupten kann, was nicht zugleich richtig und falsch ist. Dadurch hat ein jeder Mensch, wenn er nur will, die Chance, sofort einen Fundamentalisten (der das einzig Richtige weiß) zu erkennen und ihn lächerlich zu finden. Das will natürlich nicht jeder, und darauf können sich die Dogmatiker verlassen: Das Publikum hat es eben gerne, wenn einer die Knoten der Existenz wie einen gordischen Knoten zerschlägt. Danach schürzen sie sich allerdings sofort wieder. Aber was macht es? Man hat einen Augenblick des Triumphes erlebt.

Man soll sich, habe ich gelesen, in der »Überkomplexität unserer Kultur« die Naivität bewahren. Das glaube ich auch, und ich spüre geradezu körperlich, wie überkomplex die Aufforderung ist, sich unter solchen Umständen die Naivität nicht nehmen zu lassen. Diese Aufforderung kommt mir wie die am meisten komplexe Variante der »Sei-spontan!«-Maxime vor. Dafür muss man stark sein, aber es muss sein, und das Wesen bedeutender Menschen ist ja auch damit definiert: Sie schwanken in keinem Einerseits-andererseits, sie sind andererseits auch nicht lächerlich entschieden und unterbieten mit Eindeutigkeiten die vielseitigen Verzweigungen, in denen das Leben abläuft. Sie sind in ihrem Zweifel nicht dekadent, nicht grüblerisch, sondern noch genug naiv, und in ihrer Stärke sind sie nicht zynisch, auch wenn sie den meisten überlegen sind und viele dazu zwingen, zu ihnen aufzuschauen.

Das ist eine simplifizierende Utopie, mit der ich aber ausdrücklich arbeiten möchte. Es geht um zwei bedeutende Menschen, die nicht zuletzt, weil sie sich selber so viel bedeuteten, und auch weil sie einander so viel bedeuteten, für viele Menschen auf der Welt bedeutsam waren. Von ihnen gibt es einen Briefwechsel, und ich muss gleich eine Frage beantworten, aber nur, damit ich sie dann ein für alle Mal los bin, nämlich die Frage, die da lautet: Lohnt es sich, die Briefe Simone de Beauvoirs an Jean-Paul Sartre zu lesen oder sie gar käuflich in der nicht billigen zweibändigen Ausgabe zu erwerben?

Die Antwort: Ja, ja, es lohnt sich, aber unter wenigstens zwei einschränkenden Voraussetzungen: Der Käufer, die Käuferin muss erstens Sinn für Kolportage haben, das heißt für den netten Schund publizierter Intimitäten, und ich sage das ohne Herablassung, sondern als korrekt angeekelter Leser von Bastei-Lübbe-Romanen. Im schlimmsten Fall meiner schändlichsten Selbstvergessenheit lese ich sogar Harold Robbins und komme dabei fast genauso auf meine Rechnung wie bei der Lektüre dieser Dokumente aus dem wirklichen Leben von Simone de Beauvoir und Jean-Paul Sartre.

Freilich muss ich gegen mich selbst einwenden: Es wird schon was Wahres dran sein, wenn einer der deutschsprachigen Rezensenten der Briefbände darauf hinweist, nur »ein Tropf«, dem nicht zu helfen wäre, könne das Höhere (oder, füge ich fragend hinzu, vielleicht auch das Tiefere?) an diesen Briefen übersehen; das eben macht – so würde ich mich wiederum wehren – ja die Kolportage aus, dass sie ihre Höhen und Tiefen hat.

Aber allein ein wohltemperiertes Interesse für das Hohe und das Tiefe reicht nicht: Es muss nämlich zweitens, will man so teure Bücher wie diese Briefbände mit Gewinn erstehen, noch ein anderes Interesse da sein, nämlich – etwas umständlich gesagt – ein Interesse für das sogenannte authentische Leben, für das Leben wirklich gelebt habender, berühmter Persönlichkeiten.

Authentisch – an wem könnte man es besser zu beweisen versuchen als an Sartre und Beauvoir – ist nichts anderes als eine bestimmte Stilisierung, eine bestimmte zur Haltung stilisierte Pose, an der keineswegs allein die Poseure schuldig sind, denn damit der Mythos sich bilde, bedarf es der Abnehmer, des Publikums, das sich durch Glauben in eine exzellente Welt einkauft, aus der es sonst ausgeschlossen wäre; alles von der Art ist eben Abmache, und ich sage das als Anhänger von Beauvoir und Sartre, denn es gibt für mich nicht einen einzigen Grund, die eventuelle Vorbildhaftigkeit dieses Paares zu bestreiten – bloß wegen dieser Briefe, die in ihrer gelegentlichen Banalität, in ihrer, um etwas zu heideggern, in ihrer Verfallenheit ans Man schon ziemlich weit gehen, zum Beispiel bis nach New York und zu dem wahrheitsträchtigen Satz der Beauvoir: »N.Y. ist wirklich eine Hauptstadt.«

Es wurde in den Rezensionen gesagt, Beauvoirs Briefe seien viel weniger elegant, viel weniger gut geschrieben als die Sartres; es wurde auch gesagt, dass das daran liegen könnte, dass Sartre, während er Soldat war, am Pariser Leben teilhaben wollte, und Simone Beauvoir hätte ihm daher in den dreißiger und vierziger Jahren Briefe geschrieben, die das Pariser Leben genau, eben bis in banale Details hinein schilderten. »Alles«, schrieb die Beauvoir an Sartre (der sie Castor, Biber, nannte),

»was ich erlebe, erlebe ich, um es Ihnen zu erzählen, damit es zu einer kleinen Bereicherung Ihres Lebens wird.« Briefeschreiben also als Dienstleistung, als Liebesdienstleistung.

In Sartres Briefen – sie sind schon viel früher erschienen – finden sich selbstverständlich Meisterstücke der Darstellungskunst, Inbegriffe dessen, was die Herausgeberin dieser Briefe, nämlich Simone de Beauvoir, als »Transkription des unmittelbaren Lebens« bezeichnet hatte. Briefeschreiben als Transkription, als Verschriftlichung verfließender Unmittelbarkeit, als Bewahrung des Kontingenten, des rein Zufälligen, von dem verschluckt zu werden der Horror der nach authentischem Leben dürstenden Philosophen war.

Aus Sartres Briefen will ich diesen einen zitieren, der vom Mann erzählt, der seine Furze anschnauzte. »Als ich die Straße hinaufging«, schrieb Sartre im Mai 1937 an Simone, »hörte ich es hinter mir furzen ... weitere Furze folgten, laute und zu Hunderten. Ich habe mich umgedreht, um den Furzomanen zu sehen, und sah einen Kerl mit Mütze, blass im Gesicht und schlecht aussehend, mit riesigen roten Händen. Der Kerl fing an, seine Fürze anzuschnauzen. Er sagte zu ihnen: ›Ihr habt mir lang genug gestunken, ihr Dreckschweine ...‹ Als er sie anschnauzte, hörten die Furze auf. Aber als er schwieg, fingen sie nur umso schlimmer wieder an. Er hat gesagt: ›Ihr foltert mich!‹ ... Er war sicher verrückt.«

Eine merkwürdige Geschichte, umso merkwürdiger, als sie ja (von Menschen, denen nichts heilig ist) leicht als Parabel über Reden und Schweigen, über Schweigen und Schreiben genommen werden kann; ich will darauf hinaus, dass es in Beauvoirs Briefen ebenfalls außerordentliche Stellen gibt, in denen das unmittelbare Leben vorzüglich transkribiert erscheint; eine davon – aus dem zweiten Band – handelt von einer Verrückten in Amerika, die sich bei Nelson Algren, einem

Geliebten der Beauvoir, Zugang verschafft hatte. Die Erzählung von der Performance der Unglücklichen liest sich wie ein Treatment zu einem Stephen-King-Film. Kriminalistisch gesehen, ist die Unglückliche nur eine Stalkerin, aber die Erzählung handelt vom tiefen Unglück einer aus Liebe Abhängigen. Eine Frau im grauen Kittel, die in Algren verschossen war: »... und dann hat sie angefangen, ihr Leben zu erzählen, an den Ofen gelehnt, mit pathetischer Stimme, sie hat über zahlreiche unglückliche Ehen und über ein großes literarisches Werk, das sie unterbrechen musste, geklagt. Als sie mit dem Reden fertig war, hat sie angefangen, das Papier, das auf dem Tisch herumlag, aufzulesen, zu Kugeln zusammenzurollen und in den Müll zu schmeißen, dann hat sie voller Heftigkeit die Aschenbecher und die Schuhe weggesteckt und behauptet, sie räume auf, und sie hat wieder Whisky verlangt. Sie kippte in einem Zug ein volles kleines Glas hinunter, dann gab sie dem Wasserhahn einen ungeheuren Schlag, füllte das Glas mit Wasser und kippte es hinunter.«

Die Frau bettelte um eine Nacht mit Algren. Sie drohte ihm, wenn er sich ihr verweigerte, würde sie ihn nie mehr wiedersehen und morgen schon einen anderen heiraten. Das ist der klassische Fall von nix in der Hand haben, eine Erpressung, die demütigt, weil sie ins absolut Leere geht. Die meiner Ansicht nach großartigste Stelle in den Briefen der Beauvoir hat freilich einen anderen Paten als Algren; ich würde sagen: de Sade. Über den Marquise hat Simone de Beauvoir in den fünfziger Jahren auch eine Studie veröffentlicht; ihr Titel lautete: »Soll man de Sade verbrennen?«

Die sadistische Stelle in ihrem eigenen Briefwerk ist die Darstellung eines lesbischen Geschlechtsakts, fast rein aus der Mechanik des Vorgangs heraus, kalt und herzlos, wie es die Kunst vielleicht gebietet, die Moral aber sicher verbietet.

Solche amoralischen, lustlosen Liebeserlebnisse kommentiert Simone de Beauvoir in ihren Briefen an Sartre einmal charakteristischerweise so: »... wir sind zu mir hochgegangen und haben uns, soweit das überhaupt geht, etwas liebkost, aber ich war kühl wie ein Fisch, es scheint mir übrigens, ich bin vollkommen frigide, das ist auch eine Art Blockierung.« (Gott helfe mir, aber ich kann nicht anders, als mich an eine Stelle in Musils »Mann ohne Eigenschaften« zu erinnern. Da öffnet Ulrich schnell, damit alle Vorbereitungen dafür nicht umsonst sind, ein »Achselband«, und dann geht es so weiter: »Gerda schlüpfte wie ein Knabe ins Bett. Ulrich sah einen Augenblick lang die Bewegung eines nackten jungen Menschen; es hatte mit Liebe nicht mehr zu tun wie das Aufblinken eines Fisches.« Das ist die merkwürdigste Kälte, die auftritt, wenn einem nach allen Regeln der Kunst heiß sein sollte. Es ist eine männliche Erfahrung, die ich zu meiner Schande auch schon selbst machte, eine archetypische und zugleich ganz postmoderne.)

In der feministischen Sekundärliteratur habe ich folgende These gefunden: Simone de Beauvoir hätte Sartre gegenüber die gleichgeschlechtliche Liebe abgewertet, und zwar um ihm klarzulegen, die wahre Liebe sei nur mit Männern zu feiern, und tatsächlich: Während die Berichte über das Gleichgeschlechtliche in den Briefen den Eindruck erwecken, hier würde eine Frau die mit anderen Frauen konsumierte Lust im Nachhinein negieren, kommt das Heterosexuelle gut weg. »Ich frage mich«, schreibt Beauvoir zum Beispiel, eine Szene dialogisch wiedergebend, in der sie einen Freund Sartres verführt, »was für Augen Sie machen würden, wenn ich Ihnen vorschlagen würde, mit mir zu schlafen, und er sagte: Ich dachte, Sie würden denken, ich hätte Lust, Sie zu küssen, ohne es zu wagen.«

Darauf folgen logischerweise, wie in einem französischen Film, »idyllische Tage und leidenschaftliche Nächte«. In Frankreich hat die Veröffentlichung dieser Briefe auch zu Bitterkeiten geführt: Das soll also das vorbildliche Paar, die beispielhafte Gemeinschaft von Mann und Frau gewesen sein? In der Tat waren die Strategien von Sartre und Beauvoir, zwischen Lust- und Realitätsprinzip zu vermitteln, eng zusammenzubleiben und dennoch, mehr oder weniger flüchtig, anderen Menschen beizuschlafen, in der Tat waren diese Strategien von einer erstaunlichen, peinlichen Härte gegen Dritte.

Eine dieser Dritten hat unter ihrem ehelichen Namen Bianca Lamblin ein Buch veröffentlicht, es heißt ganz treffend »Memoiren eines getäuschten Mädchens«, treffend, weil dieser Titel vielsagend auf Beauvoirs »Memoiren einer Tochter aus gutem Hause« anspielt. Die Rowohlt-Taschenbuchausgabe dieser Memoiren zeigt als Titelbild Fotos von Sartre und Beauvoir, so als ob, was immer auch gegen die beiden vorzubringen wäre, ihr Bild über alles triumphieren würde. Und so ist es wohl auch. Für Aussagen einer von Berühmten Verletzten, einer von ihnen Getäuschten und Missbrauchten kann man am besten mit den Porträts derer, die ihr das angetan haben, Reklame machen. Auch hier zeigt sich die Schwäche der Moral: Gegen die Faktizität der Berühmtheit kommen Normen gar nicht an. Diese Leute, Beauvoir und Sartre, haben der Menschheit mehr gegeben, als der Einblick in ihre private Niedertracht dieser Menschheit jemals wieder nehmen könnte. Warum also überhaupt so einen Einblick geben? Nicht Rache, schreibt Lamblin, bewegt sie, »sondern schlicht der Wille, die Wahrheit zu sagen«. In ihrer Jugend war sie die Geliebte ihrer Professorin Beauvoir und – über deren Vermittlung – auch Sartres Geliebte gewesen. »Heute«, schreibt Lamblin nach der Lektüre von Beauvoirs Briefen an Sartre,

»begreife ich, dass ich das Opfer der donjuanesken Neigungen Sartres und der ambivalenten undurchsichtigen Protektion wurde, die Castor diesen gewährte. Ich war in eine Welt komplexer Beziehungen eingetreten, die erbärmliche Verwicklungen, jämmerliche Berechnungen, permanente Lügen nach sich zogen, in denen sich nicht zu verheddern, beide aufmerksam bemüht waren. Ich habe entdeckt, dass Simone de Beauvoir in ihren Klassen junger Mädchen nach ›Frischfleisch‹ Ausschau hielt und davon kostete, bevor sie es Sartre andrehte oder, um es noch gröber zu sagen, ihm zutrieb.«

Simone de Beauvoirs Briefe führen vor, wie außerordentlich kompliziert ein Alltag wird, in dem man verschiedenen Lieben gleichzeitig Genüge tun muss. Ich habe daraus gelernt, was andere längst wussten, dass nämlich Treue nicht bloß ein moralisches oder gar ein metaphysisches Gebot ist. Treue erweist sich als praktisches Prinzip, als Ordnungsprinzip, das dabei hilft, im Alltag nicht ständig am Rande des Nervenzusammenbruchs existieren zu müssen. Ich erkläre mir die seltsame, rücksichtslose Härte der Beauvoir gegen Dritte, die sie einmal will und ein andermal wieder grob wegschickt, nicht nur aus dem paradoxen Kampf um Sartres ungeteilte Liebe. Eine Härte dieser Art kommt wahrscheinlich auch daher, dass man Menschen, die man an sich zieht, obwohl man für sie gar keinen Platz hat, oft wie Dinge hin und her schieben muss. Sonst würde man selber untergehen, entmächtigt, selbstentfremdet werden. Die Beauvoir beklagt sich dementsprechend auch einmal, »Sklavin« der Ansprüche anderer geworden zu sein, aber sie sieht doch, wie fragwürdig ihr Verhalten diesen anderen gegenüber ist. Um an dieser Fragwürdigkeit nicht allzu sehr zu leiden, beruhigt sie sich gelegentlich mit einem fürchterlich zutreffenden Realismus, den sie Sartre mit der stimmigen Formel mitteilt: »Es stimmt, dass man schnell, wie es heißt, zur Tagesordnung übergeht, wenn ein anderer in der Klemme sitzt.«

Die Fragwürdigkeit, fragt man mich, liegt nicht zuletzt an der Philosophie des Existentialismus: Der Existentialismus ist eine subjektverschlossene, eine ichbezogene Philosophie, in der sich das Problem des anderen, des anderen Menschen, erstens nur sekundär und zweitens nur sehr widersprüchlich, ja, antithetisch stellen lässt. Selbst möchte man ja nicht von einem anderen als ausgrenzbare Antithese behandelt werden, und in den Momenten, in denen man dieses Ungleichgewicht verspürt, denkt man leicht ähnlich wie die Beauvoir, als sie über einen ihrer Abschiede von einer ihrer Geliebten an Sartre schrieb: »... der Abschied war pathetisch, jedenfalls ihrerseits, ich war gerührt, aber auf kühle Art und Weise, und es war mir eher unangenehm, auf ihrem Gesicht Gefühle wiederzufinden, die ich gehabt habe, für andere, und die ich schon seit Wochen nicht mehr habe – ich werde hart, mon amour, Ihre kleine Person wäre nötig, um mich zum Schmelzen zu bringen.«

Die Liebe zu Sartre ist die lebenslange, große Synthese, durch die die anderen Antithesen ertragen werden können und die im Notfall die dabei auftretenden Härten zum Schmelzen bringt. Das kann selber zur Härte werden, und mir scheint, weit entfernt von einem Übermenschenkult war diese Verehrung für Sartre nicht; einmal schreibt die Beauvoir: »Was für eine inhaltslose Nahrung, all die Leute, die nicht Sie sind.« Dann wiederum heißt es: »Wenn ich all diese Wracks sehe und all diese kleinen liebenswerten schwachen Gestalten ... dann ist mir die Vorstellung angenehm, wie stark wir sind, Sie und ich.«

Sie sieht keineswegs, dass die anderen nicht zuletzt ihretwegen solche Wracks sind, sondern im Gegenteil: »Ich finde, bis jetzt ist es ein Erfolg für unsere Lebensform; mon amour, es ist nicht nur unser Verhältnis, das Ihnen gelungen ist, es ist wirklich Ihr Leben, Ihre Moral und im Gegenzug auch mein Leben …«

Das Leben im Gegenzug. Michael Walzer, der amerikanische Soziologe, den man erfreulicherweise wie den Wiener Walzer schreibt, hat in seinem Buch »Zweifel und Einmischung. Gesellschaftskritik im 20. Jahrhundert« Simone de Beauvoir gewürdigt. Das war dem Soziologen jedoch nicht ohne den Hinweis möglich, die intellektuelle Leistung von Simone de Beauvoir würde durch ihre Beziehung zu Sartre verschleiert, genauer: durch ihre eigene Darstellung dieser Beziehung. Wenn die Beauvoir, so Walzer, über ihre mit Sartre geteilten philosophischen Auffassungen und über ihr gemeinsames politisches Engagement schriebe, dann würde sie sich fast immer als jemanden sehen, »der einen Schritt hinter Sartre bleibt, manchmal schlurfend, manchmal eilend, im Versuch, ihn einzuholen«.

Dass Simone de Beauvoir zumindest mit einem Buch Sartre voraus war, nämlich mit dem umfangreichen, gründlichen Essay »Das andere Geschlecht«, das weiß man heute, da Sartres Stern am Philosophenhimmel, wie ich meine, zu Unrecht, schon lange im Sinken begriffen ist. Jean-Paul Sartre und Simone Beauvoir waren zu ihrer Zeit Weltstars – Weltstars als Philosophen; das war einmal, das kommt nicht wieder. Michel Foucault zum Beispiel war ein Star unter allen Philosophen auf der Welt, aber die Beauvoir und Sartre, die waren Stars wie Cary Grant und Marilyn Monroe. Man lese nur in Beauvoirs Memoiren, etwa in »Der Lauf der Dinge«, über all die Reisen, von all den Anekdoten, die festhalten, wie die Weltprominenz sich selbst befruchtet. Meine Lieblingssätze daraus die Frage: »Würde es Ihnen und Sartre Spaß machen, Hemingway kennenzulernen?« Oder noch lieber habe ich den Protokollsatz: »Plötzlich warf Koestler Sartre ein Glas an den Kopf, das an der Wand zerschellte.«

Stars erfüllen in der Wirklichkeit nie, was sie versprechen; das ist nicht ihre Schuld, es ist ihr Wesen. Sie sind viel mehr Produkte unserer Sehnsucht als ihrer eigenen. Wenn dann solche Briefe erscheinen wie die der Beauvoir an Sartre, dann hat man das Gefühl, jetzt endlich die Wahrheit zu wissen, und die Wahrheit ist für unsereinen seit eh und je desillusionierend. Aber Vorsicht: Wer zum Beispiel eine berühmte Interviewpassage gegen Sartre und gegen den Wert seiner Beziehung zur Beauvoir ausspielen möchte, den könnte gerade die Desillusionierung täuschen. Sartre wurde in dem besagten Interview gefragt, wie er denn das mache, mit seinen vielen Frauen, und er antwortete: »Ich belüge Sie: Das ist leichter und anständiger. – Belügen Sie alle? – Er lächelt: Alle! – Auch den Castor? (Und da antwortet Sartre:) *Besonders* den Castor.«

Castor, das war der Spitzname der Beauvoir, und wenn es wahr ist, was Sartre hier gesteht, dann ist es ein Skandal: Dann hätte er die Frau, mit der er den Pakt geschlossen hatte, sich ein Leben lang alles anzuvertrauen, ein Leben lang belogen; aber – so frage ich –, warum hätte dieser chronische Lügner Sartre ausgerechnet in einem Interview sagen sollen, dass er in Wahrheit dauernd lügt. Vielleicht hat Sartre deshalb in seinen Bart gelächelt, weil er als Philosoph genau wusste, bei solchen drängenden Fragen nach der Wahrheit zitiert man am besten das klassische Lügner-Paradox: Wenn ich sage, dass ich ein Lügner bin, und es stimmt, dann habe ich die Wahrheit gesagt – also doch gelogen, weil ich dann, anders als ich es behauptete, kein Lügner war.

Niemandes Leben liegt jemals zur Rezension vor, auch wenn Briefe veröffentlicht werden, von sehr privatem Inhalt, die diesen Eindruck erwecken. Es ist nichts anderes gewesen als das Lesen fremder Briefe, das Erschleichen eines Einblicks in eine Innenwelt, die durch Veröffentlichungen auch denen geöffnet wird, für die sie nicht bestimmt ist. Der eingangs zitierte Kritiker hat einerseits recht: Es ist nur der Widerschein des Lebens, selbst in Briefen. Andererseits hat er aber unrecht: Die besagte Innenwelt ist einmal wirklich gewesen, sie hat das Leben zweier Menschen bestimmt. Und so versteht man alle Texte, die davon übrig geblieben sind, also auch die Briefe, diese Lebensreste, nicht bloß als Widerschein. Man macht sich, wie an alle Texte, mit der eigenen Lebenserfahrung an sie heran, auch Kritik erprobt sich nicht allein am Widerschein, bei ihr spielt vieles mit, was man aus außerliterarischen Erfahrungen zu wissen glaubt.

In den Briefen von Simone de Beauvoir an Jean-Paul Sartre steht über die beiden und über ihre Beziehung beileibe nicht alles; alles, die Totalität einer Existenz, könnte man nur in einem komplizierten Verfahren rekonstruieren. Dafür müsste man das Ineinander von öffentlichem und privatem Sein, die Vermischungen von sexuellem und sozialem Begehren, die persönlichen Zeiten und die historischen Epochen und was immer auch sonst kombinieren. Sartre hat das mit Flaubert versucht – so erfolgreich, dass seine Studie über Flaubert in der Rezeption marginalisiert wurde. Es wird natürlich lieber »Geschlossene Gesellschaft« von Sartre gespielt, da hat man schöne, weltberühmte Sager: »Also das ist die Hölle. Ich hätte es nie geglaubt … Wisst ihr noch: Schwefel, Scheiterhaufen, Rost … Was für Albernheiten. Ein Rost ist gar nicht nötig, die Hölle, das sind die andern.«

Das ist die Wahrheit, vielleicht auch gegen Sartre, der diese Hölle nicht prinzipiell gemeint hat. Ich glaube, er hat gemeint, dass sie sich unter Umständen auftut, in denen Menschen Verzicht auf ihre Freiheit leisten und aufeinander schauen müssen, um zu wissen, wie sie sein sollen. Auf diese Weise lässt man zu, dass der Nächste einem zur Hölle wird. Sartres Flaubert-Studie, »Der Idiot der Familie«, ist die unglaubliche, aber angemessene Anstrengung (auch für den Leser), herauszufinden, was man über ein Menschenleben, das man nicht selber geführt hat, wissen kann. Man müsste das Gleiche mit Beauvoir und Sartre versuchen, falls man wirklich erfahren möchte, ob sie zu Vorbildern taugen oder nicht. Würde man es mit ihnen versuchen, dann – so glaube ich – würden die hier zitierten Briefe keine Hauptrolle spielen. Immerhin stammen sie aber aus einer Zeit, da noch nicht dermaßen selbstverständlich telefoniert wurde. Damals musste man noch vieles von dem aufschreiben, was man heute einfach so hinsagt.

Für diese Briefe gilt (es gilt nicht für Briefe überhaupt), dass man sie notgedrungen zum Teil auch als Voyeur liest. Man macht sich, ich gab es zu, mit der eigenen Lebenserfahrung an sie heran. Wie immer einem solche Briefe angetragen werden, man bleibt ihr ungebetener Gast; sie verraten etwas Privates und Intimes, und ihre Veröffentlichung beruht darauf, dass solche Briefe neben vergangenen Zeiten, neben einem gelebten Leben, auch ein Bild der Liebenden festhalten möchten, von dem man als Leser nicht wissen kann, ob ihm jemals etwas Reales entsprach. Dann liest man Lamblins Buch und ist erst recht kein Erforscher der Biographie von Beauvoir und Sartre mehr. Plötzlich steckt man in einer Beziehungskiste, und die riecht wie alle diese Kisten, nur noch etwas strenger. Man möchte sofort sagen: Macht's euch das untereinander aus! Aber ich sollte nicht heikler tun, als ich bin, denn vieles aus dem Liebesleben der Philosophen ist sehr, sehr interessant: Wie haben sie gelebt, welche Art von Begehren haben sie für sich erfunden und wie haben sie die Erfüllung organisiert?

Für den Interessenten gibt es bei dieser Fragestellung ein Ärgernis: Zu Recht wird der Biographismus abgelehnt, also zum Beispiel das Herauslesen der privaten Charaktere von Autorinnen und Autoren aus ihrem Werk. Aber wenn man dann Zeugnisse dieser Privatheit in Briefform hat, sitzt man erst recht vor einer Schrift, vor etwas dem Leben gegenüber im Grunde Abstraktem, das man indiskret entschlüsseln, konkretisieren muss. Aber selbst die gründlichsten Entschlüsselungen, selbst die kompliziertesten und am meisten angemessenen Konstruktionen müssen die alte Philosophenerfahrung wiederholen, dass die Existenz vor die Essenz geht. Oder wie Simone de Beauvoir es in dem Buch über Sartres letzte Lebensjahre, in »Die Zeremonie des Abschieds« geschrieben hat: »Das kann man nicht sagen, das kann man nicht schreiben, das kann man nicht denken; das lebt man, das ist alles.«

Jo

Mei Oide sauft
genau so vü
wia i – passt eh!

Nachtcafé

Im Fernsehen hatten sie jüngst »Die lange Nacht der Liebe«. Eine lange Liebesnacht ohne Fernsehen wäre mir lieber gewesen. Aber man muss nehmen, was kommt. Im Fernsehen hatte die lange Nacht der Liebe ihren Höhepunkt gleich am Anfang, mit dem »Nachtcafé«, meiner Lieblingsgesprächssendung, die unter dem Titel lief: »Die Liebe – mächtig oder mächtig unterschätzt?«

Selbstverständlich weiß ich nicht mehr als die ausgezeichneten Diskussionsteilnehmer. Aber ich kann zusammenfassen, was ich am Ende der Sendung dachte, und behaupten, das habe ich schon vorher gewusst: Die Antinomie, es gibt die Liebe, und so was wie Liebe existiert doch gar nicht, ist keine. Die Verneinung akzentuiert bloß die illusionäre Seite der Liebe, und die Emphase lässt uns wissen, wie wirklich, ja, überwirklich dem Menschen eine Illusion vorkommen darf, wenn sie ihn erfüllt.

Die Liebe wird nicht nur durch die Frage destabilisiert, ob es sie überhaupt gibt. Gerade wenn man an sie glauben muss, ist sie nicht ungefährlich. Der Moderator des »Nachtcafés«, der am Ende der Sendung immer aphoristische Perlen ins Publikum wirft, hat uns diesmal einen Satz von Konfuzius ins nicht von Studiolampen erhellte Leben mitgegeben: »Die Liebe ist das Gewürz des Lebens. Sie kann es versüßen, aber auch versalzen.«

Hm, ja. Für die Liebe sind die Neurologen, die Philosophen und die Dichter zuständig. In der Liebe passiert eine Konzentration, eine Intensivierung von Gedanken und Gefühlen, für die Lyrik extra erfunden erscheint. Der Lyrik ist ihrer Eignung gemäß auch die besagte Widersprüchlichkeit der Liebe nicht entgangen. Ein Gedicht von William Blake (1757 bis 1827) geht die Sache der Liebe zuerst von der einen Seite an: »Liebe sucht nicht ihr Begehr, / Hat um sich nicht irgend Not, / Gibt ihre Ruh dem andern her / Und baut einen Himmel der Hölle zum Spott.«

Aber das war – und der Leser erfährt es sofort in der nächsten Strophe – nur Rollenprosa: »Ein kleiner Klumpen Lehm so sang, / Der von Küh'n getreten ward, / Doch ein Kiesel auf dem Hang / Sang den Vers auf diese Art«, und jetzt kommt die ganz andere Art, die Art und Weise des Kiesels: »Liebe sucht nur ihr Begehr, / Bind't den anderen an ihr Sein, / Freut sich, bringt sie ihm Beschwer, / Und baut eine Hölle in den Himmel hinein.«

In einer Anthologie habe ich einmal das von Thomas Eichhorn übersetzte Gedicht mit einem fehlenden »t« in der ersten Zeile gedruckt gelesen: »Liebe such nicht ihr Begehr ...« Das klingt wie eine moralische Forderung, muss aber richtig heißen: »sucht« (seeketh), denn sowohl Lehm als auch Kiesel sind sich ihrer Sache sicher. Der Außenstehende merkt, die beiden sind von ganz anderer physischer Beschaffenheit. Auf den Klumpen treten die Kühe, die auf den Hang, wo der Kiesel seine Härte zelebriert, vielleicht gar nicht hinaufkommen. Der Kiesel lässt sich von einer Kuh nicht ohne weiteres treten. Kein Wunder, dass die beiden über die Vereinigungsphantasie »Liebe« diametral entgegengesetzte Gedanken vertreten.

Blakes Gedicht ist deshalb das schönste, weil es ja oft vorkommt, dass ein liebender Mensch Kiesel und Lehm in einer Person ist. So einer beweist, dass es die Liebe gibt und zugleich nicht gibt. Anders als vor Gott sind in der Liebe – und das Gedicht ahmt diesen Umschwung nach – Himmel und Hölle austauschbar. Die Endlichkeit des Menschen ist nicht zuletzt dadurch definiert, dass alles, was für ihn höchste Heilkraft hat, ihn zugleich auch am härtesten treffen, am meisten schädigen kann. Was der Hölle spottet, kann selbst die Hölle werden, aber die Endlichkeit schüchtert die meisten Menschen nicht so ein, dass sie aufhören würden, nach den Sternen zu greifen.

Die Liebe ist gewiss eine Erfindung. Ich sagte es schon: In der Geschichte ist sie erst allmählich entstanden. Aber jetzt ist sie da, und ich kann – gerade jetzt, wenn ich es am nötigsten hätte – nicht aus ihr austreten. Die Liebe, weil sie doch eine Illusion ist, gibt Menschen in ihrer Beziehung zueinander eine Gestalt: jedem für sich und beiden zusammen auch. Sie ist, auch falls ihr eine plumpe Mechanik zugrunde liegt, selber keine: Liebe arbeitet mit Einbildungskraft. Als Illusion ist sie formbar und formend. Sie formt Wirklichkeiten, ein Stück tatsächliches Leben, das Gestalt angenommen hat. In meinen (realen) Liebesgeschichten fand ich es am meisten niederschmetternd, wenn aus der möglichen, gerade noch durchscheinenden Gestalt, aus dieser wenn auch flüchtigen Ordnung, am Ende doch nichts anderes herauskam als die abgewrackten Ruinen der Seelenschlamperei. Eine unförmige Grausamkeit und das schale Gefühl, darauf hätte man bauen können, aber es hat halt nicht sollen sein.

Im »Nachtcafé« saß eine Sexualwissenschaftlerin im Dienste der Evolution und ihrer Vorsehung, in der die Liebe nicht mit inbegriffen ist. Logisch, dass man ihr nahetreten wollte, ob sie denn einen Partner habe oder eben nicht. Ob ihr die Liebe bloß wegen Mangels unbekannt sei … Der Moderator überbrückte die Verlegenheitspause und sagte der Pointe wegen nicht ohne Triumph: »Sie ist verheiratet – mit einem Scheidungsanwalt.«

Zitterpartie

Die in undurchdringlichen Schmerzen verharrende Gottheit
u. a. Pathos Petitessen,
mit denen man sich die Dürre aufmascherlt.
Ich nicht, »man« – denn ich
bin mehr für die Ironie, mit der man
»Kleinigkeit« ruft, wenn dieses Würgen
einem die Luft abdrückt,
wenn dieses atemberaubende Schlachten,
in dem friedlich zusammengelebt wird,
am Ende einem doch das Leben kostet.
Was wächst an?
Die Lohnnebenkosten. Ich sitze
als Begleiter meines Übergewichts
im Zug. Wahrlich, ich sage euch,
nach Taufkirchen an der Pram
kommt immer wieder Schärding. Bin
doch kein Mensch, der jemals ankommt, keinen Schritt
komme ich weiter. Bin einer,
der im Wartesaal sitzt, im Ballsaal nächst der Wall Street,
dort aber im Bild bleibt, weil er alle Zeitungen gelesen hat.
Man sagt, die Sicht sei das eine, die Realität das andere.
So fault Erkenntniskritik vor sich hin. Man sagt aber auch,
bin nicht das eine, nicht das andere, bin keiner,
der ankommt, nur einer, der immer schon da war
zeit meines Lebens, das sich leicht nach der Vergangenheit
und, wer weiß, vielleicht schon nach der Vergänglichkeit
  ausrichtet.

Das Alter drückt, der Alte drückt auf den Knopf, und
der Pflegeroboter rollt heran, surrt herbei.
It's the economy, stupid, sagt ihm der Roboter,
also der Reporter, und es geht in Zeiten der Krise
immer auch um die Altersgrenzen, um irgendwelche Renten?
Der Arzt sagt: Man soll zufrieden sein.
Der Arzt sagt: Man darf nicht aufhören zu kämpfen.
Aber wenn ich zufrieden bin:
Warum sollte ich dann kämpfen?
Und wenn ich kämpfe, darf ich nicht zufrieden sein,
sonst bin ich gleich verloren. Es ist Winter,
und den Deutschen geht heuer das Streusalz aus.
Sie gehen aufs Eis tanzen. Der Präsident der USA
liest den Geheimdiensten die Leviten. Die Dienste zittern so,
dass die ganze Welt davon erschüttert ist. Auch mir
geht der Ruin des amerikanischen Verbriefungsmarkts
ans Herz. Das Wort »Front« steht an der Wortfront, an der
Werbefront,
oder nur an der Vorderfront ein Wort,
das sich heldenhaft verschwor, will sagen:
sich auf das Falsche einschwor. Und treu dabei blieb!
Hält nebelhaft Rückschau, Nabelschau – unser Alter, siehe da,
sitzt auf der Heidebank. Auf der Heidebank wird die Heide
krank,
sang er als Soldat und wurde krank.
Der Heimat oder was siecht mutig im Widerstand über
sich selbst hinauswachsend,
alles Antrainierte im Einsatz, im Widerstand gegen sich selbst
die alte Beherrschung seinem Roboter anvertraut: eine schöne
Weis.
Danach unversehrte Wiederkehr mit erstklassigem Leumund
und geschlossenem Mund, leistet unbeschwerte Jahre:

drei Söhne dividiert durch die Zeit,
die eine Gattin dividiert durch die Zeit,
Vater und Mutter dividiert durch die Zeit,
aber schon lange leide ich nicht, nicht ich – es ist mein Image,
das leidet; ein Pflegereporter hat es beschädigt. Dann trat
im deutschen Volk eine extreme Schlagermüdigkeit auf.
Am schematischen Horizont Zehntausende von uns
mit dem Nimbus großer Künstlerschaft im Bus nach Rekawinkel
gepilgert. Wie im Krieg. So macht die Zukunft keinen Stich –
all die barocken Lebensmenschen die Geliebte, Gallerte
(an der sie hängen, in der sie drängen) heißt Vergangenheit.
Mit dem Pathos alles Elend ausatmen, mit der Ironie es eincremen, damit auch die Schrunden heilen und ein freudig schmieriges Lachen erzielt werden kann. Die Rache spielt mit dem Erbarmen Schnapsen,
sagt einen Vierziger an und dreht endlich zu. Der Jüngste fällt.
Die Front und eine vereinsamte Magd im Wortgetümmel,
die Heidemagd, liest aus der *Wiener Zeitung* vor:
Die Rettung (»Ambulance«) steckt in einer Notlage. Die Mitarbeiter
schlagen Alarm.

Am Tag, als ich Wolfgang Koeppen traf

Diese Unruhe. Es war an einem dieser (und an keinem der anderen Abende) – man wird gleich hören, wann genau, die Datierung fällt nicht schwer, man braucht sich nur am Datumskennzeichen festzuhalten, das ich gleich liefern werde (also sofort: Es war am Vorabend des WM-Spiels England gegen Deutschland, egal bei welcher Competition), am Vorabend eines Derbys, an einem dieser Abende (und an keinem dieser anderen), die ich in meiner Höhle, einem Wohnloch im Nobelbezirk 1 von Wien, verbrachte.

Das Verbringen, ich meine das Wort – was weiß ich, aber vielleicht ist Verbringen die Position von bringen, oder so was wie der erste Fall davon, und das Ver ist nichts als ruinös –, es wird in diesem Verfahren, Grammatik hin und her, einem gar nichts gebracht, im Gegenteil, man selber hat eh schon nichts, und dann braucht man das Nichts auf, verbraucht es bis zum absoluten Gehtnichtmehr. Dann hat man es verbracht, von der Position ins Nichts. An einem dieser Gehtnichtmehr-Abende also – im ersten Stock eines Hauses in der Werdertorgasse, ein Tipptopp-Haus, wo sich wie überall sonst die Einsamkeit in der Stadt verdichten kann, was ja gut ist, wie das Wort schon sagt, gut für einen Dichter. Ver-dichtet kommt von ver-sagen.

Die kamen in mein Zimmer, Einmarsch, ein Marsch – ich musste raus aus dem Zimmer, in die Stadt. Ja, es war aber nur Fernsehen, oder besser: im Fernsehen. Nein, sie waren ein Besatzungstrupp, eine Armee im Smoking oder wenigstens in schwarzen Anzügen – Frauen? Ich konnte keine Frauen ausmachen. Ich war ausgemacht blind für Frauen in diesem Setting, das nur feine Herren auf mich einwirken ließ – im Smoking und im schwarzen Anzug. Mir wurde immer enger, ganz eng zumute. Atemnot. Die Unruhe. In den Kurhäusern, in denen ich zu kuren pflege – Pflege, ja, Pflegekosten, nein, in einem dieser Kurhäuser gibt es so eine Atmungsintensität unter Decken; ja, Pflegeversicherung und Gesundheitssystem, braune und dunkelgrüne Pferdedecken, jedenfalls Decken, die man auch auf Pferde rauftun kann, damit den Tieren nicht kalt ist, damit sie Schutz haben und Wärme, also diese Decken werden auf einen Kopf draufgeworfen, auf einen Menschenkopf, und unter den Decken ist nicht nur der Kopf, sondern eine Maschine, die Dampf macht, und es ist dieser Dampf, den der Mensch unter den Decken ein-atmet, ein-atmet; wenn die Lunge krank ist, wird sie so gesund, durch das Einatmen des genau Richtigen.

Aber stellen Sie sich vor, Sie kommen – Ihrerseits auch auf Kur und außer Atem – in das Zimmer, wo der Lungenkranke das genau Richtige einatmet, das ist ja unsicher, was unter den Decken geschieht, Sie sehen es ja nicht. Man sieht nur einen Haufen Decken; was eingeatmet wird unter den Decken, ob überhaupt, keine Ahnung. Sie können das nicht wissen, niemand hat es Ihnen gesagt, es kommt so selten vor, dass ein Lungenkranker zum Atmen herkommt, und wenn, dann muss Herr Tischler von der Kurleitung die Dampfmaschine von irgendwoher holen, wo sie der, sagen wir, Vorgänger von Herrn Tischler, sein Vorläufer (so geschwind war der weg), einst abgestellt hat, und dann steht sie da, die Maschine, die Dampf macht, und der Lungenkranke hat schon die Decken über dem Kopf, nein, nicht nur über seinem blöden Schädel allein, nein, nein, nein, über seinem ganzen Körper.

Der ganze Körper steckt für das bisschen Atmen (damit das

Richtige eingeatmet wird) unter den Decken, die in Wirklichkeit für nichts gut sind als für die Motten, die sich in solchen Decken einnisten, einnisten, wie manchmal, höchst selten, ein Lungenkranker sich darunter einnistet, also unter den Decken – und jetzt, stellen Sie sich das vor, Sie sind auf Kur – Ayurveda oder alte chinesische Medizin, und Sie haben gerade, sagen wir, eine Lehmpackung gehabt, genossen, kalten schmierigen Lehm, mit spitzen Steinen drin, meistens am Fußende der Packung, Sie können kaum einen Schritt tun, die Kurschwester hat den Fuß mit einem spitzen Stein verpackt, und ab geht's in das Zimmer, wo Ihnen die Kurschwester den Lehm abwaschen soll – erst die dicken Verbände lösen, runterrollen an Ihren zukünftigen Gebeinen, noch hat es ja Hand und Fuß, aber wenn Sie so weitertun, dann ist von Ihnen eh alles unter der Erde, im Schlusslehm, im Abschlusslehm, Ihre Gebeine vorbildlich untergebracht lange und so lange …

So lange dauert nicht einmal der langweiligste Kuraufenthalt wie die ewige Schlafkur, aber noch sind Sie auf innerzeitlicher Kur, nur halbtot, ein Halbtoter, und Sie gehen mit der Kurschwester aufs Zimmer, bei ihr haben Sie keinen Stein im Brett. Sie haben einen Stein in der Fußsohle, und Sie jammern die Schwester an, Sie möge Ihnen endlich den Lehm von den Gebeinen kratzen, damit der Stein wegkommt – und da sehen Sie in der Ecke diese riesige Häufung von Decken, eine Anhäufung von Decken, Decken, die gehäuft auftreten –, Sie gehen in Deckung, Sie wissen nicht, was diese monströse Anhäufung von Decken bedeutet, was sie Ihnen sagen will. Der Haufen braun-grüner Decken erlaubt sich, Ihnen nur sagen zu wollen (es sind Wolldecken), dass darunter ein Lungenkranker das Richtige einatmet, und dass er, wenn er das Richtige eingeatmet hat, wieder zum Vorschein kommen wird, und dann muss er dieselbe Scheiße wie vorher wieder einatmen, genau dieselbe. Was Richtiges zum Atmen gibt es nur unter den Decken.

Sie wissen nicht, dass es unter den Decken um das Richtige geht – sagen wir, wie bei Ihnen, da geht es ja auch um das Richtige, auf Kur geht es Ihnen darum, dass Sie das Richtige essen – Vollwert, immer nur Vollwert, damit Sie das Richtige in den Mund hineinkriegen, dieser weiche Lappen in Ihrem Mund, das ist ein Karpfen, dieser Hüttenkäse auf Ihrem Hemd wäre in Ihrem Mund das Richtige gewesen, aber er streut halt beim Essen … die kleinen Bröckel … so ein Hüttenkäse, ganz schön fett, man darf ihn am Hemd nicht verteilen, damit macht man Punkte, Fettflecke … Aber sonst ist er das Richtige, der Hüttenkäse, und darum geht es: Nahrung als Heilmittel. Mit der richtigen Nahrung werden Sie immer gesünder: Essen wie das Einnehmen der Medikamente. Mit jedem eingenommenen Medikament eine Stufe höher in der Gesundheitsleiter.

Ich habe einem Arzt, als ich mit Ärzten noch sprach (heute habe ich eine Arztphobie, taucht ein Arzt auf, ergreife ich die Krücken und die Flucht), erwidert, als er zu mir sagte: Essen Sie, aber essen Sie das Richtige. Ich erwiderte: Gesetzt den Fall, ich habe das Richtige gegessen, von nun an mein Leben lang, immer nur das Richtige, dem ärztlichen Ratschlag folgend, und dann erwischt es mich, die schreckliche Krankheit, und hätte ich weitergefressen, wie es mir schmeckt, sagte ich dem Arzt auf den Kopf zu, wäre ich gleich tot. So aber, mit dem Richtigen im Magen, bin ich gefeit gegen den plötzlichen, rettenden Tod. Ich vegetiere, ich hab noch genug Kraft, um lange zu sterben. Ich sieche dahin, weil ich gesund gelebt habe, und nun, Arzt, ich weiß nicht, ob Sie der Richtige für mich sind. Ich erhebe meine Krücken gegen die Ärzte, sie kriegen mich erst wieder, wenn ich keine Krücke mehr hochbringe.

Aber wir sind noch gar nicht so weit, auf Kur ist es noch nicht Mittag, es ist Vormittag, und die Kurschwester begleitet Sie in das Zimmer, wo Sie Vorgänge unter Decken wahrnehmen. Also ich – ich bin so erschrocken, und der Stein hat sich tief und schmerzhaft in meine Sohle eingegraben. Ich sehe Decken. Man kommt wo hinein und kann es sich nicht erklären, was man sieht. Decken? Da sitzt einer drunter, sagt die Kurschwester, er hat es mit der Lunge. – Da atmet er unter Decken? Er hat eine Maschine unter den Decken. Die macht Dampf, alles klar?

Alles im Nebel, der Schuft, der als Erster publiziert hat, dass Leben verkehrt gelesen Nebel heißt, bekommt von mir fünf Jahre, fünf harte schweigende Jahre, mit anschließendem Ausschluss aus der Sprachgemeinschaft. Es war 22 Uhr, und das im Fernsehen mit den Smokingträgern hörte nicht auf, ein Sänger nach dem anderen betrat die Bühne, der Saal glitzerte, ein Christkindlmarkt, die Feinspitze des Akustischen wanden sich vor Gehörglück in den Plüschsesseln, ein Sänger nach dem anderen sang.

Ich wünschte mich unter die Decken, es lag mir schwer auf der Brust, der gesendete Schöngesang, mein Verstand – ich muss aus der Wohnung – arbeitete noch, um Klarheit darüber zu gewinnen, was hier geschah: Ein Operndirektor verabschiedete sich, kein Zirkusdirektor, ein Operndirektor, aber auch im Frack, verabschiedet er sich von Titel und Stelle in der Oper. Ab morgen ist er nicht mehr der Direktor, aber heute ist er noch der Direktor, das muss ohne Rücksicht auf Verluste gefeiert werden. Feiern Sie, Herr Direktor, will man ihm sagen, solange Sie noch Direktor sind. Es hilft nichts, denn morgen wird er feiern, dass er Direktor gewesen ist. Übermorgen auch, und so hört es nie auf. Er wird ab morgen, solang er lebt, immer Direktor gewesen sein. Das ist die Gebetsmühle seiner Existenz, und ein neuer Direktor wird kommen und die Oper, den Zirkus übernehmen.

Der neue Direktor wird ganz anders sein als der alte Direktor. Außer eben, dass er auch Direktor ist, und das ist schließlich das Entscheidende. Er, der neue, wird ein Mauerblümchen sein, der jeden, der mit einem Ticket in die Oper kommt, persönlich die Hand schüttelt. Der alte Direktor, ein großer Mann mit gewellter Haarmähne, aß, was auf den Tisch kam. Der neue Direktor, ein kleiner Mann mit Glatze, ist wählerisch. Er kocht selbst. Er schätzt derbe Hülsenfrüchte zu feinem Kiemengetier. Der Gault-Millau-Herausgeber ist sein bester Freund, und als sie zur Probe das Opernball-Menü im Hotel Sacher verkostet haben, hat sich der neue Direktor bereits wissend und zukunftsweisend eingebracht.

Der neue Direktor wird seine Prinzipien bekanntgeben: »Ich liebe natürlich Kaiserschmarren, der mich an meine Jugend erinnert.« In der Jugend war er nämlich schon Kaiser, jetzt wird er immerhin Operndirektor. »Ich bin quasi«, wird er sagen, »mit Wiener Schnitzel aufgewachsen.« Da kann man annehmen, dass Tafelspitz und Gugelhupf ihm nicht fremd sind. Aber in erster Linie ist er mit Wiener Schnitzel in die Schule gegangen, hat mit Wiener Schnitzel gespielt und gelernt, bis er alles wusste und ganz und gar aufgewachsen war und Operndirektor wurde.

Anders als der alte Operndirektor wählt der neue die leisen Töne. Der alte Operndirektor wurde gerne laut. Im Fernsehen (zwischen den entsetzlichen, niederschmetternden Gesangseinlagen, die mich so ängstigten, dass ich nicht umzuschalten wagte – eine Maschine, in der so was läuft, ist in allem, was sie bietet, beängstigend), im Fernsehen sagte ein erprobter Untergebener über den alten Operndirektor: »Er war das Gegenteil von nett, er war jähzornig, beleidigend, verletzend, bedrohlich. Aber was er für die Staatsoper geleistet hat, ist das Entscheidende.« Dr. Schnitzer von der Oberösterreichischen Geißaugenbank wird dem alten Direktor, wenn er einmal weg ist, ein Büro einräumen – vis-à vis von der Oper, damit sein unbestechlicher Direktorenblick immer liebevoll auf die Stätte seines einstigen Wirkens fallen kann.

Aber noch ist er da, der alte Direktor, noch ist das Gewesene nicht weg, sondern vorhanden, und wie vorhanden! Der Gesang ehrt den Direktor, er ehrt sich mit dem Gesang, und ich kriege keine Luft mehr. Wäre ich auch furchtlos, ich hätte keine Kraft mehr, um umzuschalten, geschweige denn abzuschalten. Ich muss wieder auf Kurs, sagte ich mir, ich muss raus aus der Wohnung … Ich benötige den heutigen Tag, diesen Vorabend zum England-Deutschland-Spiel, aber durch den Fernseher dringt die Vergangenheit in meine vier Wände (ich will es nicht leugnen, es sind bei mir zuhause sechs Wände, weil ich den sechsten Sinn habe, für jede Wand einen Sinn) – der heutige, schon zur Neige gehende Tag ist für mich das Richtige.

So fühlte ich mich damals von der Vergangenheit erdrückt. Die Vergangenheit war die Haupt- und Staatsaktion auf dem Bildschirm. Sie kolonisieren die Zeit gegen den Uhrzeigersinn. Sie wandern im 19. Jahrhundert ein und liefern übers Fernsehen mir den aktuellsten Geschichtsmüll ins Haus. Ich sehnte mich aber nach dem heutigen, schon zur Neige gehenden Tag, aber auch nach gestern und nach vorgestern, nach allem, was mein Gedächtnis gerade noch als erlebt bewältigt. Und dann werde ich mich mit der Geschichte befassen und wieder einmal so richtig in die Oper gehen, vorbei am Direktor, der mir mit schlechtem Gewissen die Hand persönlich schütteln wird, weil er sich ja auch sagte, so sollte man seine Zeit auf Erden nicht vergeuden. Da kann man sich gleich mit der idiotischen Zukunft beschäftigen, von der man nichts weiß, und die, wenn sie einmal da ist, gar nichts mehr von einer Zukunft hat.

Raus, ich musste aufbrechen, ein so schwerer Aufbruch wie bei Reinhold Messner, wenn er einen Achttausender bezwingen muss. Ich ließ die Vergangenheit laufen, am Bildschirm weiterlaufen, drehte den Apparat nicht ab; dann, wenn ich zurückgekehrt war, würde die Vergangenheit doch auch schon vorüber sein … Ich zog mir einen Frack an, Frack mit allem Drum und Dran, aber nach eigener Kleiderordnung, anders wie ein neuer Direktor, aber doch wie ein alter Frack, mit dem man unbemerkt durch die Vergangenheit kommen kann. Meine Absicht war eine Burenwurst im Hier und Jetzt. Das Ankleiden kostete Zeit und Zeit, aber schließlich war ich auch in den Lackschuhen drin, also, um die Wahrheit zu sagen, in den weichen Stoffschlapfen, ein Geschenk des berühmten Hotels Kaltbaderhof, schließlich betrat ich die Straße, in meinem Hirn war noch Vergangenheit, Vergangenheit.

Was wäre die Republik Österreich ohne die Staatsoper, hatte der Direktor, der ja auch nur ein befrackter Mensch war, wie ein dekadenter, antiker Gott gesagt, der von einer spannenden Sitzung des Götteraufsichtsrats über Wesen und Zukunft der Welt berichtete, kurz: über das Entscheidende, hatte er mir ins Ohr, ins Ohrwaschel, wie mein Vater oder meine Mutter noch gesagt hätten, geflüstert, und was das Waschel betrifft: Mein Vater war in der Zwischenkriegszeit, der Erste Weltkrieg war vorüber, an der Alten Donau, im Birner Bad, Badewaschel gewesen, also Wächter der Badenden, ein Aufpasser, und ich saß manchmal – in meinem Alter, in welchem denn sonst? – beim Birner. Der Birner ist ein Wirtshaus, kein Bad mehr, stufenweise sind die Tische vom Birner bis zum Wasser unten aufgestellt, ich saß da, an der Spitze einer Zeitpyramide, in der mein Vater mumifiziert drin lag: ein Toter, was vom Toten einst lebendig war, in meinem Gedächtnis halbwegs bewahrt, einst Mensch, der in Form der Leiche keine Schmerzen mehr hat, und das waren seinerzeit Zeiten voller Schmerzen gewesen, die mit dem Vater in der Zeitpyramide begraben lagen, und ich hatte es hinter mir: ohne es erlebt zu haben.

Ich war eine Abstraktion, beim Birner unten am Wasser, das Konkrete hatte ich nicht intus, aber ich verkörperte als Nachkomme verquält das Gewesene, ohne mich in ihm bewährt zu haben. Ich bin sozusagen das, was rausgekommen ist bei dieser Milliardenrechnung ohne den Wirt, ich stehe als Summe unterm Strich und im Minus. Taxfrei, die Geschichte mit ihren Ernstfällen überstanden, aber das Waschel im Ohr, ich meine das Wort, die Aussprache, das Ohrwaschel, wie meine Mutter und mein Vater es aussprachen. Töne, sagte ich in Gedanken, während ich leiblich im Taxi saß, sind auch nur Schwingungen der Luft, sagte ich in Gedanken zum Staatsoperndirektor.

Schön sind die Töne ja, aber die Luft ist hier schlecht, stickig. Es miachtelt nach Vergangenheit aus den Fernsehkanälen und aus dem Kanal unter der Straße, die Werdertorgasse liegt am Donaukanal, ich sage immer, wenn mich ein Lebensumstand zwingt, meine Adresse anzugeben, Werdertor, wie Werder Bremen, und ein Herr hat meiner Adresse erwidert, Fußball ginge ihm am Arsch vorbei. Die Deutschen werden morgen die Engländer besiegen wie nichts. Das kann ich ja heute schon sagen. Der Sieg kam Schlag auf Schlag. Im Taxi kam ich nicht von den Decken los. »Gib ihm die Decken«, haben sie gerufen, meine Zimmergenossen in der Maria-Theresien-Kaserne, und dann kamen drei oder vier, packten mich in die Decken ein (in die Decke, denn in meinem Dialekt, den ich liebe, ist »die Decken« Einzahl), packten mich in die Decken ein und prügelten meinen Körper durch.

Ich hatte eine gewisse Freude daran, einmal im Zentrum der Aufmerksamkeit zu stehen, das heißt, zu liegen, dafür will man schon auch büßen und Prügel in Kauf nehmen. Schlag auf Schlag. Wichtig war, dass »die Decken« über die Augen gezogen war: Ich bin zartbesaitet und will niemandem beim Prügeln zusehen. »Gib ihm die Decken« – ich schwöre, ich hatte nichts getan, was diese Gabe hätte rechtfertigen können. Höchstens, dass meine bedächtige Art ein paar militärische Abläufe radikal verzögerte und meine Zimmergenossen in die auf dem Fuß folgende Strafe miteinbezogen werden mussten. Ich habe ja in meinem Leben nichts erreicht – außer das Wichtigste. Das Wichtigste ist mir der Abstand zu den anderen Menschen, dass ich mich schlafen legen kann, und das Nachbarbett ist mit niemandem besetzt. Ich bin für mich allein – um mich herum ist Abstand. Das ist leider keine sozialistische Utopie, es drückt nicht die Liebe zum Kollektiv aus, mit dem man sich schlafen legen und aufstehen sollte. Ich habe es geschafft, ich halte die Leute auf Distanz – jeder ist per se ein Übergriff. Wenn es abwärts geht, wenn ich ganz unten angelangt sein werde, dann werden sie wieder da sein: im Spitalsbett neben mir, im Aufenthaltsraum vom Altersheim.

Da sitzen sie dann und haben mich im Auge. Die anderen, meinesgleichen. Ich habe es geschafft, habe mich von meiner Kindheit und Jugend emanzipiert, damals pickten wir aufeinander, ich und die anderen. Du konntest nicht ins Leere greifen, es gab keine Leere, es gab nur Leute, die an dir pickten. Kaum hast du den Arm ausgestreckt, ins Nichts, hast du schon jemanden an der Gurgel gehabt, allen voran einen von den sogenannten Eltern, denen du das Leben verdankst und das Gefühl für Nähe. Dann bin ich in die Entfernung gegangen, habe alles bezahlt, womit man sich die anderen vom Leibe hält: Geld, emotionales Gewebe, Sätze, Sprache, eingezahlt in die Distanz, das kostbarste Produkt in meinem Dasein. Die Maria-Theresien-Kaserne – ein schwerer Rückschlag: Prügel, blitzschnelle Zerstörung glücklich erreichter Distanz. Ich war versucht, dem Taxifahrer, dem ich als Ziel schon Fußgängerzone Kärntner Straße genannt hatte (ich war auf eine Burenwurst aus), den oberen Teil beim Karlsplatz, ich war versucht, dem Mann ein neues Ziel zu nennen: Maria-Theresien-Kaserne, um an einen Ausgangspunkt zurückzukehren (um zurückzuschlagen).

Hier, hätte ich gesagt, habe ich Prügel bezogen, und es hat mir nichts gemacht. Hier, hätte ich weiter gesagt, habe ich keine Nähe gesucht, aber welche bekommen, eine auf sieben Stockbetten verteilte Nähe. Es hat mich ruiniert, es hat mir meinen Lebenstraum gestohlen: die Entfernung von euch allen. Aber ich wollte in dieser Nacht eine Burenwurst, keine Vergangenheit, auch meine nicht. Also eher Verwesendes als Gewesenes. Ich bin Philosoph und hielt dem Taxifahrer im Hier und Jetzt einen Vertrag, nein, einen Vortrag, wie man leben soll. Ich habe das Diplom, das Zeugnis, ich darf das. Außerdem hatte ich einen Frack an, und Männer im Frack bestimmen in dieser Stadt, was zu geschehen hat. Zufällig hatte ich ein paar Exzerpte parat, nein, nie zufällig, ich hab immer welche parat – noch aus meiner Studentenzeit, aus der ich auch so manche qualvolle Nähe bis heute mitschleppe. Ha – es ist zum Lachen, aber weil er mir gerade einfällt, der schöne, mit der Wissenschaft ringende Mensch: Alois Rebernigg. Seine Haare wallend, seine Gesichtszüge klar, sein Körper sehnig, gespannt. Rebernigg, immer bestens bekleidet – ein schöner Mensch.

Ich bin ja hässlich, wieso mutete ich mir die Schönheit Rebernigs zu? Manchmal packte mich in seiner Gegenwart eine Mutlosigkeit, manchmal packte sie mich auch, wenn ich mich nur an diese schöne Gegenwart erinnerte. War er dabei, an meiner Seite, ließ ich mir nichts anmerken, das war gut, denn sich den Schmerz nicht anmerken zu lassen, ist bei mir fast so viel, wie ihn überwunden zu haben. Aber wenn ich allein zuhause saß und an Rebernigg dachte, verließen mich die Kräfte. In diesem Zustand war ich kaum in der Lage, mir die Schuhe auszuziehen. Ich saß auf der Bettkante und beobachtete mich bei meiner phantastischen Bewegungslosigkeit. Ich hatte bei wachem Geiste eine vollständige Immobilität erreicht. Nach Stunden noch nestelte ich an den Schnürriemen des linken Schuhs, schwer lag mir das Dasein am Herzen, und ich weinte. Die Tränen waren – trotz aller mir bewussten Ursachen für meinen seelischen Schmerz – aus dem Nichts gekommen. Dort, an der Quelle von allem, mitten im Nichts, muss ein ungeheurer Druck herrschen, der uns Menschen die Tränen mit höchster Geschwindigkeit in die Augen treibt. Noch ein paar Stunden, und ich nestelte am Schnürriemen des rechten Schuhs. Der linke war zwar schon ausgezogen, aber die bleiern schwere Zeit, die das gekostet hatte, dieser Zeitkostenpunkt gab mir die Idee ein, dass ich es nicht schaffen würde. Den Socken am linken Fuß hatte ich schließlich auch nicht heruntergebracht. Da gab ich auf, legte mich, bekleidet mit Hose, zwei Socken und einem Schuh ins Bett. Morgen würde wieder ein Tag sein, und beim Ankleiden würde es mir zupasskommen, dass ich schon in der Hose steckte und wenigstens ein Fuß schon im Schuh. Der andere trug wenigstens eine Socke, und ich konnte mit weniger Sorgen einschlafen.

Das alles wegen dem Rebernigg seiner Schönheit, aber Rebernigg pflegte ein Übriges zu tun: Vollkommen sorglos, also ohne die geringste Ahnung, was er mir damit antat, analysierte der schöne Rebernigg vor meinen Augen die Sinnlichkeit, die sich zwischen Mann und Frau ereignen kann, mit besonderer Berücksichtigung der Sinnlichkeit, die sich zwischen Rebernigg und einigen Frauen tatsächlich ereignet hatte. Scharfsinnig, wie Regernigg war, war er auch scharf sinnlich (das muss ich mir gleich aufschreiben: scharfsinnig – scharf sinnlich – das zu vergessen, kann ich mir nicht leisten). Seine Erzählungen enthielten keineswegs irgendwelche Üblichkeiten des Geschlechtsverkehrs. Das wäre ihm nicht der Rede wert gewesen. Er hat mir, der ich nichts als einsam war, zum Beispiel von einer Dame erzählt, die den Wunsch nicht nur hatte, sondern ihn auch mitteilte, sie möge sich auf Rebernriggs Schoß setzen, er solle dann sie zwischen ihren Beinen lang, lang und langsam streicheln, bis zum sogenannten Höhepunkt, und während des Streichelns solle er geistesabwesend sein, Geistesabwesenheit üben, aber nur in Bezug auf das Streicheln. Während er streichle, sie zwischen den Beinen, solle er ruhig und angemessen aus einem Buch seiner Wahl vorlesen – angemessen, das galt Form und Inhalt des vorzulesenden Textes, also zum Beispiel Goethes »Zauberlehrling« hätte er auf keinen Fall unbeteiligt gleichgültig lesen dürfen, sondern ins Geschehen verstrickt, analog zur Steigerung der in der Ballade geschilderten Lage. Hätte Rebernigg dann zu Ende gelesen, oder nein, hätte die Dame dann während der Lesung, egal an welcher Stelle, den Höhepunkt erreicht, dann würde sie sich – selbsttätig – das mittlerweile, wie sie hoffte, harte Glied Rebernriggs, auf dem sie eh schon saß, einführen. Rebernigg, der alles in ihrem Sinne erledigt hatte, fragte – wir saßen in der »Meierei« des Volksgartens – in den Nachmittagshimmel hinein: »Was sagt uns besagte Versuchsanordnung?«

Reberniggs Wahl bei der bestellten Lesung war auf »Eine unglückliche Liebe« von einem gewissen, mir damals unbekannten Wolfgang Koeppen gefallen. Nach langer Überlegung, ob er sich nicht doch für »Alles Leben ist Problemlösen« von Sir Karl Popper entscheiden sollte. Nun, ich erklärte – mithilfe einer Interpretation –, dass ich die Versuchsanordnung durchaus begreifen konnte (oder sollte ich hier besser sagen: verstehen, verstehen konnte): Der Wunsch der Dame war darauf gerichtet, dass die Situation etwas Zweideutiges bekommen sollte – zweideutig, im Sinne von »in sich« differenziert. Solche Situationen sind doch immer nur eindeutig, werden auch so genannt: Die Situation ist eindeutig, und ein jeder weiß, was für eine Situation das ist. Immer nur werden solche Situationen auch als eindeutige gewünscht. Anders die Dame. Die Differenzierung, die sie wünschte, bezog sich auf zwei bedeutende Dimensionen: auf Sein und Schein, und auf deren Verwicklung, auf deren Ineinandergreifen, jedenfalls auf einer wechselseitigen Erhellung oder auch Vernebelung. Nun, fragte ich, wurde zum Schein gelesen, nein, denn es wurde doch wirklich gelesen; zugleich geschah etwas anderes, darauf aber sollte nicht geachtet werden, es sollte so getan werden, als ob, was unter ihrem Rock geschah, eigentlich nicht sein sollte, aber genau das, was unter dem Rock geschah, sollte ja eigentlich sein. Deshalb, und nur deshalb, war in der Versuchsanordnung alles andere vorgesehen. Diese beiden Dimensionen, dieses In-sich-Differenzierte sollte in der sexuellen Handlung nicht das letzte Wort haben. Der zum Schein unbeteiligte Vorleser nahm durchaus auch Anteil an ihrem Sein, zumindest erhoffte sie den Beweis in aller Härte dafür zu kriegen. Da das bei ihm, bei Rebernigg durchaus der Fall war, wurde die Situation – die Dame war doch nicht bigott – endlich eindeutig. Aller Schein hatte sich erledigt, war abgearbeitet, und diese Frau und dieser Mann konnten im wahrsten und nicht in abgedroschenem Sinne des Wortes zur Sache kommen.

»Na, wie war ich?«, fragte ich Rebernigg in der Volksgarten-Meierei, und es war keine Wolke am frühsommerlichen Nachmittagshimmel. »So kann man es sehen«, sagte Rebernigg, aber dabei schien er mir und sich zu widersprechen, denn er schüttelte den Kopf. Rebernigg hatte eine Neigung zum Sachlichen, er lebte exzessiv, beurteilte aber alles, auch seine Räusche, sachlich. Er war kritischer Rationalist, irgendwie war er philosophisch, und zog aus manchen Erfahrungen Schlüsse, die das Menschliche im Allgemeinen, die das Allgemeinmenschliche betrafen. »Geil, Franz«, sagte er zu mir, leicht geistesabwesend, jedenfalls meine glänzende Interpretation nicht kommentierend, er sagte entweder Franz zu mir oder spöttisch Schatzi, »wirklich geil sind nicht die Leute, die mit irgendwas beschäftigt sind, die leidenschaftlich was tun, die in Arbeit versinken. Geil, richtig geil werden nur die anderen, die herumhängen, die faul sind, die fast verfaulen. Diesen Untoten baut die Geilheit eine Brücke zum Leben«, sagte er. Ja, sich suhlen – da kommt man auf Ideen.

Ich sehe Rebernigg vor mir, den schönen Rebernigg, wie er im feierlichen Ernst, der ihn überwältigt hatte, mir seine Wahrheit anvertraute: »Die Geilheit, Schatzi«, sagte er, »ist eine Macht.« – »Und wir«, sekundierte ich ihm tapfer, »die wir uns dieser Macht unterwerfen, haben nichts zu bereuen.« – »Je ne regrette rien«, fiel er mir ins Wort, und jetzt, hier und heute, entschuldigen Sie, ich muss lachen, heute ist dieser Mann Bildungsforscher, staatstragend. Kritischer Statistikrationalist, einer der Zahlenwarte der Republik, Rebernigg. Er sagt, in dieser Eigenschaft, alle sollen einmal ein bissl brav sein, das Richtige studieren und nicht das Falsche und dann einen Berufsweg einschlagen, der okay ist. Ich bin nicht sicher, aber ich denke, ja, denke, dass ich ihn sogar persönlich wiedergesehen habe, im Café Europa, vor mir am Frühstücksbuffet; er hatte noch sein langes Haar, es war grau geworden, und die Schönheit stand ihm ins Gesicht geschrieben, aber bloß noch als Zitat; sie war ihm vergangen, wie das oft bei in der Jugend schönen Männern ist, die dann im Alter von ihrer Schönheit richtiggehend im Stich gelassen werden – während ich, alternd, zur Überraschung aller, die's interessiert, schöner geworden bin. Rebernigg sieht heute aus wie eine ausgemusterte Beethovenbüste. Der Anfang relativiert bei uns Menschen jedes Werden, und wenn mein Blick im Café Europa, wo die höchstens Dreißigjährigen sitzen und, ohne dass es ihnen bewusst wäre, ihre Zusammengehörigkeit feiern, Tag für Tag, und am Wochenende am Frühstücksbuffet sich anstellend ein Fest des Essens und Trinkens (Orangensaft!) eröffnen … Lauter Anfänger, die gegen mich keine Chance haben, zumindest nicht am Frühstücksbuffet, wo meine Griffe präzise sitzen und meine Übergriffe noch präziser.

Als ich ihn sah, Rebernigg, also den vermeintlichen Rebernigg (das ist doch egal, denn hier geht es um die inneren Bilder, um die Identitätsausweise anderer, durch die man selbst geprägt wurde, und die keiner äußeren Beweise bedürfen), inmitten der Jugend, als ich den sah, den ich für Rebernigg hielt, war er mit einer ungefähr gleichaltrigen Frau im Café Europa, mit einer Frau seines Alters, mit einem Menschen, von dem man sofort sagt: etwas Besonderes, ja, etwas ganz Besonders. Die beiden schienen »z'sammghatzt«, wie man in dieser Stadt sagt, vielleicht – man soll die Herkunft von Wortfügungen niemals leichtfertig, geschweige denn unwissenschaftlich deuten –, vielleicht, weil damit gesagt sein soll, dass sie aneinander zu einer Flamme verbrennen, und meine

Eifersucht erwachte wieder, zumal ich gerade im Café Europa eine seltsame Niederlage erlitten hatte, von der ich nicht wusste, soll ich sie als solche nehmen oder gar als Vertrauensbeweis eines mir persönlich Unbekannten. Ja, hinter allem steht eine Liebesgeschichte oder ein Machtproblem oder beides. Ins Café Europa gehe ich uneingestandenermaßen, um jene Dreißigjährige zu sehen …

Also ich sage kein Wort zu mir, warum ich mich sonntagmorgens vor diesem Buffet anstelle, jenen Rebernigg vor mir, der vielleicht gar nicht der Rebernigg ist und den ich sowieso nicht grüße, auch wenn's der wirkliche wäre, denn warum sollte ich jemanden grüßen, den ich vor 35 Jahren das letzte Mal gesprochen habe? Bin ich der Archäologe meiner selbst? Der Leser meiner Grabinschriften? Damals war sie, die heute Dreißigjährige, noch gar nicht am Leben, sie, von der mir das Mitbewusstsein mitteilt, dass ich ihretwegen im Café Europa herumstehe, in der Hoffnung, sie, sie kommt … Sie kam nicht, niemals, aber draußen auf der Gasse, wo das Café Europa zwei relativ lange Tischreihen für seine Gäste hat, eine an der Mauer des Lokals, die andere parallel dazu am Gassenrand, da saß mir gegenüber an der Mauer der junge Mann, der zusammen mit dieser Dreißigjährigen, auf die ich insgeheim wartete, ein paar Jahre ein Paar gebildet hatte. Sie hatte es mir erzählt, und auch, dass der Junge, als das Stadium ihrer Trennung erreicht war, sie beschimpft hatte: Sie wäre keine …, sondern eine …, er hingegen … Das Übliche halt, wie es in unseren Kreisen, in denen man das Demütigen gut kann, der Fall ist: Durch die Nähe kennt man das Begehren, die Wünsche seines Nächsten, und man kann ihm aus tiefster Kenntnis heraus einen Strick drehen, und dieser Junge, der ihr einen Strick drehte, den sie keineswegs mit Humor nahm, saß nun mir gegenüber – und er, den ich noch nie getroffen hatte, grüßte mich an diesem Sonntagmorgen nicht ohne Innigkeit. Er war leicht ergriffen davon, auch leicht ironisch ergriffen davon, dass er mich sah – er wusste offenkundig von mir und dass ich mit seiner früheren Lebensgefährtin eine Zeitlang gut war, mit der er, was ich wiederum von ihr wusste, eine halbwegs unsinnliche Freundschaft immer noch pflegte. Auf das Unsinnliche würde ich in diesem Spiel auf Leben und Tod keinen Einsatz setzen, aber es ist die Hoffnung, deretwegen man sich nicht rechtzeitig ersäuft. Man war aneinander gewöhnt, man war gleich alt, dachte ich über sie und den jungen Menschen, der in meinen Augen anders existierte als mein anderes Phantasieprodukt, als Rebernigg. Allein, dass der junge Mann mit einer an Sicherheit grenzenden Wahrscheinlichkeit kein Bildungsforscher war … Sein Gruß hatte für mich etwas Mystisches, er, der sie nach Belieben sehen durfte, während ich glaubte, das Stadium der Trennung in keiner Weise mehr rückgängig machen zu können, er hatte den Zugang zur Quelle meines Glücks, ohne dass ihm das, falls ich die Lage richtig einschätzte, wirklich viel bedeutete. Für ihn war gewöhnlich, was für mich ein Fest war.

So erwiderte ich den Gruß dieses jungen Mannes, den ich im Internet ausgeforscht und identifiziert hatte: Facebook, und es war doch in dieser meiner Erwiderung seines Grußes, wie ich heute denke, mehr Einverständnis als das Gefühl der erlittenen Niederlage. Ich muss es kurz machen, obwohl ich es gerne länger gemacht hätte, aber sooft ich auch im Café Europa auftauchte, sie war niemals da, und er lebte sowieso in einer anderen Stadt, und ich habe es niemals mehr mit einer um so viel jüngeren Frau versucht, außer mit einer, mit der ich eines milden Maiabends im Stadtpark saß, wo ich mich ihr mit den Worten erklärte: »Darf ich dich küssen«, und sie mir antwortete: »Genau das hat mich Onkel Edi seinerzeit auch gefragt. Ich war damals zwölf Jahre alt, und so was will ich nicht noch einmal mitmachen, nein, du darfst mich nicht küssen.« Damit wurde ich erotisch aufs Altenteil geschoben, aber ich bin der Jugend, die mich ablehnt, in keiner Weise böse – mit der jungen Dame bin ich heute gut Freund, und sie hat mir lachend gesagt, es hätte in ihrem Leben gar keinen Onkel Edi gegeben, sie hatte ihn nur zu meiner Aufklärung und Abschreckung erfunden: In ihrem Leben hat es überhaupt keinen Edi gegeben – Null-Edi. So besteht unser Leben aus Fiktionen und aus Wirklichkeiten und nicht zuletzt aus der Überheblichkeit, man könnte sich aussuchen, was was ist …

Wenn ein alter Mann seine letzte Glut, die letzten Hitzen an jungen Menschen kühlen will, dann beginnt eine uralte Komödie, die nur beteiligte Idioten für eine Tragödie halten können. Es wird ihnen in dieser Tragödie, die die Zuschauer zum Lachen finden, auch der Prozess gemacht. In der Zeitung stehen dann namentlich einige von ihnen, die freigesprochen wurden: Über den lächerlichen X., heißt es dann zum Beispiel: X., im hohen Alter, ist Vater geworden, und über den mindestens ebenso lächerlichen Y. steht im selben Blatt, seine blutjunge Frau habe ihm ein Kind geschenkt. Bei X. und Y. nimmt das Leben, wenn auch verspätet, einen gewöhnlichen Verlauf. Fürs Erste erscheint alles Wesentliche gelöst, aber die anderen lächerlichen Alten, denen niemand mehr ein Kind schenkt, sie sind bis auf die Knochen blamiert – in ihren eigenen Augen sehen sie sich selbst als Ausgeschlossene –, die Jugend, in deren Blutkreislauf sie sich einschleusen wollten, sperrt sie aus.

Ich kann darüber offen reden, denn weil ich ja alles verkehrt mache, habe ich in meiner Jugend das Umgekehrte erlebt: Ich war jung, und sie war … ja, sie war alt, wenn auch nur gemessen an den zwanzig Jahren, die ich jünger war. Aus dieser Beziehung ist die schönste Schrift entsprossen, die ich jemals verfasst habe. Aber diese Schrift handelte keineswegs meine Beziehung zur besagten schönen Alten ab, sondern sie galt einer analogen Beziehung. Das war so: Ich saß im Sommer in dieser Wiener Gasse, wo auch das Bierbeisel ist – 199 verschiedene Biersorten, verdammt, warum nicht zweihundert?, auf die eine Sorte kommt es doch nicht an –, und vis-à-vis vom Bierbeisel ist ein kleiner Jazz Club, mit einer Bar, die im Sommer bis auf die Straße hinausreichte. Die Leute saßen auf den Barhockern vis-à-vis vom Bierbeisel, wo man rustikal Platz nehmen musste: auf Stühlen wie auf einer Bauernbühne, und da saß ich und fühlte mich tatsächlich wie ein Nachfahre der Schauspielerfamilie Löwinger: lächerlich, zum Lachen. Meine Geliebte, die um zwanzig Jahre ältere Frau, hatte mich nämlich verlassen. Sie hatte mir bei der von ihr inszenierten Abschlussveranstaltung im Hotel Sacher mitgeteilt: »Wenn ich mit dir weiterlebe, dann muss ich mein Leben hassen«, und das, dachte ich, nur weil ich von ihr verlangte, ihren Gatten zu verlassen, und überhaupt, weil ich von ihr verlangte, mir mehr Aufmerksamkeit zu schenken. Von ihr, ja, tatsächlich von ihr wünschte ich mir, der ich um zwanzig Jahre jünger war, ein Kind. Ich schwöre – das ist ein Tatsachenbericht –, ich träumte, wie wir beide und das Kind glücklich und barfuß über eine Wiese voller Maiglöckchen liefen. Ein feuchter, blumiger Traum – sie hingegen hielt an ihrem alten Leben fest und gab mir, wie man in dieser Stadt sagt, den Weisel. Ich ging darauf öfter ins Beisel, sprach dem Alkohol zu, genau wie an dem Sommerabend im Bierbeisel. Dort sah ich, halbbetrunken vom Bier Nummer 17 (ich hätte, im Dienste an den großen Zahlen, Nummer 200 genommen), vis-à-vis von mir, das analoge Paar.

Sie saßen auf Barhockern vor dem Jazzlokal und, ich hatte keinen Zweifel, sie waren in ein sehr ernstes Gespräch vertieft. Es ging, auch daran hatte ich keinen Zweifel, um die Beschränkungen, denen sie ihre Liebe aussetzen mussten, und darum, dass am Ende all dieser Beschränkungen das Ende ihrer Liebe, die Trennung stehen müsste. Die Trennung würde ihre Liebe nicht auslöschen, aber unmöglich machen. Das war mir sofort klar, ich war mir sicher, und ich begann auf der anderen Seite der Straße mitzuschreiben, wovon ich überzeugt war, dass es sich vor meinen Augen abspielte. Ich schrieb von meiner Einbildung ab. Sehr fein notierte ich die Besorgnis der Frau: Was wird uns die Zukunft bringen, wir haben doch keine, und sehr fein schrieb ich mir auf, wie viel Kraft sie aufbrachte, um dem Ungestüm ihres jungen Liebhabers etwas, soll man es Vernunft nennen?, entgegenzusetzen.

Sie war schön, fand ich, der Parasit ihrer Augenblicke, aber er, der junge Mann, war nicht bloß schön, sondern er hatte auch etwas von der Urgewalt der Unreife, mit der Menschen sich die Welt aneignen. Aneignen muss ja sein, und zwar für jeden, sonst wäre die Welt für alle dieselbe Fremde. Ich schrieb in meiner Deckung im Bierbeisel wunderbare Sätze in einer magischen Sprache – über die zwei, genauer aber über das Leben, das solche Formen annehmen kann. Worum geht es im Leben? Um den Sinn. Worum geht es in dieser Geschichte – ja, ich meine die, die Sie hier lesen? Um den Sinn des Lebens. Nein, hier geht es ausschließlich um den Sinn dieser Geschichte.

Ich schrieb an meinem Wirtshaustisch im Freien, wie die Frau drüben im Augenblick empfand, empfinden musste: Sie hatte zuhause den Gatten und das mit ihm zusammen aufgebaute Leben, und hier hatte sie einen ganz tiefen Moment jener Liebe, die sie mit solcher Wucht traf, sodass sie stets das

Gefühl hatte, ein Opfer zu sein und sich wehren zu müssen. Und er, der Junge, hatte die Gegenwehr der reifen Frau so oft schon überwunden, dass er sich auch als Sieger vorkam. Auch, denn er hatte schon zu leiden, wenn er an Samstagen oder an Sonntagen, die sie mit dem Gatten und mit den Kindern verbrachte, allein bei sich zuhause war und auf ihren Anruf wartete. Und wenn sie einander trafen und Zeit füreinander hatten, dann wusste er, dass sie sich die schöne Zeit nur mit einer Lüge nehmen konnte. Alle Wege zu ihm führten über Lügen, und weil der Weg das Ziel ist, ist alles eine Lüge, und was kostete es an Kraft, aus dieser Lüge die wichtigste Wahrheit in seinem Leben zu machen! Nein, er war in der Seele wund, aber genau das gab seiner Liebe auch das schmerzlich Grandiose, das er jetzt vor meinen Augen demonstrierte.

Das alles und mehr fasste ich zusammen zum schönsten Stück Literatur, das ich jemals geschrieben habe. Ich hob es extra auf, das Stück Literatur, damit es nicht verlorengeht, aber wie alles, das ich extra aufhebe, damit es nicht verlorengeht, ist auch dieses Stück Literatur verlorengegangen. Ein Verlust. Ich hebe etwas extra auf, und schon ist es verloren, das ist Dialektik, die Dialektik meiner Natur, der ich mich ausgeliefert fühle. Da kann ich nichts dagegen machen. Wie es auf Flughäfen, wo man abheben und wegfliegen, allerdings auch ankommen kann, heißt: No way out. Macht aber nichts, es bleibt doch genug über, und ich hatte gelernt, nein, nicht die Verluste zu verhindern oder zu vermindern, sondern sie zu vergessen. Das zitierte, ja, beschworene schönste Stück Literatur, soweit von mir verfasst, die zartesten Beschreibungen und feinsten Gedanken, in emotionaler Größe und in differenziertestem Unterscheidungsvermögen, habe ich aber nicht vergessen. Das heißt, ich weiß, dass dieses Stück Literatur existiert hat, und zwar so, wie ich es sage, als schönstes Stück Literatur, aber ich weiß nicht mehr, wie es genau im Einzelnen gemacht war. Ich habe das Image, aber keinen Text. Und ich habe meinen Glauben. Mein Verlust berührt mich kaum noch, langes Suchen ist auch die Gewöhnung an die Unauffindbarkeit des Gesuchten. Aber ich bin genug bei Verstand, um die Bedeutung des Verlorenen zu erkennen: Nun kann man nämlich nicht mehr wissen, wozu ich im Positiven imstande bin. Bei einem Dichter ist das nur durch Vergleich möglich, indem man seine schlechteste Leistung mit seiner besten vergleicht und dann die Funken, die im Vergleich entstehen, auf ihre Intensität prüft. Oder wie soll ich es sagen? Fängt man Feuer – gut, bleibt man kalt – ist eh auch wurscht.

So rede ich von meinem verlorenen Werk – ja, diese Unruhe. Ich hatte sie schon damals, als ich im Bierlokal die zur Trennung verdammte Symbiose vis-à-vis von mir beobachtete. Das Nervöse, das Flüchtige, das immer wiederum Abbrechende und den Riesenkitsch, der sich in meinem Hirn gewaltig zusammenballte. Heute, also in der Gegenwart dieser Niederschrift, habe ich die gute Nachricht gehört – die Nachricht von einem Briefträger. Die Polizei hat ihn aus dem flüssigen Straßenverkehr herausgeholt, und zwar nicht wegen eines Verkehrsdelikts. Jemand hatte im Vorüberfahren durchs Fenster geblickt und gesehen, das Auto lenkt ein uniformierter Briefträger, und überall im Wagen verteilt liegen unzählige Poststücke.

Der Briefträger wurde sofort verraten, ein jeder Mensch will ja seine Post haben, und am Rücksitz fand man sogar eingeschriebene Briefe. Ihre Absender waren die hochwürdigsten Ämter des Landes – wenn der Adressat den Brief, ausgefertigt von einem hochwohlgeborenen Beamten, nicht erhält, dann ist das so, als ob er das Verbrechen, dessen ihn der Brief gewiss bezichtigt, auf sich nimmt. So ein Brief ist in unserer Republik Schicksal. Auch wenn man ihn nicht empfangen hat, wird die Androhung, die er enthält, mit Sicherheit wahrgemacht. Die gute Nachricht ist die Antwort, die der Briefträger gab, als man ihn zur Rede stellte. »Warum nur, warum?« – Und der Mann, mittlerweile seiner Uniform entkleidet, antwortete: »Weil ich den Überblick verloren habe, ich habe den Überblick, die Übersicht verloren ...«

Das Taxi, das mich in jener Nacht, von der ich zu erzählen begann, nicht ohne den Hinweis, diese Nacht wäre leicht datierbar (wegen eines Länderspiels), dieses Taxi hatte zwischen sich / der Straße / dem Lenker / und daher auch indirekt mir, dem Fahrgast, ein kleines Stück, nein, Stück ist ja falsch, das ist ja von seiner Materie her etwas ganz anderes, ein Stück virtueller Welt, wollte ich sagen – und als Schlusswort: dazwischengeschaltet, ein Stück virtuelle Welt dazwischengeschaltet; es kommt drauf an, dass keine Lücke mehr gelassen wird, zwischen uns und der virtuellen Welt. Mein Fahrer in jener Nacht fuhr mit GPS, und vom Rücksitz aus konnte ich den breiten Richtungspfeil auf dem Bildschirm sehen, und sehen, wie die eingeschlagene Richtung viele ebenso mögliche Ziele links oder rechts liegenließ.

In der Stadt fahren Hunderte solche Fahrer, die sich gar nicht auskennen, die die Realität in der Stadt gar nicht kennen, die aber, wenn sie wenigstens den Namen des Zielorts richtig in die Maschine getippt haben, voller Selbstbewusstsein ihren Wagen starten. Erkennt man, was jetzt wahr geworden ist: Nicht wichtig diese ganzen Orte, dieser freche Haufen von Zielpunkten, wichtig ist die Karte, das virtuelle dynamische Verzeichnis der Straßen und Plätze, das Immaterielle – und schon fahren Tag und Nacht Autos, deren Lenker nicht einmal mit den Augen kontaktieren müssen, wohin sie fahren, oder von wo sie wegfahren und was sie unterwegs sehen könnten. Sie können wegschauen, wenn sie angekommen sind, nachdem ihr Blick den Bildschirm fixiert hat und die Augen zur nur begleitenden Kontrolle über den Verkehr geglitten sind.

Diese Menschen sind im wahren Wortsinn fremdgesteuert – und natürlich bin ich dabei, am Rücksitz bloß, aber hellwach zu allen möglichen Tages- und Nachtzeiten. Glauben Sie nicht, dass mir das Krankhafte meiner Unruhe verborgen geblieben wäre, das leicht Krankhafte, aber glauben Sie bitte auch nicht, dass man hinten am Rücksitz außer Obligo, also fein raus ist. Es war 23 Uhr 30 – ich saß am Rücksitz. Datum: 6. Dezember. Also wiederum eine andere Nacht, eine dieser Nächte, die nichts anderes sein kann als eine dieser … Ich fuhr im Taxi über den Ring, es war nach einer der ersten vorgezogenen Weihnachtsfeiern im Künstlerkreise. Ich kam vom »Weißen Tiger«, also aus dem zweiten Bezirk – ein Lokal, das gegenüber vom Krankenhaus der Barmherzigen Brüder liegt, und am Ring holte ich mir vor Weihnachten schnell noch ein Peitschenschlagsyndrom ab.

Der Schmerz war nicht nur körperlich, er reichte von meinem Rücksitz aus hinab ins Seelische. Da fuhr einem ein Betrunkener hinten ins Auto rein – zum Spaß. Er und seine Mitfahrer, ein Mann und zwei Frauen, hatten Freude am Auffahrunfall – und noch einmal – puff –, sie fuhren uns noch einmal hinein. Den Fahrer meines Taxis schleuderte es über das Lenkrad, er war für einige Minuten ein schmerzlich verblüffter, gebeugter Mann. Mich warf es nach vorne, auf den Vordersitz, und mein Rücken hatte so gut er konnte (und er konnte es nicht gut) versucht, den Aufprall abzufedern.

Ich sah den Lenker des aufprallenden Wagens, wie er noch einmal Maß nahm, dann aber, wie er zuerst geradezu auf meinen Rücken zufuhr, schließlich mit einer schneidigen Bewegung seines Lenkrades, links an uns vorbeiraste, unbekümmert und aufgeheitert ins Blaue der Winternacht hinein. Mein Fahrer, dieser geprüfte Mensch, stand vor den Trümmern seiner Existenz, na ja, vor den Trümmern seines Autos, na ja, vor den Trümmern des Kofferraums … Aber er war persönlich beschädigt, als wäre nicht sein Wagen, sondern er selbst gerammt worden. Ich tastete mir den Rücken ab, ob etwas Reparables oder etwas Irreparables vorlag.

Musste ich schon wieder auf die zweite Orthopädische Station, wo, ich schwöre es, vor der Tür des Professors und vor den Türen seiner Oberärzte höchstens zwei bis drei Sessel stehen, sodass, wenn die Ambulanz geöffnet ist, kaum ein Fußmaroder, keiner der Knielädierten Platz nehmen kann? Es kommen doch sowieso so viele ohne Beine – im Rollstuhl … Wozu also mehr als drei Sessel? In der Warteposition werden die Kranken bereits überstrapaziert, sie sind geschafft, wenn sie beim Orthopäden vorsprechen, der schmerzfrei hinterm Schreibtisch sitzt.

Aber ich will hier nichts von meiner Krankengeschichte erzählen, nichts von meinem fortschreitenden Verfall und nichts von Orthopäden. Nicht an dieser Stelle. Man hätte die Orthopäden längst mit den Unfallchirurgen zusammenlegen sollen, im Meer der Chirurgen wären die Orthopäden verschwunden, und es hätte Ruhe geherrscht. So sind überall Orthopäden, und sie klopfen dir die Knochen ab, dass es nur so scheppert. Der nächtliche Unfall, den jemand aus purer Freude, da bin ich mir sicher, ich habe dem Täter ins Gesicht geblickt, aus purer Freude am Aufprall verursacht hat, dieser Unfall bringt mich woandershin. An einen Ort der Offenbarung menschlicher Gemeinheit. Ein halbes Jahr später nämlich erschien ich mit einer Ladung am Deutschmeisterplatz. Ich, vorgeladen, hatte in den letzten Stock hinaufzufahren, und der Aufzug war, wie es sich bei einer Polizeidirektion gehört, selber ein Gefängnis: Die Türen schlossen sich wie bei einem Tresor, mächtig gingen sie zu, und niemand, der diese fahrende Gefängnisanlage benützte, konnte sicher sein, dass eine der beiden Aufzugtüren, geschweige denn beide, je wieder aufgingen. Dennoch geschah es, und oben im allerletzten Stock der Direktion war die Decke so tief, dass mir Kriechen eher angemessen schien als Gehen. Hier oben wird der aufrechte Gang als humanitätsdusselige Verblendung entlarvt. Ich wartete Stunden, denn der gesamte Migrationshintergrund von Wien war schon vor mir da, war sozusagen in den Vordergrund gerückt. Ein paar Roma, die gestern noch im Fernsehen sprachen, spielten jetzt leidenschaftliche Musik, Türken mit Schnurrbärten drehten überdimensionierte Lämmer über einem Grill, Kroaten spielten mit Serben ein geheimnisvolles Kartenspiel und Tschetschenen warfen schwertartige Messer, entweder auf die Türken oder gegen die Fensterstöcke. Würde die Decke nicht so tief hängen, könnte man sich hier wohlfühlen. Mich beachteten die Leute nicht, aber ich bemühte mich, alles über sie in Erfahrung zu bringen oder wenigstens einiges über ihre Herkunft und Zukunft, und langsam, langsam und langsam, langsam, wie eben die Mühlen der Justiz mahlen, waren sie alle drangekommen und ich war als Letzter übrig geblieben. Schließlich und endlich wurde auch ich vorgelassen, in ein Büro, in dem auf engstem Raum zwei Beamtinnen ihren Dienst taten.

Sie saßen an einem Schreibtisch einander gegenüber, und die eine, die für meinen Fall zuständig war, erschien von mir zu Tode gelangweilt, während die andere in tiefstem Desinteresse an der Welt überhaupt, das fast schon der Erleuchtung gleichkam, mit einem kleinen Löffel den Zucker in ihrem Tee umrührte. Ich konnte währenddessen nur an eines denken, nämlich wie ich denn (oder ob ich denn) mit dem Aufzug jemals wieder runterkommen könnte, aber, dachte ich, mit meinen Knien und mit meinem Rücken, auf den das Peitschenschlagsyndrom noch nachwirkte, mit meiner ganzen Krankengeschichte komme ich doch zu Fuß über die Stiegen niemals hinunter.

Die toten Augen der Beamtinnen blickten mich an. Nach einem Anfangsgeplänkel, bei dem unter anderem meine sogenannten Personalien aufgenommen wurden – ich war Zeuge in dem aktenkundig gewordenen Vorfall vom 6. Dezember des Vorjahrs –, nach diesem bürokratischen Hin und Her las mir die Beamtin mit gekünstelter Stimmgewalt die Aussage des Täters in der Winternacht vor: »Ich«, hatte der gesagt, »bin wegen einer Bremsung des vor mir fahrenden Taxis auf dieses aufgefahren. Der Aufprall war ganz leicht, aber dennoch habe ich an der Ecke gewartet, um nachzusehen, ob es Folgen gab, vielleicht sogar die Verletzung eines Menschen. Nichts davon war ersichtlich, und ich reihte mich daher wieder in den Verkehr ein und fuhr nachhause.« Die Vorleserin setzte sich zurecht, um meine Aussage in den Computer zu tippen. »Ich habe«, begann ich, »eine solche Lüge noch nie gehört.«

Diese Unruhe. Wenn man die Stadt anfliegt, dann habe ich es, ich, mit einem der Lichter zu tun, die man von oben sieht. So fahre ich in den Nächten durch die Stadt, im Fond der Mietwagen, und nicht selten überlege ich, was mich dazu bringt, zu vertrauen, dass diese Fahrten gut ausgehen. Vertrauen haben – tatsächlich vertrauen, das ist ein Besitz, der seine Zinsen auf vieles abwirft. Die Leute, die auf ihr Misstrauen vertrauen, haben zwar immer recht, sie erfüllen sich selbst ihren Glauben, aber sie zahlen, wie die von ihrem Vertrauen Enttäuschten ja auch, mit ihrer höchstpersönlichen

Bitterkeit. Auf solchen Grundlagen beruht eine beliebte Verwechslung von Ursache und Wirkung. Das positive Denken: Man denkt, indem man das Vertrauen forciert, könne man die Bitterkeit abwenden. Man bekämpft die Bitterkeit und meint, damit könne man auch den Sieg über ihre Ursachen davontragen.

Aber die Ursachen sind in jedem Leben gegenüber den Wirkungen, die sie zeitigen und die wir zeigen (o ja, wir zeigen Wirkung), im Vormarsch. Das ist eben sachlich so. Ja, ja – es gibt Spielräume, in denen das Sachliche schwankt und sich ein Raum für das Unwirkliche auftut –, und das grausame Spiel in der Oper, diese eine Million und zweihundert Verabschiedungen von ein und demselben Direktor – verstehen Sie, das ist Politikersatz, bombastischer Überbau über ein Nichts von Politik, positives Denken, affirmative Kultur, und es heißt doch Staatsoper. Ich will bitte aus diesem Loch heraus, aus meiner sogenannten Wohnung, in der die Staatsoper mich jederzeit erreicht, und wo … Da fuhr ich eben in die leicht datierbare Nacht hinaus. Es war die Nacht vor dem Länderspiel. Im irischen Pub beim Schwarzenbergplatz (ich weiß es aus Erzählungen) phantasierte ein kleiner Brite in Flipflops und kurzen Hosen fiebrig, dass er an diesem Vorabend noch deutsche Frauen zu vergewaltigen gedenke. Das sei das Vorspiel, das sei sein Sportsgeist, sagte er, eine Probe britischen Humors abgebend, in Flanagans Irish Pub Schwarzenbergstraße. Es kam zum Handgemenge, wie so oft wegen des Fußballs. Ich war schon unterwegs.

Ich wollte mit dem Taxi fort, um mir in der Innenstadt eine Burenwurst und auf der symbolischen Ebene ein Stück vom Heute kalendermäßig abzureißen. Nichts, was Zukunft hat, nur etwas jenseits der Vergangenheit und dieser einheimischen Überanstrengung, sie zu aktualisieren. Hören Sie, in dieser Nacht verteilten die Kolporteure die Morgenausgabe des *Kurier*. Das Morgenblatt bestand ganz aus der Sonderbeilage »Geschichten und Legenden, Bilder und Analysen von allen Operndirektoren der letzten 772 Jahre«. Man will ja nicht die Vergangenheit, nicht die eigentliche, die unwiederbringliche, man will einen Zeitraum im Heute, einen Zeitraum von früher, der bereits unschädlich gemacht worden ist, einen, der niemandem außer mir etwas tut, und der schön ist: Schöngesang auf der Bühne, und man will Frackhemden. Was für ein Land, in dem man mit Begeisterung die Asche der Kultur in alle Richtungen ausstreut, auch sich selber in die Augen.

Vor Jahrzehnten hatte sich der große Mann als Muskelpaket nach Amerika geschickt. Es sollte ihm gelingen, Kalifornien in kurzer Zeit zu ruinieren, natürlich war Kalifornien schon nahe am Ruin, als er sich seiner annahm. Wäre Kalifornien nicht schon nahe am Ruin gewesen, hätte er Kalifornien gar nicht bekommen. Von Ruin zu Ruin. Aber der Österreicher war ein Versprechen, und er zeigte dem Wahlvolk einen Besen, mit dem er Kalifornien ausmisten würde. Es kommt in jedem politischen Leben der Zeitpunkt, da ein Mann damit rechnen muss, eine Portion Schlamm ins Gesicht zu bekommen. In Amerika sagte der berühmte Österreicher, er habe seine Heimat verlassen: erstens, weil man in der Heimat nicht reich werden konnte. Ich sah mich um auf der Taxifahrt – überall Wohlstand, die Armen gut verräumt, aber kein Reichtum. Wahrer Reichtum benötigt Arme in Hülle und Fülle, Arme in Massen – gut sichtbar stellen sie dar, was man selbst niemals sein möchte. Da ist man schon lieber reich. Zweitens habe er, so der große Österreicher, seine Heimat verlassen wegen der »alten Scheiße« – er sagte: »old shit«, und er meinte diese alte Kultur, die Frackhemden, die mit allen Rohren auf uns Modernisten schießen. Was wäre unser Land, fragte der heute Nacht scheidende Operndirektor, der allein heute, allein schon an diesem einzigen Tag, zweihundertdreißig Mal von neuem seinen Abschied genommen hat, um ihn zu feiern, was wäre unser Land ohne Frackhemden?

Davor graute dem großen Österreicher, der Kalifornien ruiniert hat, aber dieses Versprechen von Kalifornien hat dennoch einen Wert für die Heimat, obwohl »old shit« sein zweitgereihter Grund für die Ausreise war, und der erstgereihte eben, dass man in dieser Republik Österreich nicht reich werden kann. Er hat dennoch ein Herz für die alte, von ihm verlassene Heimat. Das kann ich daran erkennen, daran ermessen, dass er, wenn er sich auf irgendeiner Messe irgendwo auf der Welt aufhält und eine Kamera des Österreichischen Rundfunks und Fernsehens sich ihm nähert, genau so lange gesprächsbereit ist, wie es Zeit brauchte, um zu sagen: »Der Österreich-Pavillon, Herrschaften, den habt ihr wunderbar hingekriegt. Der Österreich-Pavillon ist erstklassig.«

Er schmeichelt so viel wie notwendig, aber auch nicht weniger, während im Österreich-Pavillon die Frackhemden den »old shit« auspacken. Und der große Mann ist stets auf Messen und tut dort so, als könne er den Ruin von Kalifornien noch aufhalten. »Uns schwebt nicht der Ruin von Kalifornien vor«, sagt er auf der Messe, bevor er den Österreich-Pavillon lobt, »uns schwebt der Run auf Kalifornien vor.« Ein Slogan, was für ein Slogan!

Die Abschweifung nach Kalifornien, wo alles zugrunde geht, genauer, wo der öffentliche Sektor einbricht, war für mich nötig, denn sonst hätte ich während der Fahrt im Taxi über die Staatsoper berichten müssen, eine Fahrt, auf der mir ein Stück des heutigen Tages und eine Burenwurst (auch von heute und nicht von gestern) vorschwebte. Mir schwebte also eine Verklammerung von Leiblichem (von räumlich ausgedehnter Wurst) und von Symbolischem (von mit der richtigen Bedeutung aufgeladener Zeit) vor. Die Verklammerung lag utopisch auf meinem Weg, und ich wendete meinen Blick strikt von der Oper ab, stieg Kärntner Straße/Fußgängerzone aus dem Taxi und hatte keinen Blick für alles, was hinter mir lag. Auf der Oper (ich weiß es von Erzählungen) lag ein Schatten, den ein riesiger, aufgeblasener, in der Luft schwebender Ballon warf, der die Gestalt des scheidenden und des entscheidenden Direktors trug. Auf dem Herbert-von-Karajan-Platz tummelten sich unter dem Ballon viele Menschen, an Zahl so viele, wie die Bevölkerung von Kalifornien ausmacht. Auf einer riesigen Videoleinwand war zu sehen, was in der Staatsoper stattfand. Und im Inneren der Staatsoper war eine Videowand, so wurde es mir erzählt, auf der zu sehen war, was man auch draußen sehen konnte. Erst das 21. Jahrhundert macht die Spiegelungen perfekt: Das Innere spiegelt sich im Äußeren und umgekehrt, endlich kein Platz mehr, in dem man sich dazwischen bewegen kann.

Aber das spielte sich ohne mich ab. Auf meine Weise des Hintermichlassens und Wegsehens schritt ich befreit dem von mir favorisierten Burenwurststand entgegen. Die Straßen der Innenstadt waren in der überhitzten Sommernacht, Schläuchen gleich, angefüllt. Alles schien aus den Nähten zu platzen, aber die Nähte waren stärker, als es mir bisher vorkam. Sie platzten nicht. Ich war in dieser Nacht ein Mensch, der für Momente (die ich bekämpfte) glauben musste, die Menschen gingen durch mich hindurch oder sie blieben in mir, waren in mir untergebracht, und ich wusste nicht, wie ich sie loswerden konnte. Vielleicht wieder vor Gericht? Das Gericht hatte über einige von ihnen, weil sie mich von innen heraus zerstörten, Untersuchungshaft verhängt, und so blieben sie erst recht in mir, manche Jahre lang. Andere kümmerten sich überhaupt nicht um das Urteil, das klar festlegte, sie müssen mich verlassen. Vergeblich war die Sachverhaltsdarstellung, die ich in Nächten wie dieser verfasst und bei der Staatsanwaltschaft eingereicht hatte. Ungebetene, unerbittliche Fremde tummelten sich in mir, der Briefträger hatte sie mir eingeschrieben gebracht. Ich habe ihm noch an der Tür gesagt, er soll sie wieder mitnehmen. Er redete sich mit der Floskel aus: »Dazu bin ich nicht befugt.« Niemand kann von mir erwarten, dass ich das Innere und das Äußere beweiskräftig voneinander unterscheide.

Claudia zum Beispiel, die junge Frau, die ich im Café Europa erhoffte, war Jahrzehnte in mir, obwohl sie vielleicht ein paar Stunden in meiner mir zugänglichen Außenwelt anwesend war. Ich habe ihr gesagt, dass ich sie liebe, ihren Namen aber nicht. Den liebe ich nicht. Ich muss, wenn ich deinen Namen sage, bei Clau- immer den Mund aufsperren -dia, und ich frage mich, wozu? Claudia ging dann, um Jahrzehnte zu bleiben. Der private Sektor bricht bei mir manchmal ein. Ich hatte versucht, sie privat wiederzusehen, aber innerhalb von drei Wochen bekam ich nicht einen Termin von ihr. Von Professor Schadinger, XIV. Orthopädische im Allgemeinen Krankenhaus (AKH), bekommt man leichter einen Termin als von Claudia, und die Jahrzehnte mit ihr, in denen sie nie da war, ohne schon fortgegangen zu sein, bestehen aus vielen drei Wochen, am Ende waren es dann schon Dreivierteljahre, in denen Claudia keinen Termin für mich hatte. Man sagt Clau- und sperrt den Mund auf, der bei -dia dann einen eleganten Abgang macht, einen Schluss. Bei -dia hält man die Klappe, das heißt, sie fällt einem von selber zu.

Claudia war ins Ausland gegangen, in eine Stadt, über die ich die Meinung verbreitete, in ihr werde Scheiße in Geld verwandelt und dann wiederum Geld in Scheiße. Das sei der

Blutkreislauf dieser Stadt, in der Claudia auch telefonisch nicht zu erreichen war. Für mich nicht. Eines Tages, nach eineinhalb Jahren, nahm sie auf einmal das Gespräch an. Allerdings hatte sie einen Keller gemietet, wo sie in aller Ruhe an ihrer Keramik arbeiten konnte. Aus dem Keller übertrug das Mobiltelefon nur Reste ihrer Worte. Ich lauschte unerlöst: Clau-dia.

Der Burenwurststand meiner Wahl, der stets auch vom Hier und Jetzt umhüllt und bespielt wird, glänzte hell erleuchtet in einer Seitenstraße. Die Inhaber oder zumindest die, die den Stand in der Nacht bewirtschafteten, kamen aus dem Orient, wo die Würste, die sie hier für gutes Geld über den Tresen reichten, nicht einmal im Traum zu haben waren. Alles, was Ernährung heißt, alles, was daran heilig ist, weil die Nahrung uns Leben spendet, wird von den Würsten beleidigt. Die stolzen Wüstensöhne helfen den Einheimischen mit Käsekrainern aus. Sie sind Würstelsöhne geworden. Das Fett tropft allen, die sich der Würstelbude, die wie ein kleines Häuschen in einer Seitenfront des ebenso eklig pulsierenden Lebens postiert ist, nähern, aus den Mundwinkeln. Ab 250 Meter Entfernung tropfen die Münder. Ich wischte mir schon bei 270 Metern das Fett von den trenzenden Lippen, man kann nicht früh genug anfangen mit dem Aufwischen unerwünschter Tropfen, die Spuren hinterlassen. Man muss in dieser Stadt dem Fettfluss zuvorkommen. Auch im Kampf um dieses Zuvor gewinnt man Zeit. Um Gottes willen, keiner darf sich dem Fettfluss anvertrauen und mit ihm hinunter in eine Zukunft abfließen, die ungewiss ist. Aufgeschwemmt von den Vergangenheiten, mit dem Gleitmittel der günstigen Klage über die Vergänglichkeit, an jedem Augenblick vorbei, im Fettfluss, der auch viele schon Tote beherbergt und überliefert, jede Sekunde eine Sternstunde.

Es ist wahr, damals in der Nacht, als die Frackschöße wedelnd Wind machten, einen Wind, der mich aus meiner Unterkunft vertrieb, arbeitete ich an einer Sternstunde. Ich war und ich bin Auftragsdichter, und das heißt, ich nehme Aufträge zum Dichten an. Zum Beispiel erhalte ich einen Anruf von der Kongress GmbH aus Bad Schleiming. »Ja, Herr Schuh«, sagt der Mann heiter und doch drängelnd, »wir hätten gern, dass Sie unseren Kongress zum Thema Kongresse, also diese höchst selbstbezügliche Angelegenheit, mit einer kleinen Rede eröffnen, etwas Lustiges, das uns zeigt, wie notwendig Kongresse sind, und wie Menschen auf Kongressen erst wach werden und ihre Erfüllung darin sehen, am nächsten Kongress wieder dabei zu sein. Voriges Jahr hatten wir Adolf Holl für die Eröffnungsrede, und der hat das erstklassig gemacht, sehr lustig, ich lache noch heute drüber«, und der Mann von der Kongress GmbH lacht und lacht, aber auch ich bin kein Kind von Traurigkeit und sage nicht nein. Nein, ich sage auch nicht, wenn der Holl das so gut gemacht hat, dann lasst ihn doch auch heuer wieder machen, und mich lasst einfach in Ruh. Nein, ich geh nicht hin zur Eröffnung, um dort zu sagen, eure Sanduhren laufen ab, ihr habt euer Leben auf Sand gebaut, und weil ihr Idioten seid, in deren Hirnen der Sand laut rieselt, findet ihr euch Jahr für Jahr auf einem Kongress ein, wo jeder für den anderen nur eine Kulisse ist, vor der man sich wichtigmacht. Ich mache das nicht, ich stelle mich unempfindlich blöd, reise an und halte die Eröffnungsrede von »Sehr geehrte Damen und Herrn« bis »Danke für die Aufmerksamkeit«.

So einen Scheiß mache ich, weil ich ernsthafte Arbeit hasse und an der unernsten doch Spaß habe. Oder ich erhalte einen Anruf von der Wirtschaftshandelskammer, oder wie die sich nennen, direkt aus der Haifischgasse Nummer 5 im ersten

Bezirk. »Sie sind mir empfohlen worden, und wir haben ein Problem. Wieso haben wir, die im Wirtschaftshandeln als Shopkeeper tätig sind, ein so schlechtes Image? Man müsste die schlechten Meinungen über uns bekämpfen, und fürs Erste ist vorgesehen eine philosophisch-dichterische Beleuchtung unseres Images durch Sie, natürlich im Hinblick auf eine nachhaltige Image-Verbesserung!« – Mache ich glatt, ich verbessere das Image der Shopkeeper in der Innenstadt, nicht ohne ihnen darzulegen, dass ich mich selbst als einer der ihren fühle. Wohnhaft: Innenstadt, Beruf: Kleingewerbetreibender mit schriftlichen Artikeln. Schönschreiben! Ich habe dabei das Wohlgefühl aller Kleingewerbetreibenden. Solange die Geschäfte gutgehen, hält die Zufriedenheit mit dem Selbst, die nur gestört wird, wenn man zur Kenntnis nehmen muss, was die Großhändler auf unseren ureignen Gebieten treiben: eine verkommene Bande, keine Moral, aber den Großen gehört die Welt.

In diesem Sinne hatte ich in jener hier schon oft zitierten, aber noch lange nicht zu Ende geschilderten Nacht, bevor mich die Frackschöße aus meinem Wohnloch vertrieben, an einer Eröffnungsrede gearbeitet für ein allumfassendes Symposion in Wels, das unter dem fragenden Titel stand: »Sind Sternstunden Sternschnuppen oder sind Sternschnuppen Sternstunden?« Schnuppe. Die Astrologische Gesellschaft, geächtet von den Rationalisten, hatte bei mir eine diesbezügliche Dichtung in Auftrag gegeben – ich gehe nicht einmal der Astrologie aus dem Wege. Ich bin Dichter, mir ist es egal, aus welchen Verblendungen die Leute ihre Erzählungen speisen. Die Hauptsache ist, sie bleiben beim Erzählen, und wenn die Erzählung vom ehernen Gestirn ausgeht und sich von dort aus auf die lächerliche Geschichte eines schwankenden Individuums bezieht, soll es mir auch recht sein. Hauptsache Sinnstiftung. Aber ich arbeitete an einer Sternstunde, an die ich tatsächlich glaubte, und die eine Sternstunde für mich war, und die einem anderen schließlich eine Sternstunde brachte. Damit hat es nun diese Bewandtnis: Es ist lange her, und ich war jung, aber ich pflegte damals schon auf Kur zu fahren. Diese Kuren sind eine verdammte Sache, und mein Freund Armin sagt mit Recht, wenn ich ernsthaft will, dass es mir gutgeht, muss ich mit den Kuren aufhören. Jede Kur ist nur die im wirklichen Leben sich sofort auflösende Illusion einer Ganzkörperbetreuung, sie ist ein Infantilismus, und sie verstärkt den Infantilismus.

Auf Kur schont man sich so sehr, dass man überaus empfindlich wird und bald, nachdem eine Kur zu Ende ist, die nächste benötigt. Das Leben ist schonungslos, kennt für unsereinen keine Schonung. Na gut, die drei Wochen Bad Schallerbach hatte ich sehr nötig, meiner, wie ich auf den Endzustand vorgreifend sage, »Gebeine« wegen, aber Bad Schallerbach, wo mir zum Gehen verholfen wurde, ist kein Kurhaus, sondern es ist, wie es sich selber nennt, ein »Sonderkrankenhaus«. Ich war ein Sonderkranker in Bad Schallerbach. Auf dieser einen Kur jedoch, wo ich eine Sternstunde hatte – in Bad Schallerbach hatte ich keine Sternstunde, in drei Wochen keine einzige –, auf dieser Kur begann die Sternstunde mit einem Sonntag.

Der Sonntag in Kurhäusern ist verödete Zeit, alles liegt brach, höchstens dass ein Kurgast im Kneipbecken Wasser tritt. Das ist dann der Höhepunkt, das Optimum. Diese Unruhe; ich schlich durch das Kurhaus der sehr Barmherzigen Schwestern von Marienkron, und in einem Nebengebäude – ich war vom Hunger (auf Kur bin ich immer auf Diät gesetzt, auf Verzicht geschaltet), ich war vom Hunger und vom Herumschleichen erschöpft –, in einem Nebengebäude, weitab von den Kurerrungenschaften der Kneipp-Schläuche und Massagebetten, entdeckte ich eine Bibliothek, nein, was sage ich: einen Bücherkasten. In dem standen verstaubte Sachen herum – verstaubt im wörtlichen und im bildlichen Sinne. Alles altes Zeug. Aber darunter waren auch drei unbarmherzig zerschlissene Suhrkamp-Taschenbücher. Sie waren eingezwängt, in die Mangel genommen, von dem alten Zeug. Es war eine strategisch-taktische Operation, die drei Bücher aus ihrer Zwangslage herauszuholen, ohne dass das erpresserische Gefüge des Ganzen zum Einsturz kam. Ich habe Germanistik studiert, aber die Taschenbücher, die vom Moment der Befreiung an – widerrechtlich – in meinen Besitz übergingen, kannte ich ebenso wenig wie ihren Autor, dessen Namen ich allerdings einmal schon gehört hatte, nämlich von Rebernigg, der ein Buch dieses Autors erwähnt hatte: »Eine unglückliche Liebe«, das ich natürlich heute längst kenne: »Sie strahlte Glück aus und war in einem unsichtbaren Haus der Freude; eine Schnecke, die behaglich bei sich ist; eine junge Katze, die sich zusammengerollt, mit Wollust selber fühlt und Gott ein Loblied schnurrt. Sie liebte einen Mann, und diese Liebe steigerte ihre Schönheit in das Reich des reinen Begriffs ›sie ist schön‹ und war überhaupt nicht mehr zu erfassen und nur noch zu verehren wie eine Gnade der Genien, deren Vorhandensein einmal sichtbar wird am Beispiel eines Menschen wie sonst in einem Klang aus Orpheus Kehle oder in einem Wunder der Farbe oder in der Offenbarung eines Gedichts.«

Genau, genau so war's auch mit mir und Claudia. Die liebte auch immer einen anderen und war schön dadurch. Das muss man sich ansehen, das hält man kaum aus. Na ja, jetzt ist sie weit weg, im Keller … Du, mein Gott, damals, als ich die drei Bücher von Koeppen fand, war »Eine unglückliche

Liebe« nicht dabei, dieses schamlos weiche, männliche Buch. Aber, mein Gott, es ist, als würde ein Speer in meinem Inneren rotieren, damit ich mich an die Peinlichkeit haarscharf erinnere. Ja, ich saß dem Autor eines Tages gegenüber und erklärte ihm, dem erfahrenen alten Mann, wie es zugeht auf der Welt. Ich dozierte, dass man aus der Philosophie weiß, Liebe sei von ihrem Begriff her immer das Erwiderte – unerwiderte Liebe sei von ihrem Begriff her daher keine Liebe. »Sie aber, Herr Koeppen, haben in Ihrem Buch ›Eine unglückliche Liebe‹ bewiesen, dass das nicht Erwiderte der Liebe der Liebe keinen Abbruch tut: Eine unglückliche Liebe ist ebenfalls eine Liebe!«

Oh, mein Gott, Koeppen zuckte mit den Achseln. Ich wollte ihm nun eine Ansicht einreden, die er vielleicht einmal – vor vielen, vielen Jahren – gerne selber gehabt hätte, aber alles, was ihn in dem Augenblick, in dem er mir zuhörte, ausmachte, bestand daraus, dass er so etwas nicht mehr haben wollte, und so sagte er schweren Herzens zu mir: »Ach nein, ich hab's doch nur so geschrieben, weil ich damals ein Mädchen, das ich liebte, nicht haben konnte.« – Ach, so schlicht ist das Kompensatorische, das uns am Leben hielt, ebenso schlicht wie der Schmerz tief ist. Die Stelle, die ich rezitieren kann, by heart, also auswendig: »Sie strahlte Glück aus …« erzählte ja von Liebe, aber doch nach dem Muster: »Sie liebt einen anderen …«

Ich habe mein seltsames Belehren anderer in manchen Fällen genau vor mir; ein starkes Stück davon steht abholbereit im Internet, mein allererster Auftritt in einem Radiotalk – der pure Wahnsinn plapperte aus mir, ich war Schutzbefohlener, und ich habe keinen Zweifel, dass Arnfrid Astel (»Zwischen zwei Stühlen sitzt der Liberale auf seinem Sessel«) vom Sessel gefallen ist, als er mir, dem Verrückten, zuhören musste.

Er, der Dichter und Radiomann, der mich zum Radiotalk nach Saarbrücken geholt hatte, lieferte mich nicht aus, verständigte nicht die Psychiatrie, sondern er trug mich, solange mein Wahnsinn auf Sendung anhielt, durch. Ich werde ihm immer dankbar sein, er hat mich geschützt und nicht bei der Staatsanwaltschaft angezeigt.

Mein Gott, ich besitze ein altes Foto, da bin ich drauf und ein alter würdevoller Herr – ich nenne mich zuerst, weil es der Wahrheit entspricht, denn auf dem Foto sieht man förmlich, wie ich mich in den Vordergrund dränge, wie ich belehre, die Welt einem fast Hundertjährigen erkläre, der kurz vor seinem Tod sich so was anhören musste. Der Mann war Präsident der Israelitischen Kultusgemeinde, und auch er verständigte nicht die Polizei, nicht die Staatsmacht, der ich ausgeliefert gehört hätte. Ich war der Ernstfall, eingedrungen in die Wohnung dieses würdevollen Herrn, der mich für die Dauer meiner Anwesenheit schützte, und unter so viel Schutz konnte ich leicht der bleiben, der ich bin. Ich belehre jeden sofort und überwinde, weil es sein muss, frühere Peinlichkeiten, die aus meiner Art entstanden sind.

Nur bei Koeppen war es für mich anders. Damals, an einem traurigen Sonntag, als ich seine drei Bücher entdeckte, die rein äußerlich in einem verheerenden Zustand waren, hatte ich die großen Leseerlebnisse schon hinter mir; es waren ausgedehnte Zeiten der Lektüre gewesen – Zeiten, die in auratische Augenblicke eben nicht zerfielen, sondern nahtlos aus ihnen bestanden. Als ich Koeppens »Tauben im Gras« zu lesen begann, in dieser verschlissensten aller Ausgaben, gelagert im Kurhaus der sehr Barmherzigen Schwestern, war es wie ein nicht ferner Nachklang von diesen ersten beglückenden Leseerfahrungen, und in dem Augenblick, in dem ich dies hier aufschreibe, denke ich darüber nach, was es wohl gewesen wäre, das mich sofort ganz und gar für Koeppens Bücher einnahm. Die Antwort, die mir einfiel, ist die Wahrheit. Ja, als ich zu lesen begann, hatte ich sofort ein triumphierendes Gefühl, ein unerhörtes Glücksgefühl: Das ist die Wahrheit, ja, das ist die Wahrheit!, fühlte ich, ohne dass ich auch nur einen Gedanken daran verschwendete, was denn »das« eigentlich, geschweige denn, was »die Wahrheit« sei. Ich fand nicht, das ist »gut geschrieben« oder es entspricht sonst einem Eigenschaftswort. Die Wahrheit – ein Hauptwort, das immer zu viel verspricht, ich fand heraus, dass es die Wahrheit ist, natürlich eine historische, denn jede heute behauptete Wahrheit ist eines Tages auch Geschichte. Aber an allem, was einmal die Wahrheit war, ist dieser Moment nicht wegzukriegen: das Moment einer Präzision, einer Konkretisierung, ja, einer Erleuchtung, und wenn man es, egal zu welcher Zeit, wiedertrifft, trifft einen eher die Erleuchtung ins Herz, als dass einen das Gewesene daran kalt ließe.

Diese Unruhe. In dieser einen Nacht, also damals, in einer Nacht, deren Gegenwart im Imperfekt erzählt gehörte, mache ich (um mich durch Erschöpfung zu beruhigen) einen Liegestütz an der Straßenecke, und dann noch einen und dann wiederum einen. Wer anfängt, sich im Liegen zu stützen, will, wenn er Kraft genug hat, damit nie aufhören. Niemand beachtet mich – ich könnte tot sein an dieser Ecke. Ich hingegen beachte, dass der Körper, dass mein Körper eine gerade Linie bildet (auch das ist Bildung), dass also der Hintern, mein Hintern, keinen Moment lang höher steht als der Restkörper. Wenn der Hintern in den Himmel ragt, ist das kein Turnen. Die Leute sagen immer, dass die Stadt, in der man so gut turnen kann (trainieren überall, wo es geht, sagt Schwarzenegger), dass diese Stadt, dieses Trainingscamp vor Gott, in den sechziger Jahren, als die wichtigsten Bücher von Koeppen schon erschienen waren, damit natürlich ohne Zusammenhang, ganz und gar eine graue Stadt gewesen ist. Erst wenn sie in der Zeit heraufkommen, sich in ihren glänzenden Zeitgenossen wiedererkennen, finden sie die Stadt glänzend, von ihren Zielgenossen zu neuem Glanz gebracht.

Es ist nicht wahr – neunzehn Liegestütze –, es stimmt einfach nicht: Die Stadt ist ungefähr, also über den Daumen gepeilt, seit 1804 grau. Seit 1804 hat die Stadt eine Serie von Übermalungen erlebt, die bunten Hunde haben sich an ihren Ecken und Kanten gerieben, und das hat abgefärbt. Wenn man aber mit einem Staubtuch darüberstreicht, kann man die ganze Farbe herausstreicheln, und es tritt ein Grau zum Vorschein – ein Grau, sage ich, das sich gewaschen hat: das ewige Grau. Es ist, ich bin ein Kind der Stadt, meine bevorzugte Farbe, und mein Lieblingssatz stammt von Joseph Roth. Er lautet unmissverständlich: »Meine Kindheit verlief grau in grauen Städten.« Grau und noch mal grau. Ich selbst bin angegraut, und der Frack, den ich in dieser Sommernacht, da ich mich auf die Suche nach einer Burenwurst mache, trage, ist ebenfalls grau. Grau ist grau – wie das Leben selbst, das im Alltag seine Kreise zieht und in jedem Einzelnen von uns am Ende absaufen wird, nicht mitgerechnet die, die schon tot, also nicht einmal mehr grau sind. Das finstere Grau in meiner Zeitrechnung traf ich kurz nach dem Tode meines Vaters an, als das sogenannte Wilhelminenspital die letzten Habseligkeiten des Toten herausrücken musste.

Zu diesem Zweck verfügt das Wilhelminenspital, gleich hinter der Baracke für die plastischen Chirurgen, über ein eigenes Gebäude, eine Art Hütte, ja, eine Schrebergartenhütte. Wenn du die betrittst, hoffe nicht mehr, gehe zuerst in die Knie und organisiere dann deinen Rückzug. Denke an das große Wilhelminenspital-Tor, durch das es die Menschen in Hundertschaften treibt – wie in einem Sog hinein und hinaus. Es traf sich, dass der Vater natürlich einen Hang zum Schrebergarten hatte. Ich als sein Sohn werde nicht müde, davon zu erzählen, wie der Vater bis ins hohe Alter hinauf nichts mehr liebte als seinen Schrebergarten in Strebersdorf. Wir Kinder, extra einen Kindergarten bildend, sagten immer: Strebergarten in Schrebersdorf. Noch im höchsten Alter donnerte der Vater mit seinem orangen Volkswagen nach Schrebersdorf hinauf, eine veritable Gefährdung anderer Autofahrer auf sich nehmend und die Gefahr leugnend – bis zu seinem letzten Atemzug. Es konnte daher nur so kommen, dass seine letzten Überbleibsel in einem Schrebergartenhaus ausgehändigt werden mussten, inmitten der Stadt der Toten oder der Genesenden (je nachdem, wie man es sehen möchte).

Ich kroch in das Schrebergartenhaus hinein, und es umfing mich eine Stille, tatsächlich – da soll man kein Klischee scheuen –, es empfing und umfing mich tatsächlich eine Totenstille. In dieser tödlichen Stille spürte ich erst allmählich den Geruch von altem Zeug, wie ich ihn aus stickigen Gemeindebaukellern kannte. Hoffentlich hat Claudia, wo immer sie heute ist, stets einen besseren Keller als diese unterirdisch modrigen Burgen zur Verfügung. In dem Tohuwabohu aus Stille und Gestank musste ich mich bemerkbar machen, und ich sagte geistreich: »Halloo«, und es wurde Halloween, aber erst nach einer halben Stunde. Da erschien ein Mann, frisch aus seinem Verließ, wie um mich zu erschrecken. Er sah aus wie der Schauspieler Michael Schottenberg in einer seiner fürchterlichen Fernsehrollen. Er, der gegenwärtige Volkstheaterdirektor, stellte wie kein anderer völlig erledigte, heruntergekommene, ganz und gar ergraute Kriminelle dar. Der Dress des Mannes der letzten Dinge vom Wilhelminenspital schien mir der eines Bademeisters, der in die Asche gefallen war. Wo dieser Mann lebte, konnte die unsachgemäße Feuerbestattung nicht weit sein. Die Verwandlung toter Knochen in ein flüchtiges Element blieb dieselbe, aber der Staub der Toten erreichte die Urne nicht mehr.

Er fiel wieder auf das Weiß der Bademeisterklamotten (so wie man sagt: »Es fällt auf mich zurück«), und der Meister stand mir nun gegenüber und fragte, kaum verständlich, alle Silben schluckend, nach meinen Wünschen. »Ich wünsche nichts«, sagte ich, »es ist die Verwaltung des Wilhelminenspitals, die wünscht, dass ich sie von den Habseligkeiten meines Vaters befreie.« – »Name?« Auch seine Stimme klang mir allmählich grau. Im Namen des Vaters. »Franz Arthur Schuh.« – Der Turl, das war mein Vater in seiner Jugend gewesen, und der »Gandhi«, weil er so dünn war. – »Unter dem Vater gelitten?«, fragte der Mann an diesem grauen Nachmittag hinter seinem uneinnehmbaren Verschlag. »Nein«, sagte ich, »Papa« – und ich sprach »Papa« aus, wie nur die Schauspielerin Christiane Hörbiger es hätte besser können, so ambivalent: bescheiden hochnäsig, aber im Wesentlichen doch hochnäselnd, leicht pikiert, scheinbar zurückhaltend, aber doch immer oberschlau. »Nein, Papa war ein Schatz. Sein Leben lang hat er sich um uns Kinder gekümmert. Unter dem Schirm seiner Kümmernisse sind wir geblieben, was wir waren, nämlich Wesen, wie sie das Patriarchat im Galopp verliert.« – »Also nun, das letzte Aufgebot«, sagte der Mann, der mir alterslos erschien und der im Wilhelminenspital den Fundus der Bühne des Lebens bewachte, die letzten Reste der Schauspieler, die nicht mehr auftreten werden.

So viel ist ihr Spiel wert wie die Uhr, die mir der Botschafter des Graus schließlich brachte: gar nichts und zugleich sehr viel. Die Uhr meines Vaters – eine alte, nicht ganz billige Doxa, auf den Markt gekommen seinerzeit in diesen hier so grauen sechziger Jahren. Damals waren Koeppens wichtigste Bücher fast schon ein Jahrzehnt zu haben, Koeppens Fünfziger-Jahre-Vorstellungen, die sich in den sechziger Jahren ganz und gar bestätigten. In den sechziger Jahren war auch die Uhr meines Vaters auf dem Markt. Ein wertloses Ding, noch mechanisch, das Digitale an einer Uhr war einem damals modernisierten, aber heute längst überalterten Uhrwerk untertan. Andererseits war der Blick meines Vaters Abermillionen Mal auf das Zifferblatt dieser und keiner anderen Uhr gefallen. Wer weiß, wann zum letzten Mal. Hatte er den Zeitpunkt seines Todes mithilfe dieser Uhr geahnt, vielleicht sogar festgelegt oder wenigstens eingegrenzt?

Ich hatte es abgelehnt, die Leiche meines Vaters zu sehen. In ordentlichen Spitälern, die nichts zu verbergen haben, wird man gefragt, ob man so klar und so deutlich, so offensichtlich Abschied nehmen will. Der Arzt, der mich fragte, ob ich sehend Abschied nehmen will, war ein Schwarzer, sein Kittel war blütenweiß, wie weißer Flieder in einem Lied von Roy Black. Ich beschloss, diesem Arzt mein Leben lang dankbar zu sein – weil er nämlich, als er mir die Todesnachricht überbrachte, meinen linken Arm wie schützend berührte.

Ich änderte allerdings meinen Beschluss in dem Augenblick, in dem die schützende Berührung in der Fernsehserie »Scrubs. Die Anfänger« vorkam, in dieser Saga von den Anfängerärzten. Destilliert wird diese Serie aus dem verzweifelten Medizinerzynismus, bis Brocken von Unterhaltung herauskommen, die den Massen potentieller Patienten vorgeworfen werden – und die schlucken ja alles. Die Tragödie der Medizin, auch ihre heroisch heilsame Seite, wird als Komik abgespult – es ist die Komödie der Geschlechts- und der Lungenkrankheiten, die Posse der internen Medizin und der

Lücken, die sie emotional und zeitlich lässt, damit die diensthabenden Ärzte eventuell auch außer Dienst miteinander ihre Sexualität ausprobieren können. Das Leben, ein Experiment, im weißen Kittel oder im blauen Kittel, auch ohne Kittel, ein Totalexperiment. Aus jeder Krankenhausecke grinst ein Arzt hervor, jeder Arzt ein Comedian, und in einer dieser Ecken hieß es, wie man die vom Leid verstockten Angehörigen wieder mental verflüssigt, wie man sich also gegen einen Idioten zur Wehr setzt, der mit dem ganzen Gewicht auf den Arzt drauffallen und ihn darunter erdrücken möchte. Man überbringt ihm die Todesnachricht, hieß es in der Serie, und dann berührt man »wie schützend« seinen Arm.

Selber schuld, denke ich heute, niemals darf man eine anonyme Geste auf sich beziehen, niemals sie persönlich nehmen. Die ganze Gesellschaft ist voll mit solchen Gesten. An der Spitze steht der Fernsehmoderator, der säuselt: »Wir freuen uns, Sie wieder bei uns begrüßen zu dürfen.« Das Arschloch kennt Sie gar nicht, redet Sie aber an, als ob er mit Ihnen in der Sandkiste gespielt hätte. Damals, als ich in der Hütte dem Verweser der letzten Dinge gegenüberstand, dachte ich genau umgekehrt: Die Anonymität des Verfahrens der Aushändigung empfand ich als etwas sehr Persönliches, als etwas haargenau auf mich Zutreffendes. Aber vor allem spürte ich noch den Trost dieser Tage, die Hand des Arztes auf meinem linken Arm. Ich hielt die Uhr des Vaters in der Hand, die Zeiger standen nicht still, jemand musste die Uhr aufgezogen haben. Es war elf Uhr und der Mann, dessen Gesicht genauso grau war wie der Rest seiner Umgebung, aschfahl, und der Mann, von dessen Farbe ich mich mittlerweile nicht mehr unterschied, dieser Mann war gerade aus den hinteren Räumen wieder zu mir zurückgekehrt. Er hatte ein Paket in der Hand, das er, ohne mich um Erlaubnis zu fragen, halb öffnete, um den Inhalt vorläufig zu prüfen: ein blauer Pullover, eine fettige graue Hose, auch die Sommerschuhe, die mein Vater mitten im Winter, als er ins Spital, wie man in dieser Stadt sagt, »eingeliefert« wurde, trug. Vor allem aber den lächerlichen Hut – ich werde nie diesen einen Augenblick vergessen, als die Clowns von der Rettungsgesellschaft den Vater schon auf die Trage gehievt hatten und als dieser alte Mann mit letzter, wenn auch noch nicht mit allerletzter Kraft den Hut von der Kleiderablage geradezu herunterfing, um ihn sich auf das Haupt zu setzen, wobei es schien, als würde der Hut höchstpersönlich Widerstand leisten. Aber widerständig war nicht der Hut, sondern die Lage, in der sich der Vater befand: Da kriegst du keinen Hut mehr hoch, in so einer Lage.

Ich starrte den Hut an und wusste, es gibt in dieser Welt keine Rache, die ich an ihm nehmen konnte. Nur ein Kleiderstück. Ich werde diesen Hut aufbewahren und testamentarisch verfügen, dass man ihn mir ins Grab legt, denn der Hut sagt mir, was das ist, der Tod. Oder sagt er mir, was das war, ein Leben? Oder er sagt mir nur, dass der Vater ohne Hut nicht sterben gehen wollte?

Der Mann, der im Ganzen so grau war wie mein Frack in der besagten Sommernacht, beugte sich über die Theke und würde mir gleich persönlich nahekommen. Er kommentierte meine Lage: »Im Endeffekt wollen Sie nur die Uhr haben.« Im Endeffekt. Im Endeffekt erinnere ich mich, wie ich zum ersten Mal von John Donne gehört hatte. Das war in genau jenem Hörsaal, in dem Wolfgang Koeppen die triumphale Lesung aus seinem Buch »Jugend« halten wird (gehalten haben wird). Es war Jahrzehnte davor, ich kostete damals von der Anglistik. Dieser John heißt ausgesprochen »dan«, eben nicht »ton« wie Tonne, das wäre ein ganz anderer Mensch gewesen, der »ton« geheißen hätte. Der Professor lief ungefähr

25 Meter von mir entfernt auf und ab, und mit einem Schritt sagte er schließlich: »Donne, John Donne.«

Heute ist das nur ein Wikipedia-Eintrag, vielleicht zum Glück, damals vielleicht auch zum Glück, bestand der Name fürs Erste nur aus seinem Klang und aus sonst nichts als aus Unzugänglichkeit. Die erste Unzugänglichkeit der großen Namen. Was für ein Glück, fürs Erste ausgeschlossen zu sein und sich dann einzuschleichen in das vom Namen garantierte und erfüllte Bedeutungsfeld. Und seiner Relationen. Die Relation zählt bei John Donne nicht wenig, wenngleich sie der üblichen Banalität des bildungsmäßig aufschlüsselbaren Wissens unterworfen ist. Weiß man es, diese Sache mit Hemingway, dann ist es zünftig erledigt und hat außer seiner Abgeschmacktheit kaum noch eine Bedeutung: Wem die Stunde schlägt …

Aber mich holt die Bedeutung ein, weil sie zur Uhr meines Vaters passt. Ich trage die Uhr weiter, bis heute, nicht des Vaters wegen, sondern weil sie ein helles Zifferblatt hat – in irritierender Diskrepanz zur Düsternis der Zeiten. Aber auch Koeppens wegen holt mich die Bedeutung ein. Ich weiß zu wenig von ihm, aber ich glaube, Hemingway oder etwas von Hemingway war Koeppen nicht fremd. Die stets traurige, gekränkte Männlichkeit, eine Gender-Angelegenheit in der Seele? Ja – es ist dieses: »… for whom the bell tolls«, dieses »wem die Stunde schlägt« und der Vater, meine Uhr am Handgelenk, während, ohne dass er es weiß, über ihn verhängt ist, was John Donne sagte und was Hemingway später als Zitat übernehmen wird. Das Zitat lautet übersetzt so: »… ich bin ein Teil der Menschheit; und darum verlange ich nie zu wissen, wem die Stunde schlägt; die schlägt dir selbst.« Immer dir selbst. Sie laufen alle (und ich mit) als eigenes Totenglöcklein herum, der Riesenlärm kommt vom vielen Sterben. Aber ich bin ein dekadenter Spätling, denn John Donne wollte anders als ich das Sterben weder beklagen noch feiern, er wollte im buchstäblichen Sinne auf etwas anderes hinaus, hinaus aus dem Sterben, und zwar geradewegs. »Niemand ist eine Insel ganz für sich«, alle gehören zusammen, das will uns angeblich gesagt sein. »No man is an island, entire of itself.«

Also bitte, das klingt wie all diese Sprüche, ganz und gar überzeugend, aber es klebt an ihnen die ganze Unwahrheit. Falsche Zeugenaussagen vor dem Jüngsten Gericht, und es klingt wie Billy Wilders tiefe Wahrheit: »Nobody is perfect.« Wie solche Sachen eben klingen, aber dieses eine lasse ich mir von John Donne gesagt sein, um am Widerspruch zu kränkeln: »Jedes Menschen Tod ist mein Verlust, denn ich bin ein Teil der Menschheit.« Die Feldherren haben die Verluste berechnet und sind das Risiko eingegangen, Menschen sind nur zum Teil von den Feldzügen zurückgekommen und manche nicht mit allen ihren Teilen. Aber es hilft nichts, einige Inseln hören nicht auf, einander über die Ozeane hinweg zuzurufen: Menschheit, mitgefangen, mitgehangen!

John Donne war krank gewesen, Fieber, und er schrieb im Horizont seiner Erkrankung ein Buch, das 1624 erschien. Es hieß: »Devotions upon Emergent Occasions«. Ja, die Totenglocke, die für den anderen läutet, sagt zu mir: Das Läuten gilt am Ende auch für dich. Es ist Donnes Meditation XVII, sie beginnt mit der lateinischen Inschrift »nunc lento sonitu dicunt, morieris«. Schön, wieder einmal ein Stück Latein vor sich zu haben, und noch dazu für diesen Anlass: Die Glocke meint mich – oder eben dich, wenn die Glocke gerade mir gilt. Der krankheitserfahrene Donne schrieb als ersten Satz in der Meditation XVII die Einschränkung hin, es könne einer ja so krank sein, dass er nicht mehr wissen kann, dass ihm die Glocke gilt. Gut, Hemingway hat das ganze Glockenspiel über die Jahrhunderte hinweg für den Spanischen Bürgerkrieg eingesetzt: Wem die Stunde schlägt (»for whom this bell tolls«), aber meine Lieblingsäußerung von John Donne ist die, mit der der Anglistikprofessor im zitierten Hörsaal zwanzig bis dreißig Meter vor mir glänzte. Aus einem genau angebbaren Lebensgrund im 17. Jahrhundert, geschuldet den Zeiten von damals, in denen eine Anne entscheidend mitspielte, hatte John Donne den Dreiklang gedichtet: »John Donne, Anne Done, Un-done.«

Das ist das Spitzenwort des Unverrichteten und nicht mehr Einrenkbaren, das Spitzenwort des selbstbewusst Gescheiterten: Un-Done, das genau auf den Namen John Donne passt. Bei Koeppen passte nichts genau auf den Namen, aber über die Jahrhunderte und über die Ozeane zwischen den Inseln hinweg war es genau dasselbe: Das Räderwerk erfasst den Einzelnen. Es tickt und dreht sich nach den Zeitangaben, dem einen macht ein Sir George Schwierigkeiten, der andere kann die Namen gar nicht nennen, denn die Masse marschiert mit ihren Namenlosen auf und ruiniert im Marsch, was nicht ganz so mitmarschieren will, sondern nur ein klein wenig. Vielleicht nur diesen Schritt oder jenen? Man kennt das Schicksal derer, die diesen oder jenen Schritt gar nicht im Repertoire haben – sie sind die Gegen-Masse, gegen die vorgeblich der lange Marsch nach Nirgendwohin stattfindet. Aber Koeppen wie Donne halten noch Platz für ein kleinliches persönliches Ballet. Das macht gelenkig, verdirbt aber den Charakter, erzeugt Reue, Geheimnis oder Bitterkeit, mit der man sich wieder zu neuer Frömmigkeit aufraffen kann. John Donne. Un-done. Untam. Ja, es geht um Schwäche, die man hat, die man ist, und mir imponierte Koeppens Schwäche. Als ich ihn in dieser einen Sternstunde meines Lebens traf, in seiner Münchener Wohnung, ging das Gerücht, er würde Abend für Abend betrunken heimkommen, Abend für Abend aus dem Taxi steigen, hinfallen und sich Abend für Abend eine Kopfverletzung holen. Da er, so ging das Gerücht, nicht krankenversichert war, zahlte sein Verleger, der nicht nur physisch große Unseld, Tag für Tag die Rechnung. Natürlich wusste der große Unseld, dass es den Roman, auf den der schwache Koeppen ihn und wahrscheinlich auch sich selbst einschwor, niemals geben würde. Aber der Verleger hatte genug, die lieferten: Max Frisch, Thomas Bernhard, und er wusste allein schon von diesen Lieferungen, dass die Literatur längst an der Spitze angekommen war, nämlich beim Unsichtbaren Meisterwerk, und Koeppen war sein bestes Pferd im Stall, ein großer Diener an der Unsichtbarkeit des Meisterwerks. Die anderen waren Lieferanten. Was Koeppen sich anstrengte, um diese Unsichtbarkeit zu gewährleisten, war selbst eine Meisterleistung – dieser oder jener Schritt, da eine Wendung und dort eine Pirouette, im Ganzen alles, von der großen Oper bis zu Kabarett und Kleinkunst. Was Schwäche doch vermag! Nur die Reichen leben in Ruhe, Koeppen lebte an einer lauten Straße, und als ich ihm in seiner Wohnung gegenübersaß, hatte ich eine Erleuchtung – eine von vier oder viereinhalb Erleuchtungen, die mir in meinem Leben zuteilwurden. Der Mann, Wolfgang Koeppen, war wirklich so, wie man es aufgrund seiner Romanfiguren und überhaupt aufgrund der Tendenz seiner Bücher vermuten musste. Ich erkannte es an seinem Hund. In einer seiner hervorragenden Schriften, mit denen er das Unsichtbare Meisterwerk umstellte, hatte er einen Hund beschrieben: ein ganz und gar hässliches Tier, ein Tier ohne Chance, ohne Attraktion. So ein Tier tut sich doch kein Mensch an, dachte ich bei der Lektüre, so ein räudiges Hundsvieh, das natürlich keiner will, gibt es ja gar nicht. Aber der Hund war Koeppens Lebensgefährte. Koeppen stand für die Armseligen, für alle, denen die Lächerlichkeit, »es geschafft zu haben«, erspart geblieben ist – und er war selber so – eben nicht armselig in dem Sinne, wie einer, der es geschafft hat, »armselig« sagen würde. Er war von den Erfahrungen des Relativen durchdrungen, von der alles beherrschenden Zerbrechlichkeit des Glücks, das es sicher nicht gibt, was aber der geringste Grund dafür wäre, es nicht zu suchen. Koeppen, wie er mir in seiner ziemlich abgetakelten, auf ewige Vorläufigkeit eingerichteten Wohnung gegenübersaß, war der Gegensatz zu den üblichen Typen, die mit ihrem Selbstbewusstsein jedes Maß sprengen. Auch mir wurde so ein Selbstbewusstsein nachgesagt – einmal sogar vor dem Hörsaal, in dem ich zum ersten Mal »John Donne« hörte und in dem Wolfgang Koeppen seine Lesung aus seinem Buch »Jugend« halten wird. »Verschwinde«, sagte eine Kollegin, »verschwinde aus dem Seminar. Ich habe keine Lust, sagte sie mir ins Gesicht, ein Wort zu sagen oder auch nur einen Gedanken in deiner Anwesenheit zu fassen. Dein auftrumpfendes Gehabe wirkt sich übel auf meine Nerven aus, und was du in der billigsten Weise im Seminar ausspielst, ist Macht. Jeder Satz von Macht getragen.« Das sagte sie, nach einer Wortmeldung von mir, nach einer einzigen, und wir haben danach elf Jahre zusammengelebt, bis es endlich zum Bruch kam. Ich war schon allein, als ich Koeppen gegenübersaß. Ich hatte elf Jahre Versuch hinter mir, aus meiner Unmöglichkeit hervorzuspringen und wirklich zu sein – wie es auch für mich wünschenswert gewesen wäre. Aber beim Herausspringen in die wünschenswerte Wirklichkeit verhedderte ich mich oder ich stolperte, und so blieb ich an meiner Unmöglichkeit hängen. Ich hatte Tränen in den Augen. Trennungstränen, und bevor ich Koeppen in München traf, erlitt ich eine Art Zusammenbruch, und zwar im Theater von Darmstadt. Sie spielten »Onkel Wanja«, und Gott weiß, warum, mir fiel vor der Vorstellung, als ich schon in Reihe sieben, Platz 21 Platz genommen hatte, ein Wort der von mir Getrennten ein. »Du hast gute Augen«, hatte sie zu mir gesagt, und sie hatte nicht meine Sehkraft gemeint, sondern eine moralische Qualität, einen inneren Wert von mir, den meine Augen nach außen hin verrieten. Da heulte ich schon los, ohne noch mit dem Schicksal von Onkel Wanja konfrontiert gewesen zu sein. Vorgriff der persönlichen Tragik auf die allgemeine Tragödie, man ist sich selbst doch der Nächste, auch auf Reihe sieben, Platz 21. Ich war also gescheitert, als ich Koeppen gegenübersaß, und natürlich war ich ihm ganz und gar gleichgültig – jeder andere in dieser seltsamen Wohnung, die mir als ein Beispiel für die Konzentrationsunfähigkeit auf das Unwesentliche erschien (also die mir wie meine Wohnung erschien), jeder andere hätte es genauso hingebracht, nämlich diese Unruhe und das Lästigsein. Aber mir war Koeppen nicht gleichgültig, ich hatte ihn hinter seinem Rücken (»Buchrücken« möchte ich hier jetzt auch gesagt haben) zum ältesten Bruder ausgewählt, eine Bruderschaft, für die aus Altersgründen eine sie zeugende Elternschaft gar nicht möglich gewesen wäre.

Für Koeppens Haltung hatte ich mir die Wendung ausgedacht, »nicht resignative Melancholie«, also etwas, das ich selber anstrebte, auch wenn ich wusste, dass es die Idyllisierung eines Konflikts bedeuten konnte: Entweder bist du melancholisch, dann resignierst du voll Freude und Glück, weil du alles hoffnungsvoll Unternehmerische genau als das Übel durchschaust, das nicht zu sein es mit Hochdruck vorgibt. Oder du resignierst nicht – dann gehst du in der Unmittelbarkeit deines Tuns auf und hast für Melancholie nicht nur keine Zeit, sondern auch keine Ansatzpunkte. Du bist auf der

Flucht. Der Witz ist allerdings, dass Melancholiker Kenntnisse haben, die ins Unternehmerische einfließen sollten, damit dieses nicht ins Grandiose über sich selbst hinauswächst und dann erst recht in eine Depression führt. Andererseits sind diese stocksteifen Melancholiker unfähig zu begreifen, wie einen eine Tätigkeit, an die man glaubt, dynamisiert, erfrischt. Handeln ist die Alltagskatharsis, aber was ist heute noch ein Handeln, das Pathos, also auch Leiden verdient? In diesem Sinne kann man jammern und wieder melancholisch werden. Das ist doch das Schicksal von uns Kleinbürgern, wir sind in der Masse entscheidend, als statistische Größe die Wichtigsten, aber wenn wir als Einzelne etwas tun wollen, können wir höchstens ein lächerliches Skript, eine Vorschrift erfüllen. Unsereins lebt wie unsereins, und wie er lebt, das steht fest. Die Stagnation im Gleichnis, das wir füreinander ohne Pathos sind. Mir hat einer, den Finger in die Wunde legend und über das, was er dabei zu fühlen bekam, jubilierend, tatsächlich gesagt, dass es darum ginge, die richtige Balance aus Tun und Unterlassen zu finden. Die richtige Balance ist immer das Unmöglichste, aber die aus Tun und Unterlassen ist die unmöglichste Balance.

Da kann man sich gleich in den Weltraum hinaufschießen und in aller Ruhe auf der Umlaufbahn den Sphärengesang genießen. So unmöglich ist das. Ich fürchte, Koeppen gefiel die »nicht resignative Melancholie«, er war ja der melancholische Held seiner Biographie, unbeugsam unglücklich. Un-done mit Leib und Seele, aber jedenfalls mein Held war er, und ich bat ihn, während der Hund uns mit seiner Hässlichkeit beehrte, doch anzureisen und in meiner Heimatstadt eine Lesung zu halten. Koeppen zierte sich keineswegs – aber »anzureisen«, in meine Stadt, das war für ihn schlicht ein Horror. Ich legte ihm die Bedingungen vor, die Kurt Neumann, der Leiter des Literaturhauses »Alte Schmiede« ausgearbeitet hatte, und die Bedingungen waren glänzend. Dafür hätte man einen Enzensberger und einen Kluge haben können, aber ein Koeppen wollte nicht kommen. Ich bestürmte ihn und war erleuchtet – erleuchtet, denn ich begriff, dass ausgerechnet dieser Koeppen, der Verleger-Anlüger und Roman-Nichtschreiber, die wahrhaftigste Persönlichkeit war, die ich je kennenlernen sollte. Vor der Sternstunde, in der ich Koeppen kennenlernte, hatte ich nämlich gedacht, dass diese Künstler, die für die Armseligen sind und für die Beladenen, eine Aura haben, durch die sie über allen anderen und natürlich auch über den Armseligen und Beladenen stünden. Ich liebte diese Aura und nicht die Armseligen und Beladenen und die Enterbten. Koeppen machte gar nichts von sich her, keine Aura, nur einen Horror davor anzureisen, um in einer Umgebung wichtig zu sein, die ihm nichts bedeutete. Ich war vor meiner Erleuchtung in München Opfer des von mir sogenannten Bette-Davis-Syndroms gewesen: In ihrer Jugend spielte Bette Davis für einen dieser Schwarzweißfilme einen hässlichen Menschen. Ich hatte Mitleid mit diesem hässlichen Menschen auf der Leinwand, bis ich sah, buchstäblich begreifend sah, dass Bette Davis doch schön war und die Hässlichkeit nur Schminke. Mit einem wirklich hässlichen Mädchen hätte ich nicht mitgelitten, ich bedurfte, um Anteil zu nehmen, der Schönheit. Die Hässlichkeit musste gelogen sein, damit ich sie in mein Kalkül miteinbeziehen konnte.

Dass Koeppen wirklich so war, wie seine Schriften es mir ans Herz legten, und dass er daraus keinen Status bezog, war mir eine Lehre. Er hatte eine tiefe, auf den Grund gehende Ahnung von der menschlichen Schwäche, auch von ihrer Gefährlichkeit, dass es ihm wohl lächerlich vorgekommen wäre, durch irgendeine Status beanspruchende Stärke seine gründliche Ahnung austricksen zu wollen. Das spielte sich natürlich alles in meiner Einbildung ab, ob Koeppen wirklich so war, wie er mir vorkam, weil ich es nicht anders sehen wollte, weiß ich nicht. Wahr ist auf jeden Fall, dass er mich, wenn ich ihm schon die Mühe meines Besuchs angetan hatte, zum Essen einlud. Wir gingen in ein italienisches Restaurant, nicht weit von seiner Wohnung. Wir aßen schweigend und sprachen vor allem dem Rotwein zu. Die Themen waren erschöpft, unglückliche Liebe, und für die Lustlosigkeit dieses alten Herrn, irgendwohin anzureisen, hatte ich Verständnis. Es war nichts zu sagen. Den alten Herrn umgab im Lokal seiner Wahl ein Wohlwollen, wie ich es nicht kannte und wie es mir, der ich doch überall Stammgast bin, niemals zuteilwurde. Die italienischen Kellner mochten ihn sehr, und ich stellte mir vor, dass sie alle (und viele der Gäste) aus archaischen Landstrichen kamen und archaischen Organisationen angehörten. Bei ihnen war die Wiener Mischung aus Brutalität und Sentimentalität, dieses Elixier der Persönlichkeiten, anders akzentuiert: Sie waren weniger defensiv eingestellt und agierten auch in ihrem Wohlwollen offensiv, aber dennoch zurückhaltend und diskret. Ich stellte mir vor, da ich sie schon von archaischen Landstrichen herstammen ließ, dass sie in Wolfgang Koeppen, in dem Schriftsteller, der nicht lieferte, was man von ihm erwartete, und der nicht zuletzt von dieser Erwartung lebte, »das Alter«, also eine sehr unpersönliche Größe, schätzten. Was mich betrifft, kann kein Zweifel daran sein, dass ich diesen fremden alten Herrn liebte, der von so weit weg herkam, dass ich mich darüber wunderte, dass man dort auch Deutsch sprach.

Wir tafelten ordentlich, da gibt es nichts zu sagen. Aber nach dem ausschweifenden kulinarischen Exkurs, als ich als Nachnachspeise, quasi als Post-Dessert, die letzten Crostini zerdrückte und knirschend aufaß, unterbrach Wolfgang Koeppen unsere gemeinsame Leistung; das Schweigen. »Gibt es in Wien einen trockenen Rotwein?« Entweder, dachte ich, dieser Dichter meiner Wahl weiß nichts, auch nichts von der globalen Herrschaft des trockenen Rotweins. Oder dieser Dichter, naturgemäß eine kommunikative Begabung, hat mir eine Frage gestellt, von deren Bejahung es abhängt, dass er eine Verneinung wieder zurückzieht. »Wien hat den trockensten Rotwein der Welt.« – »Na gut«, sagte Koeppen, »dann komme ich.«

781 – ich bin beim 781. Liegestütz, in jener Hochsommernacht, die ich im grauen Frack verbringe, 782 – so lange dauert es – in einem metaphysischen Rhythmus des Auf und Nieder –, um mich an den Tag zu erinnern, an dem ich Wolfgang Koeppen traf. Seltsam, da vorne an der Ecke habe ich vor dreieinhalb Jahren einen Toten gesehen. Er lag im Areal, ja, im Ausstrahlungsbereich eines idiotischen, weil ganz und gar überflüssigen Kristallgeschäfts, in dem alles falsch glitzerte. Mit so was stellt man die Eingeborenen zufrieden, denen man die wirklichen Schätze abluchst, um die wahren Werte an Bord und dann unter Deck der Piratenschiffe zu bringen, mit denen man die Weltmeere durchkreuzt. Lazying on sunny afternoons. Der Jetset auf Kreuzfahrt. Draußen vor der Tür lag der Tote – ein wüster Mensch. Aus seiner Hose klaffte der Bauch heraus, das T-Shirt war schmutzig, stigmatisiert von den Kämpfen einer Nacht, die in diesem Fall die letzte war. Die Fleischlichkeit des Toten fiel als obszöner Kontrast auf das routiniert ablaufende Leben, dessen Hauptexponenten schon da waren, nämlich die gemeindeeigene Truppe mit dem Auftrag, alle Toten aus dem Stadtbild wegzuschaffen. Der Mann war verreckt, elend, mitten aus einem triumphierenden fleischlichen Dasein heraus, dann vor putzigen

glitzernden Kinkerlitzchen sterbend in die Knie gegangen. Ihn hat vielleicht der Teufel, aber vor dem Teufel schon der Leichenputztrupp geholt. Das ist keine Kleinigkeit, und während ich im grauen Frack weiterturne, spielt mir das Gedächtnis einen ähnlichen Körper zu wie den, den ich hier einst darniederliegen gesehen habe. In einem der Höhlengänge des Allgemeinen Krankenhauses, das in den Himmel gebaut ist, in den die meisten Aufgenommenen ja expediert werden, schoben sie ein riesiges Menschenbündel auf einem Rollstuhl dahin. Der Mann hustete, aber es konnte nicht allein die Lunge sein, die sich da mit einem Husten aus der Misere herauswürgen wollte. Es waren alle Innereien, die sich im Husten einen Ausweg suchten, um aus menschlichen Löchern auszutreten. Ich suchte gerade für meinen herzkranken Vater nach einer Trage, damit ich ihn von 18a auf 12b, und von 12b auf 2.10 und von dort … eben hinbringen konnte. Jeder sollte sich am Ende einen Tod im Wilhelminenspital gönnen, um sich die demütigende, eh nur vergebliche Herumfahrerei im sogenannten Allgemeinen Krankenhaus zu ersparen. Sie hatten den Mann in ein Zimmer und dort in eine Menschendurchschaumaschine hineingeschoben. Die Menschendurchschaumaschine ratterte klinisch rein ihr Programm ab, während der Körper des Kranken weiterhin bis zum Zerbersten hustete. Sie hatten vergessen, die Tür zuzumachen, und da es im Dschungel des Krankenhauses ums Überleben geht, holte ich mir den Rollstuhl heraus, um meinem Vater damit zu dienen.

812 – es ist doch vollkommen verrückt, tausend Liegestütze zu machen, und das bei der Hitze und in meinem Zustand. Nein, ich bin wirklich nicht gesund – gesundheitlich bin ich eine Großbaustelle. Alle, die mich kennen, beginnen über kurz oder lang, die Namen der Spitäler aufzusagen, die sie empfehlen wollen. Ich muss mir einen jeden Liegestütz

von meinem Gesundheitszustand abringen. Aber es ist nur ein Experiment, ein individualsoziologisches Experiment: Ich stelle mich als Versuchsperson zur Verfügung, mache mich zum Mittel für den Zweck der Erkenntnis, und zugleich bin ich der Versuchsleiter, der diesen Zweck für sich allein realisiert. In der Sommernacht – 922 – beweise ich mir selbst, wie es sich geändert hat: Man stelle sich vor, in den sechziger Jahren (in denen ich mit all meinen Hoffnungen und Zielen verwurzelt bin, bin eingekerkert in einer Zeit, in der die Brillen, nicht nur der Eliten, von denen ich mich bis heute beobachtet fühle, dick umrandet waren), man stelle sich vor, damals hätte ein Mensch im grauen Frack und in aller Öffentlichkeit geturnt, mit der Nase am Trottoir, einen Liegestütz nach dem anderen. Sie hätten den Turner beschimpft, hätten ihn, der mit dem Auf und Nieder beschäftigt war, niedergetreten. Sie hätten getan, was sie persönlich alles hätten tun können, zum Beispiel hätten sie mir die weißen Stoffpatschen ausgezogen, die ein Geschenk des berühmten Hotels Kaltbaderhof an mich waren. Sie hätten mich versohlt, und nachdem sie alles getan hätten, was in ihrer persönlichen Macht gelegen wäre, hätten sie die entsetzlichsten Institutionen verständigt: Polizei mit Gendarmerieverstärkung und die Rettung mit den Ärzten, die eine Spezialausbildung in Kunstfehlern genossen hatten. Die Top-Ausgebildeten beherrschen den tödlichen Kunstfehler; die ein wenig Kunstloseren zerstören bloß das Leben des im Prinzip Weiterlebenden; und last not least die Lehrlinge, die zum Töten und zur Lebenszerstörung, mit der man prinzipiell am Leben bleibt, sich erst emporarbeiten müssen. Ihren Interventionen fehlt noch das Stringente, ihre Diagnosen und Therapien ermöglichen noch den Freiraum des Zufalls. Aber es wird schon werden. Wer Medizin sagt, sagt auch Fortschritt. Und in dieser Nacht, in der

Nacht vor dem Spiel Deutschland-England, in der Bezifferung ein (in Zahlen: 1) Jahrhundert später, also heutzutage, kümmert es keinen Menschen, was ich da mache. Vor allem kümmert es keinen Menschen, wie ich aussehe – und das in einer Stadt, in der man seinerzeit Jugendliche, die nicht entsprechend aussahen, über die Friedensbrücke bis tief hinein in den zwanzigsten Bezirk gejagt hat. Es war das Fest der Invaliden: Kriegsversehrte, die nicht Hand und nicht Fuß hatten, tschunderten hinter den Langhaarigen her, verprügelten sie mit den Krücken und trampelten auf den Drahtbrillen herum. Die Kriegsgeneration nahm es eben als eine persönliche Beleidigung, und heute kümmert es keinen Menschen, in welchem Dress ich mich öffentlich verrenke. Da sagt man, es gibt keinen Fortschritt. Die Fremden im Land, die Wüstensöhne hinter der Theke des Burenwurststands, stupsen uns an, machen uns Beine, und wir müssen mit einem Fortschritt mitrennen, der am Ende keine richtige Burenwurst mehr vorsieht. Hab ich es schon zugegeben, ich weiß es nicht, aber jetzt jedenfalls ist der Wille stärker, es aus Scham lieber zu verschweigen. Aber dies hier ist eine Offenlegung und keine Geheimnisverwaltung. Was eigentlich beim Burenwurststand geschah, ist Folgendes: Ich befand mich dort, umgeben von einigen Herren des Innenministeriums, die ihre Wurst geschnitten und mit scharfem Pfefferoni aßen (ja, es gibt auch einen milden, wählen können ist alles). Die Herren aus dem Ministerium waren da, um den Fortgang in der Integration zu überprüfen. Sie stellten auch mich unauffällig zur Rede, ob ich denn über Deutschkenntnisse verfügte, indem sie mich in ihr Gespräch mit einflochten. Als ich das Wort »Käsekrainer« fallenließ, ließen sie von mir ab, und ich konnte beim Wüstensohn meine Wurst bestellen. »Eine Burenwurst, bitte.« – »Gebraten oder gekocht?« – »Mann«, sagte ich, der ich vom deutschen Fernsehen, aber immerhin von der ARD und dem ZDF und nicht von RTL programmiert bin. »Mann!« – »Gebraten oder gekocht?« – »Wüstensohn«, sagte ich, »die Burenwurst ist von ihrem Wesen her gekocht.« – »Mann«, sagte er, »gekocht hamma nicht mehr.« Schweres Trauma – und diese Schlauheit der Wüste: Stellt eine Frage aufgrund einer Alternative, die gar nicht existiert. Die Nacht ist heiß. Ist die gebratene Burenwurst heißer als die gekochte? Die Beamten des Innenministeriums hatten mir dienstlich die Burenwurst weggegessen. Ich verlangte ihre Ausweise. Es war alles in Ordnung, ich konnte ihnen nicht an, und da beschloss ich – tausend –, mich den Liegestützen zu widmen. Dem individualsoziologischen Experiment. Auch dieses – tausend! – ist nun zu Ende gegangen, und es ist klar, dass die Sommernacht an einer gefährlichen Kippe steht. Will ich eine Burenwurst haben, und ich will, und es kommt für mich nur eine gekochte in Frage, dann muss ich zum Burenwurststand hinter der Oper, also ich muss an der Oper wieder vorbei. Für Umwege habe ich nach tausend Liegestützen mitten in der Nacht keine Kraft mehr. Das soll mir einmal einer nachmachen, und das in meinem Zustand: tausend Liegestütze und dabei so gedankenreich. Der Gedanke lenkt vom Körper ab und der Körper vom Gedanken. So hält man das ewige Leib-Seele-Problem in Schwebe. In der Schwebe auch noch Koeppens Abend, es begann um achtzehn Uhr, ach, mein Leib-Seele Problem: Da war er wieder, der Hörsaal 1 des Neuen Institutsgebäudes, der die ganze Woche lang von der Montag-Vorlesung des Professors Erich Heintel widerhallte: Tod und Unsterblichkeit, zweistündig. Dieser Hörsaal ist für mich Licht und Schmutz, ein überhelles Neon-Licht, das einen verdreckten Raum beleuchtet, für den jedoch ein »wo gehobelt wird, da fallen Späne« gilt. Es ist der Gebrauch, der von dem Hörsaal gemacht wird, der ihn wie eine abbruchreife Ruine im künstlichen Licht aussehen lässt. Das ist ja abnützend, dieses Vortragen und Mitschreiben, jahrein, jahraus.

An diesem Abend hatte keiner eine Ahnung, ob Koeppen überhaupt Hörer haben würde. Mir war das, was meine eigenen Lesungen betrifft, immer wurscht – und wenn keiner kommt, ist es auch genug. Aber ich bin eine Ausnahme. Außerdem war Koeppen angereist, und er hätte das Gefühl haben können, wegen der paar Hanseln wäre das in seinem Alter nicht nötig gewesen. Kurt Neumann und ich – wir saßen mit gesenkten Köpfen und verspannten Körpern vorm Eingang, und es war nichts los … und noch nichts los, aber auf einmal – allmählich – begann die Publikumswalze heranzurollen. Wir kannten das, wir waren Fachleute, Experten. Wir wissen, wann der Zufluss von Leuten stagniert und was die Zeichen dafür sind. Es ist die Kunst der Eingeweideschau, die wir beherrschen: Wir sehen in die Eingeweide des Publikums und schließen von Einzelnen, was da alles kommen wird. Und sie kamen, und es waren mehr als seinerzeit bei Martin Walser, der 1969 mit seinem Kursbuchaufsatz »Über die Neueste Stimmung im Westen« durch das Weltall tingelte, nicht ohne im Hörsaal 1 seine Aufwartung zu machen. Aber damals kamen die vielen, weil sie politisch waren und eine Gesinnungsgemeinschaft im Hörsaal bilden wollten. Warum sie zu Koeppen kamen, weiß ich nicht, zumal sie ja überhaupt ungern kommen. – Sie sitzen als Menschenmeer in den germanistischen Hauptvorlesungen, und dann lädt man die bedeutendsten Dichter oder Denker der Welt ein und kein Mensch kommt. Diese Akademiker brechen wahrscheinlich mit ihrer Identität täglich nach achtzehn Uhr, und sie sind dann nach dem Abendessen etwas ganz anderes als nach dem Frühstück. Aber zu Koeppen kamen viele, und dass es viele junge

Menschen waren, hatte seinen Wert für den Dichter: Wenn einem junge Menschen freiwillig zuhören, denkt man im Alter eher, dass das Vergangene einen Sinn gehabt hat, und man denkt, vielleicht kann man die Leute doch mit seinen abgelebten Gefühlen und Erfahrungen inspirieren. »Erreichen«, heißt die Phrase der Kommunikationspraktiker. Koeppen las, und er fühlte an diesem Abend, dass es im Saal niemanden gab, der wollte, es möge ein Ende nehmen, und so las er seine ganze Jugend vor. »Die kurzen, jagenden, fiebrigen Sätze seines Textes.«

Von den entlassenen Suhrkamp-Lektoren, von denen es im deutschsprachigen Raum wimmelte, hat mir einer erzählt, »Jugend« wäre ein Lektoratsprodukt, der Autor selber wäre angesichts des eigenen Textes ratlos gewesen – und die Verlagsangestellten hätten schließlich aus der Schrift etwas gemacht. Egal – denen muss man ja erst was vorlegen, dass sie dann so was draus machen können. Aber wahrscheinlich ist es ohnedies nur eine der branchenüblichen Verleumdungen gewesen, die man sich allerdings besser merkt als die luzidesten Analysen. Zumindest ich merke sie mir besser, und das wirft ein Licht auf meinen dunklen Charakter. Ich kenne sicherlich auch Leute, die sich so was nicht merken, und auch solche, die sofort abwinken und »aufhören!« schreien, wenn man ihnen so was sagen will. Einer Kulturlady habe ich einmal von einem Betriebsfrettchen erzählen wollen, und sie hat freundlich gesagt, sie verbitte sich in ihrer Gegenwart jede abträgliche Rede. Das habe ich als Attitüde übernommen, und wenn es mir in den Kram passt, sage ich: »In meiner Gegenwart ist jede abträgliche Rede verboten.«

Würde das Schule machen, dann würde die Stadt in Schweigen versinken. Die emotionale Pest ist ja beredt, und so schön Koeppens Lesung war, danach saßen wir im Hotel

Regina, nicht ohne die ganze Partie der üblichen Ehrabschneider, Schmeichler und Heuchler, die jeden gelungenen Abend in dieser Stadt krönen. Aber Koeppen war von ihnen weit weg, es war nicht seine Provinzposse, die sie aufführten. Er war, und was wäre denn sonst wesentlich gewesen, *glücklich*. Man spricht, was die Bibel betrifft, ebenfalls von Lesung. Und die Literatur folgt dem Buch der Bücher auf der Spur. Sie erfüllt, wenn man Glück hat, die Herzen, und an diesem Abend hatte Koeppen die Herzen seiner Hörer erfüllt. Er bekam dafür Rotwein aus Deutschkreutz, trocken wie die Wüste Sinai zu Mittag und doch flüssig wie die Niagarafälle, und ich habe heute noch, da Wolfgang Koeppen nicht mehr lebt, den Geschmack auf der Zunge: sattes undurchsichtiges Rubingranat mit opakem Kern, dichte Nase, Anklänge von Schokolade, Orangenzesten, süße Beeren, Lakritze mit feinen Gewürzanklängen, Tabak und Zedernholz; am Gaumen feine Zwetschkenkernfrucht, feste, gut integrierte Tannine, frischer Säureboden, und wenn es auch schien, dass dieser Wein gar nicht besser hätte trinkbar sein können, so spürte man doch mit jedem Schluck sein Reifepotential wachsen.

Naturerscheinung

Vier Schwäne fliegen
über den Fluss
gegen den Strom.
Sie halten sich streng
an eine Geometrie,
die daher rührt,
dass sie Abstand voneinander
wahren müssen.

Im Auge des Betrachters
kommt noch die Spur
dieser Schönheit hinzu:
das Graziöse
eines durch Bewegung
erreichten Ebenmaßes.

Die Hälse haben sie ausgestreckt
in die Flugrichtung. Die Ankunft
nehmen sie sicher vorweg.
Ihre selbstverständlichen Flügelschläge
dröhnen mir im Ohr.

Was ist gut?

Über die Philosophie habe ich jüngst ein *bon mot* gelesen, also ein gutes Wort, allerdings eines, das an der Philosophie kein gutes Haar lässt. Da hat jemand, ich weiß nicht, wer, gesagt, Philosophie, das sei die Übersetzung des Unsagbaren ins Unverständliche.

Philosophie, das ist bekannt, ist die Liebe zur Weisheit, das heißt: Sie ist nicht der Besitz der Weisheit. Ich behaupte, Philosophie ist eine geistige Tätigkeit und keine Lehre, also kein organisiertes Dogmensystem; allerdings ist sie eine geistige Tätigkeit, eine intellektuelle Aktivität, die (vor allem, weil sie in ihrer jeweiligen Zeit steht, auf ihr fußt und im Grunde von ihrer Gegenwart ebenso abhängig ist wie von ihrer Tradition) am leichtesten als Lehre überlieferbar ist. An allem, woran die Zeit beteiligt ist, nagt auch der Zahn der Zeit, alles trägt das Stigma (oder die Gunst) der Vergänglichkeit, ist flüchtig (und oft wäre gerade das Flüchtige das Festzuhaltende). Verpack es als Lehre und schreib drauf: haltbar! Was sich die Leute gerne merken, sind die Dogmen und die Schlagworte: Ich denke, also bin ich; das Subjekt ist Substanz ... und ähnliche Sentenzen wie zum Beispiel die von Wittgenstein, Nummer 255 und 309 der »Philosophischen Untersuchungen«: »Der Philosoph behandelt eine Frage; wie eine Krankheit.« – »Was ist dein Ziel in der Philosophie? Der Fliege den Ausweg aus dem Fliegenglas zeigen.«

So wird die Philosophie in gut verschnürten Paketen (die Sentenzen sind die Schnüre) über die Jahrhunderte hinweg weitergereicht, von einem Studenten zum anderen, von einem

Interessenten zum anderen, ein jeder von ihnen mag sich zum Philosophen mausern. Und die Pakete kreuzen einander, und es gibt schon auf den jeweiligen Poststellen Verirrungen, Verwirrungen. Wittgenstein wird mit Kant gekreuzt und Nietzsche mit Foucault, oder besser: Foucault hat sich selbst mit Nietzsche gekreuzt. Aber seit der Aufklärung gibt es ein Verfahren, das das Ausgeliefertsein an dieses Paketwesen einigermaßen mildert, auch wenn es mit einer Hybris verbunden ist: Es ist das Selberdenken, und man kann, man muss, das Selberdenken so weit treiben, dass man dieses Selber, »das Ich«, mit in Zweifel zieht; es ist nicht Herr im eigenen Haus. Aber wer sagt einem das? Mir zumindest wiederum das seiner Herrschaft verlustig gegangene Ich. Das, denke ich, ist eine der Paradoxien der Philosophie. Sie baut auf Negationen, aus denen sie Positionen hervorzaubern kann.

Manchmal streiten Philosophen und halten einander vor, was ein Philosoph »eigentlich« ist. Dabei geht es aber darum, wie ein Philosoph eigentlich sein sollte und wie der im Streit fixierte Gegner eben nicht ist. Man muss den anderen Philosophen zu den gemeinsamen Grundsätzen zurückrufen: Nach herkömmlicher Ansicht befasst sich der Philosoph, die Philosophin mit grundsätzlichen Fragen der menschlichen Existenz und des Zusammenlebens. Er bricht mit Denkgewohnheiten, bemüht sich aber, seine Thesen nachvollziehbar zu begründen, und sieht im Streit mit Andersdenkenden eine Notwendigkeit, um der Wahrheit ein Stück näher zu kommen. Die Bereitschaft zur Selbstkritik ist ein Bestandteil der Berufsbeschreibung. Das klingt irgendwie wahr, und dennoch … Was, so eine glatte Sache ist die Philosophie? Ist der Gegner einmal auf dieser Basis gelandet, kann man ihn schon kontrollieren. Mit der Philosophie hat man aber allein dadurch Probleme, dass sie unter Umständen Probleme schafft, die man ohne sie gar nicht hätte. Während sie als Problemlöser erscheint oder sich als solcher propagiert, ist sie nichts als das Problem selber. Ach, wie muss man da achtgeben!

Ich will noch eine andere Paradoxie nennen. Dazu erzähle ich die Geschichte (eine sogenannte wahre) von dem Mann, der sechs Jahre Philosophie und Mathematik studiert hatte. Eines Abends war dieser Mann mit seiner Freundin in ein Restaurant gegangen. Sie speisten zu ihrer beider Zufriedenheit, und als es dazu kam, dass die Rechnung bezahlt werden sollte, stellte der Philosoph und Mathematiker fest, dass sein Geld nicht reichte. Durchaus ein den Philosophen auszeichnender, für ihn nicht ungewöhnlicher Tatbestand. Auch ein Mathematiker, in seinem Gebiet versunken, hat es nicht so sehr mit Zahlen.

Der Zitierte ließ die Freundin als Pfand im Lokal zurück und radelte nach Hause, um Geld zu holen. Schließlich löste er die Frau aus, und alle an dieser Geschichte Beteiligten waren sich der Komik der Situation bewusst. Allein diese Komik fand eine Steigerung. Am nächsten Tag nämlich, vor dem Mittagessen, erschien der brave, aber säumige Zahler, der Philosoph und Mathematiker, wieder in dem Lokal. Er wurde beim Chef vorstellig und fragte, ob man ihn denn nicht zum Koch ausbilden könnte. Und wahrscheinlich haben wir mit dieser Geschichte eine Entscheidung im vollem Glanz ihrer Zeitgebundenheit vor uns. Philosophen bringen traditioneller Weise ihre Zeit auf den Begriff, und in diesem Sinne lautetet für unsere Zeit der Satz eines Philosophen treffend: »Niemals in der Geschichte waren die Köche so berühmt wie heute.«

Der Philosoph und Mathematiker hatte jedenfalls am Abend zuvor sein Erweckungserlebnis gehabt. Er hat in all dem Kuddelmuddel seine Bestimmung gefunden: Koch! Und tatsächlich, heute ist er ein berühmter Koch. Auf die Frage, ob er in seiner neuen Berufung als Koch noch etwas mit seinem Philosophie- und Mathematikstudium anfangen könne, antwortete er listig, also so, dass man nicht wissen kann, ob's reiner Spott, reine Ironie ist: Ja, mit seinem Philosophie- und Mathematikstudium würde er täglich etwas anfangen.

Man kann daraus mit Sicherheit lesen, dass Philosophie immer der Ethik, also der Frage, was denn das gute Leben sei, nahesteht, dass sie eine Haltung in ihren Konsequenzen ermöglicht. Ein Philosoph im emphatischen Sinne ist einer, der auch, wenn er will, Koch wird und gerade dadurch Philosoph bleibt, auch wenn andere Philosophen diesen Beruf abwerten. Wer sagt, er könne ohne Philosophie nicht leben, so hat es ein Philosoph gesagt, der hat von Philosophie nichts verstanden. Ich zitiere im Folgenden, schon wieder, noch einen anderen Philosophen, weil es mir die merkwürdig intellektuelle List angetan hat, die in meinen Augen die Philosophie auszeichnet. Ihretwegen ehre ich die Philosophie, ja, ich wage es sogar zu sagen, liebe ich sie: Ein Philosoph, der gerade über den Kitsch doziert hatte und ihn lobte, weil er der Meinung war, dass der Kitsch derzeit eine unvermeidliche Hilfe beim Ertragen des Daseins böte, wurde gefragt, ob er das nur theoretisch konstatiere oder ob er auch praktisch dem Kitsch anhinge. Der Philosoph antwortete professionell und sagte, alles, was ein Philosoph täte, wäre theoretisch. Das ist falsch und zugleich wahr. Die in sich differenzierte (wahr/falsch) Antwort des Philosophen, die einen Stachel enthält, den Stachel der plausiblen Unwahrscheinlichkeit, räumte dem Frager die Chance ein, seine eigene Fragestellung zu bedenken. Er wird davon nicht Gebrauch gemacht haben, denn wer tut das schon, seine Fragen bedenken?

Bevor ich es gesagt bekomme, gebe ich's gleich zu: »Ich

liebe die Philosophie.« Das ist Kitsch, und Kitsch wäre mit den wenigen Hinweisen hier gar nicht gerechtfertigt. Ich will mich ihm nicht praktisch hingeben, sondern einen meiner alten Gedanken ausprobieren, der mit der Feststellung beginnt, dass ich kein Philosoph bin. Ich habe Philosophie studiert, und damit ist man noch lange kein Philosoph, der man zum Beispiel ohne Universitätsstudium auch sein kann. Ich bin kein Koch geworden, habe also meinem Leben keine existentielle Wendung gegeben, die mich kraft der Entscheidung verpflichtet, auch weil sie aus einer philosophischen Haltung stammt. Mein Lebenslauf ist trivial, mir nicht langweilig, aber doch nur typisch, vorgezeichnet für meinereins, für Leute, die sind wie ich. Wenn ich den Kitsch mit der Philosophie riskiere, ist es ein ernst gemeintes Spiel mit der Definition: Philosophie ist die Liebe zur Weisheit, und ich bin einer, so behaupte ich von mir, der diese Liebe liebt.

Ein Amateur also? Wenn es sein muss, ja. Wenn es nicht unbedingt sein muss, würde ich lieber die pejorativen Seiten des Wortes »Amateur« nicht mit mir in Verbindung gebracht wissen. Aber ich wollte hauptsächlich sagen: Philosophie ist nicht mehr und nicht weniger als eine geistige Tätigkeit, keine Lehre, keine Autorität, also auch keine lächerliche, die sich ungeschaut als verfehltes Erhabenes entlarven und verspotten lässt – nichts mehr und nichts weniger als das, was einer über bestimmte Fragen zu sagen hat, zum Beispiel über die Frage: Was ist gut?

Das Wort »gut« kam ja schon in »bon mot« vor, und da heißt es etwas anderes als das, was im Deutschen ein gutes Wort ist, das man für jemanden einlegen kann. Das *bon mot* hat mit dem *mot just*, mit dem perfekt passenden Wort, dem perfekt passenden Ausdruck, das Treffende gemein; aber gut ist so ein *bon mot* durch seinen Mehrwert, durch einen, man sagt, ästhetischen Mehrwert. Ein Bonmot ist eine witzige geistreiche Bemerkung oder ein gelungener Ausspruch in diesem Sinne. Wikipedia nennt als Beispiel für ein Bonmot das Wort Goethes: »Wenn ich mehr Zeit gehabt hätte, dann wäre dieser Brief kürzer geworden.« Je mehr Zeit man sich nimmt, desto weniger kostet man anderen Zeit – es ist nichts als logisch. Man sieht, dass man mit »gut« bestimmte Konstellationen bezeichnet, die geglückt sind oder geglückt erscheinen, und dass der Sprachgebrauch um dieses Glückens willen schon auch im Ästhetischen Anleihen nehmen kann. Goethe arbeitet mit der Formulierung seinen Gedanken heraus, so wie man, um wiederum an die Köche zu erinnern, das Wiener Schnitzel im Schmalz herausbrät. Die moralische Maxime, dass man sich anstrengen sollte, um niemanden über Gebühr aufzuhalten, klingt in Goethes Aphorismus schön.

Ich will ein Beispiel, ein Ausnahmebeispiel erwähnen, bei dem es umgekehrt zugeht, weil da eine geläufige Phrase, die mit »schön« funktioniert, sich ins Gute wendet. Im Zug nach Schärding nahe der bayerischen Grenze – es war Winter – hörte ich einen jungen Mann, der aus der Kälte kam, sagen: »Ah, hier ist es *gut* warm«, während man gewöhnlich sagt, hier ist es *schön* warm. Spinoza hat in seiner Ethik klipp und klar das Gute an Empfindungen festgemacht: »Unter *Gutem*«, sagte er, »verstehe ich hier jede Art von Lust und ferner alles, was zur Lust beiträgt, und hauptsächlich das, was Sehnsucht, welcher Art auch immer, befriedigt.«

Ich glaube, dass man immer wieder versucht hat und versucht ist, das Gute an das Angenehme, an das Lustprinzip zu binden. Ich weiß nicht, ob es ein Fortschritt ist, aber durch die Pflicht-Ethik zum Beispiel kommt das abstrakte und politische Moment der Pflicht einer sinnlichen Gewissheit in die Quere, mit der man genau empfindet, was gut ist, nämlich das, was einem guttut. Vielleicht ist die Annahme, dass das Problem des Guten doch nicht hauptsächlich in einer verbalen Reaktion auf Empfindungen (»Ah, gut …«) beschlossen sein kann, nichts als Hochmut. Aber es könnte auch sein, dass Menschen es sich schuldig sind, das Problem des Guten nicht auf Empfindungen beruhen zu lassen. Obwohl, natürlich, der Satz: Das schmeckt *gut*, ach, schmeckt das *gut* – schon ein Gut enthält, das eines der Fundamente unserer konsumistischen Kultur ist. Die Köche, wenn sie zu viele sind, verderben nicht nur den Brei, sondern die Berühmtheit zu vieler von ihnen ist auch ein Geschichtszeichen dafür, dass die Reizung der Geschmacksnerven und das Behagen des Bauches ein eingebürgerter Lebenszweck sind. Das wiederum ärgert Leute, die sich mehr erwartet haben, und die in der Idee, dass es immer gut schmecken muss, den moralischen Verfall, den Sittenverfall erkennen.

Aber Sitte ist, dass alle einander alles schmackhaft machen, was sie verkaufen wollen, vor allem, wenn etwas verkauft werden soll, was für Geld entweder gar nicht oder nur eingeschränkt zu haben ist: Liebe zum Beispiel; über Liebe gibt es Wörter ohne Ende, um sie schmackhaft zu machen oder auch um die Enttäuschungen darüber zu kompensieren, dass einem nicht geschmeckt hat, was sie einem bot. In der Liebe werden die Leute nicht selten erfindungsreich, und manche verarbeiten ihre Erfahrungen sogar zu Slogans, hin und wieder auch zu solchen, mit denen man übereinstimmen kann: »Ich bin schwul, und das ist gut so« war so ein Slogan. Zwischen Schönreden und Schlechtmachen findet der Mensch sprachlich sein Auskommen, und der Bürgermeister von Berlin wollte sich auf keinen Fall sein Schwulsein schlechtmachen lassen. Und das ist gut so. Klaus Wowereits Intervention in eigener Sache sagt schon deutlicher, worum es in der Hauptsache bei dem Wort »gut« geht. Das Wort »gut« beschreibt in der Hauptsache Handlungen, und hier oder damit scheint ausgemacht, dass »gut« in diesem Sinne, im Sinne der Bewertung von Handlungen, nicht gleichartig deskriptiv sein kann wie andere Adjektive.

Das Handeln der Menschen hat eine höhere Komplexität als die Eigenschaft eines Dinges, denn selbst ein kompliziertes Ding lässt sich, wie kompliziert auch immer, einfach als Objekt beschreiben. Das Handeln der Menschen, wenn es nicht von der Routine gedeckt ist, zieht dagegen den Urteilenden selbst in das Problem mit hinein. Der ist betroffen, weshalb sich keiner wundern darf, dass daraus auch ein Betroffenheitsjargon resultieren kann, mit dem man routiniert phrasenhaft seine Betroffenheit inszeniert. Wer ein solches moralisches Paradigma, das in triefend moralisierende Selbstinszenierung umkippen kann, studieren möchte, der sehe auf YouTube »Der Thai-Mädchen-Eklat«. Es sind sechs Minuten 31 Sekunden aus der ARD-Talkshow »3 nach 9« von anno dazumal, nämlich vom 9. März 1984. Das Datum ist wichtig, denn es erinnert an eine Zeit, da der Betroffenheitskult noch nicht so abgetakelt (und auch noch nicht so leicht abzukanzeln) war.

Der Ausschnitt ist keineswegs eine Karikatur, sondern man kann an ihm den Aufbau eines moralischen Problems und den einer Diskussion darüber erforschen: Die Grundlage, das faktische Fundament ist der Menschenhandel mit Thai-Mädchen, ein Verbrechen, das die Täter und deren Nutznießer in der Diskussion normalisieren, als Verbrechen ungeschehen machen wollen. Die Thai-Mädchen kämen freiwillig, ihr einziges Problem wäre, sich ungestört prostituieren zu dürfen, um die Familie zuhause zu erhalten. Tatsächlich aber sitzt ein übel grinsender Zuhälter am Tisch und nickt seinem Rechtsanwalt zu, der alles ökonomisch erklärt. Ein Dummkopf von einem sogenannten Heiratsvemittler bedeutet einer Politikerin, die das Verbrechen beim Namen nennt: »Na, mit wem würde der deutsche Mann wohl lieber ins Bett gehen?« Und er weist auf ein still in der Runde schweigendes Mädchen aus Thailand: »Mit ihr oder mit einer kratzbürstigen Frau wie mit Ihnen?«

Die Fronten der Diskussion sind aus meiner Sicht klar. Einerseits Kriminelle, die sozusagen im Legalen fischen, die so agieren, dass man ihnen juristisch nichts anhaben kann. Andererseits Frauen, die moralisch im Recht sind, und die im Verlauf der Diskussion ihre Ohnmacht dadurch kompensieren, dass sie dieses Recht aufsehenerregend zu verkörpern beginnen. Eine von ihnen verlässt die Diskussionsrunde und nimmt, von der Kamera genau beobachtet, an einem Tisch Platz, an dem zwei Gesinnungsgenossinnen sitzen. Von ihrem neuen Platz aus ruft sie in die Runde hinein: »Mir ist schlecht, mir ist schlecht. Mir ist kotzübel.« Das ist in Fragen des Guten tatsächlich ein Argument: Es wird einem angesichts des Übels schlecht, aber dieses Argument ist nur eines mit dem Bauch. Konsequent erklärt daher die Dissidentin im Bild, sie wäre längst aus dieser Sprache und aus diesen Institutionen, zum Beispiel aus dem Fernsehen (in dem sie allerdings gerade unübersehbar sitzt), ausgetreten. Sie sei auch keine Staatsbürgerin mehr, der Lügen wegen, und auch hier hat sie nichts als recht, denn es ist der Staat, der die verlogene Argumentation ihrer anwaltlich vertretenen Feinde stützt, ja, überhaupt erst ermöglicht. Auf die Frage des Zuhälters, warum sie denn glaube, allein die Wahrheit zu besitzen, während die anderen lügen, sagt sie: »Weil ich eine Frau bin und mit Frauen Kontakt habe …« Der Bauch ist doch das Entscheidende, auch in der Moral? Schließlich beschimpft der Zuhälter die Frau, worauf sie auf ihn mit großer Geste den Inhalt eines Glases leert, der symptomatischer Weise auch auf eine junge Frau an seiner Seite heruntertropft.

Das war »Der Thai-Mädchen-Eklat« im deutschen Fernsehen. Allmählich wurde ich dabei zum Zeugen, wie der Streit über Gut und Böse ins Theatralische entgleiten kann. Zum Theatralischen gehört, dass die Relevanz der Argumente vom Glanz der Personen und ihrer Rollen ersetzt wird. Bei aller zur Schau gestellten, höchstwahrscheinlich ehrlichen Empörung spürte ich bei der Hauptakteurin der sechs Minuten 31 Sekunden die Selbstzufriedenheit, moralisch im Recht zu sein, und auch die Routine, es die Welt merken zu lassen. Dieses fordernde Eingeübtsein in die moralische Überlegenheit, dem der durchschnittlich schlechte Mensch verdammt noch einmal Respekt zu zollen hat, brachte die Betroffenheitskultur langsam in Verruf. Sie machte den Zynismus plausibel, der heute so viele Siege, auch im Fernsehen, davonträgt.

Bemerkenswert an der Szene von damals ist auch, dass in ihr klassische Momente moralischen Mutes banalisiert werden: »Hier stehe ich. Gott helfe mir, ich kann nicht anders.« Das spielt sich vor der Kamera ab und ist schon vom Ursprung her eine Legende gewesen. Luther hat es nicht mit Sicherheit gesagt, aber es klingt gut. Man kann in der Szene auch sehen, dass die moralische Reaktion am mächtigsten wirkt, wenn sie spontan ist. Die Talkshow-Dissidentin wird von ihren Anhängerinnen getröstet, weil sie eben die Einzige zu sein scheint, die in ihrer Hochanständigkeit spontan das Übel nicht erträgt. Aber ihre Spontaneität ist so passend eingesetzt, dass sie ruhig auch hätte geplant sein können. Beredt sagt sie als Einzige, dass ihr das Übel die Sprache verschlägt, und wenn sie ausführt, dass sie aus den Institutionen und der eingebürgerten Sprache ausgetreten ist, kann man das auch so hören, dass eure Institutionen derartig mies sind, dass eine hochstehend moralische Persönlichkeit wie die Sprecherin mit ihnen nichts zu tun haben will und kann. Selber schuld!

Würde man die Akteure von damals mit meiner Sicht der Dinge konfrontieren, dann könnte selbstverständlich der alte Streit wieder beginnen. Das Problem der Titelfrage, was denn gut sei, zeigt sich vordergründig und vielleicht auch in der Tiefe darin, dass die moralischen Bewertungen von Äußerungen und Handlungen nicht selten strittig sind. Der Streit wird in der besagten Szene auf seine Formeln gebracht: »Halten Sie Ihren Mund. Sie haben vorhin genug geredet. Sie haben Pause.« – »Nix da, das geht so nicht, wie er sich hier aufführt …« – »Darf ich ausreden?« – »Wenn Sie sich anständig benehmen, gerne.« – »Das bestimmen Sie doch nicht, was anständig ist.«

Das Strittige gilt vor allem für relevante Handlungen, die viele Menschen betreffen, also für politische Handlungen. Manche dieser Handlungen, wie zum Beispiel Napoleons Kriegsführung, lassen sich durch die Folgen beurteilen, verurteilen. Wenn's schlecht ausgeht, weiß man nachher, dass man's besser hätte unterlassen sollen. Aber man weiß immer, dass alles Handeln auf ein Unterlassen verweist und alles Unterlassen auf ein Handeln, bis zur dialektischen Volte, dass Unterlassen selber ein Tun ist; es gibt auch zwanghaftes Handeln, also eines, bei dem man das Gefühl hat, es nicht unterlassen zu können. Generell hat aber Handeln mit Entscheidung zu tun, mit der Chance, abzuwägen, zu überlegen, wie man handelt, damit es gut ist, also auch damit, dass man auch anders handeln kann, oder – im Rückblick – eben anders hätte handeln können, was unter anderem das weite Feld der Reue eröffnet: Ich war leider nicht gut, ich war böse.

Die Entscheidungen, die getroffen werden, gleichgültig

nun, ob von einem freien oder einem determinierten Willen, sind nicht plötzlich, momentan, allein für sich zu nehmen. Sie fallen nicht vom Himmel, sondern folgen ausgesprochenen oder unausgesprochenen Richtlinien – kulturellen, ökonomisch-rationalen, irrational-psychischen, und um die Richtlinien gibt es unter Umständen einen ideologischen Kampf. Die sogenannten Werte, die in einer Gesellschaft kursieren, geben immer auch Anlass für einen Wertewandel. Alle etablierten Richtlinien stellen auch eine Provokation zu ihrer Veränderung dar. Als Helmut Kohl deutscher Bundeskanzler wurde, rief er buchstäblich sofort einen Wertewandel aus, eine geistig-moralische Wende. In der Formel von der »Umwertung der Werte« verschärft sich der angestrebte Wertewandel, in dem es immer darum geht, was fürderhin gut und nicht gut sein soll.

Man nähert sich in solchen Überlegungen schnell dem, was für die religiöse Ethik, zumal für die katholische, das Schlimmste ist. Das Schlimmste ist der Wertrelativismus, weil er sowohl von der Sache her – Werte sind nicht festgelegt, sondern uminterpretierbar – als auch vom Interpretationsmonopol her, das die Kirche beansprucht, den Wertabsolutismus erschüttert: Es gibt absolute Werte, über die man mit sich nicht handeln lässt. Ich denke, dass die Kirche, wenn es ihr nützt, selber einem Wertrelativismus anhängt: Man denke an die Kolumnen des Wiener Kardinals Schönborn in der *Kronen Zeitung*, der mit seiner sonntäglichen schriftlichen Anwesenheit zugleich die Prostitutionsinserate im hinteren Teil der Zeitung heiligt; er tut vorne so, als ob hinten nichts wäre. Das ist eine klassische, der Moral geschuldete Haltung, allgemein Heuchelei genannt. Aber das ist schon strittig, den Sachverhalt – ich weiß nicht, ob ihre Sicht den Gläubigen hilft – sehen die frommen Akteure ganz anders, aber vielleicht, und das ist eine Grundfrage des Themas, vielleicht gibt es eben doch etwas Verbindliches, das nicht davon abhängt, wie man's jeweils sieht.

Dass man die Sichtweisen differenziert, dass die Ethik (hier die Lehre von dem, was gut ist) hinter den Angeboten, also hinter dem realen Verhalten der Leute herhinkt, ihnen nachzukommen versucht, und das durchaus mit der Absicht, recht zu behalten, zeigt sich beispielhaft an diesem moralischen Konstrukt, mit dem die religiöse Ethik die Homosexualität gegen die Maxime »Ich bin schwul, und das ist gut so« in Schach halten will. Homosexuell *sein* ist demnach keine Sünde. Homosexuelle Handlungen setzen, das ist Sünde. Was vermag man schon gegen das Sein, das es nun einmal gibt (besonders in den eigenen Reihen), das Sollen lässt sich (auch wenn's wenig nützt) gegen das Tun in Anschlag bringen. Dieses Konzept erlaubt es, nicht zu tun, was man ist, wonach einem ist. Die Ethik ist ein Schlachtfeld, auch ein Übungsfeld der Emanzipation von solchen Geboten. Wovon man sich eigentlich befreit, ist das schlechte Gewissen. Es gibt das *bon mot*, dass das Gewissen keine Untat verhindert, bloß die Freude an ihr. Ich habe es selber mit dem schlechten Gewissen, und ein Freund hielt mir einen Satz vor, den ich seiner Meinung nach verfasst habe: den Satz, dass das schlechte Gewissen Gewissen verhindert. Ja, das schlechte Gewissen ist eine schwächliche moralische Reaktion. Leute leben mit ihrem schlechten Gewissen *all the time* – sie pflegen es, so wie sie ihre Schwäche und Schwächen pflegen. Das ist für sie ein Genuss, ein masochistischer Genuss. Gewissen, so meine Definition, schwelgt dagegen nicht in den Nachwehen des höchstpersönlich Bösen, sondern ist eine Kraft, mit deren Hilfe man sich unter Umständen sogar ändert.

Und ich habe jüngst mit einem Freund über einen Menschen gesprochen, den wir unisono, wie man sagt, für ein Schwein hielten; was, wie wir befanden, nicht gerade selten sei, dass einer ein Schwein ist, selten an diesem einen sei allerdings sein gutes Gewissen, mit dem er ein Schwein ist. So sagte schließlich mein Freund über ihn: »Das Einzige, was an ihm gut ist, ist sein Gewissen.« Das Gewissen wird gedacht als Instanz, durch die das Wissen, was gut ist und was böse ist, das Individuum im Selbstgespräch, in der Gewissensprüfung prägt und korrigiert (und manchmal auch verpflichtet). Es macht den Charakter aus, oder besser, gibt ihm den letzten Schliff, denn der Charakter, der biologische Voraussetzungen haben mag, wird nicht zuletzt durch die Handlungen geprägt, zu denen man sich im Laufe der Zeit entschieden hat.

Und diese Entscheidungen bilden im Individuum eine Tradition, die der Charakter verkörpert. Die positiven Eigenschaften kann man Tugenden nennen. Tugenden sind nach meinem Verständnis im einzelnen Menschen verwirklichte Eigenschaften, deren Bedeutung aber weit über die Vereinzelung hinausreicht. Tugenden entscheiden nämlich darüber, was man sich unter menschenmöglicher Moral vorstellen kann. Sie sind die persönlichen Kräfte, mit denen man die Anstrengung auf sich nimmt, Gutes zu tun; es ist ja nicht so, dass das Gewissen einem zuflüstert, was gut ist, und schon tut man es. Es ist nicht schlecht, sich mehr oder weniger dumpf an Regeln zu halten, aber moralische Handlungen bewähren sich am deutlichsten in scharf bewussten, ja, in dramatischen Konflikten: Man soll so, in diese Richtung, will aber anders, ganz woandershin! Dies ist eine Schattenseite unserer lustigen Existenz: Jeder hat einen Einblick in das, was er soll (oder zumindest eine Ahnung davon), ist aber zugleich in den meisten Fällen unfähig (oft zutiefst unwillig), dem Gebot zu folgen. Unerhört verhallt der Ruf des Gewissens! Tugendhaft ist, einer alten Lehre entsprechend, derjenige Mensch, dem es leicht fällt, die Härte der Gebote auszuhalten und den Widerstand, den sie hervorrufen, zu überwinden.

Gerade im Gewissen scheint aber auch eine gewisse Anpassungsfähigkeit, ein Opportunismus, also schließlich ein Wertrelativismus angelegt zu sein. »Das Gewissen«, hat Erich Kästner gesagt, »ist fähig, Unrecht für Recht zu halten, Inquisition für Gott wohlgefällig und Mord für politisch wertvoll. Das Gewissen«, und zu dem Schluss kommt Kästner, »ist um 180 Grad drehbar.« Diese Drehbarkeit, also Flexibilität, will ich auch ökonomisch-pragmatisch sehen; Gewissensbisse, Gewissensqualen können einem das Leben vergällen. Es ist unwirtschaftlich, sich von einem Gewissen, und sei's vom eigenen, das Leben noch schwerer machen zu lassen, als es ohnedies ist. Die Leute helfen sich dagegen durch Flexibilisierung ihres Gewissens. Ich halte fest: Das Gewissen ist eine gute Sache, aber es ist manipulierbar. Erstens von außen: Menschen können unter einen gesellschaftlichen Druck geraten, der sie dazu bringt, eine moralische Umorientierung vorzunehmen, und dann sieht aufgrund der Gegebenheiten plötzlich das, was zuvor noch als gut erschien, nicht mehr gut aus.

Dafür ist aber nicht immer ein Druck von außen notwendig. Leute manipulieren ihr Gewissen auch um des eigenen Vorteils willen, an dem nun gar kein kollektives Interesse hängt. Das ist möglich einer grundsätzlichen Schwäche wegen: Das Gewissen, dessen Inhalte gewiss geschichtlich geworden sind und das sicherlich überindividuelle Orientierungen enthält, ist aber im Wesentlichen eine persönliche Instanz. Mein Gewissen gehört mir, es ist privat, am meisten lehne ich die ab, die mir ins Gewissen reden. Das Persönliche ist aber andererseits die Stärke des Gewissens. Es gibt glänzende heldenhafte

Gewissensentscheidungen, mit denen einzelne Menschen eine herrschende, übermächtige Unmoral und Politik düpiert haben. Gerade das politische Böse will zumeist jeden Einzelnen besitzen, will den ganzen Menschen ganz, und auch deshalb ist es unendlich schwierig, sich persönlich dagegen zu entscheiden. Diese Entscheidungen werden – wohlgemerkt im Nachhinein – als das eigentlich Gute betrachtet und post festum propagiert; wenngleich, siehe den Fall Jägerstätter und spektakulärer, aber dafür auch harmloser, den der Marlene Dietrich, wenngleich gegen die einsamen Gewissensentscheidungen auch danach (wenn sich längst für die meisten herausgestellt hat, dass hier ein Gewissen nicht irrte) von einigen eingewandt wird, die Helden hätten das Kollektiv verraten.

Ohne Zweifel, das Gewissen leistet potentiell Widerstand, und in diesem Widerstand stellen sich die außergewöhnlichen Personen heraus, und damit ist von neuem gesagt, was die Schwäche des Gewissens ist: Außergewöhnliche Personen sind selten, oder Gewissensentscheidungen sind die Ausnahme – für die Etablierung des Guten kann man mit ihnen nicht rechnen, man muss eher auf das Gegenteil gefasst sein, ja, sogar darauf, dass die Leute es als Entlastung empfinden, wenn sie ihre Freiheit delegieren können, wenn ihnen Entscheidungen über Gut und Böse abgenommen sind, zum Beispiel durch Kirchen, Parteien, Philosophien, aber auch durch charismatische oder vermeintlich charismatische Personen – das hatte Hitler im Programm. »Das Gewissen ist eine jüdische Erfindung«, soll er gesagt haben, »eine Verstümmelung des menschlichen Wesens. Ich befreie den Menschen von der schmutzigen und erniedrigenden Selbstpeinigung einer Gewissen und Moral genannten Chimäre … An die Stelle des Dogmas von dem stellvertretenden Leiden und Sterben des göttlichen Erlösers tritt das stellvertretende Leben und Handeln des neuen

Führergesetzgebers, der die Masse der Gläubigen von der Last der freien Entscheidung entbindet.«

Das Zitat stammt aus Hermann Rauschnings »Gespräche mit Hitler«, aus einem Buch, dessen Authentizität umstritten ist: Es ist nicht sicher, ob diese Gespräche ganz und gar eine Fälschung sind. Ganz und gar authentisch sind sie sicher nicht. Es ist eine Montage aus Literatur, zum Beispiel aus Ernst Jünger, und Dokument. Hitlers Äußerung über das Gewissen scheint plausibel, auch falls er sie so nicht getan hat. In der Art hat er jedenfalls gedacht und gehandelt. Das Zitat ist deshalb interessant, weil es erstens vom Religionsstifter selbst eine Ahnung vom Begriff einer »politischen Religion« gibt, weil es zweitens aus was für Gründen auch immer die Aufgabe des Gewissens fordert und sogar als Erlösung darstellt, und weil das drittens im eklatanten Widerspruch zu einer Tradition der Selbstidealisierung des Menschen steht, in der das Gewissen die Stimme Gottes im Individuum sein soll und daher niemals irren kann. Schließlich ist das Zitat die Ausnahme im Bösen – so wie Jägerstätter und andere die Ausnahme im Guten darstellen – und die pessimistische Vermutung liegt fast wie ein Beweis auf der Hand, dass die Ausnahmeerscheinung des Bösen weitaus mächtiger ist, sich leichter sozialisieren, verallgemeinern lässt.

Die zitierte (angebliche) Äußerung Hitlers – es hilft nichts – steht in einer Tradition der Moralkritik, der Kritik am Guten, an den Guten, die bei Nietzsche, der wenigstens kein Antisemit war, noch einen philosophischen Anspruch hatte, beim Maler und Anstreicher Hitler nur mehr einen philosophischen Anstrich. »Alles ist in den Grund hinein verlogen und verbogen durch die Guten«, heißt es in Nietzsches »Ecce homo«, und was immer der Pastorensohn Nietzsche seelisch abarbeitet, er sieht es nicht nur verzerrt. Im Guten, im Beharren auf dem Guten, liegt auch eine weltfremde Eitelkeit: Die Welt ist böse, der Gute verdammt sie selbstzufrieden von Grund auf. Die Moral macht der Vitalität ein schlechtes Gewissen, und die Moralisten sind selber angekränkelt von ihren Schwächen; ihr Appell ans Gute, ihre verzogenen Mundwinkel, ihr Ressentiment will sich gegen die Lebenskraft, die sie selber nicht haben, durchsetzen. Dadurch, durch die Strategien der Rachsucht, wird das Leben, folgt man Nietzsche, erst richtig schlecht, durchschnittlich und fade.

Diese Moralkritik arbeitet mit der Paradoxie (die vielen auffällig schnell einleuchtet), dass das Gute gar nicht gut ist. Im Terminus »Gutmensch«, der den vollkommen moralisierten, ganz und gar unpolitischen Diskurs der österreichischen Innenpolitik schmückt, in diesem Terminus findet die größte Primitivierung und Banalisierung der moralkritischen Tradition statt. Der Terminus ist die Keule, mit der man losdrischt, mit der man prinzipiell gegnerischen Gruppen begegnet, um sich jede Auseinandersetzung mit deren Argumenten zu ersparen. Alle sind neolinguistisch programmiert, selbst die, die gar keine diesbezüglichen Kurse besucht haben. Sie können es von Natur aus und jonglieren mit den Keulen. Ich behaupte, dass »Gutmensch« als Schimpfwort nicht zuletzt von Leuten eingesetzt wird, deren Restbestand an Gewissen ihnen noch sagt, flüstert, dass ihre Meinungen ziemlich böse, moralisch letztklassig sind. Mit dem im Chor gebrüllten »Gutmensch« übertönen sie die Stimme ihres ohnehin fast schon verschwundenen Gewissens. Dass Gutsein als Vorwurf gebraucht wird, von Leuten, denen man ihre Schlechtigkeit sofort anhört oder ansieht, jedenfalls anmerkt, ist eine moralische Delikatesse. Diese Leute ringen mit den letzten Fesseln ihres Gewissens, bevor sie richtig schlecht werden.

Das wird dann zur politischen Frage, zur Frage, von welchem moralischen und emotionalen Rohstoff ein spezifisches politisches System sich ernährt. Bestimmte politische Systeme verlangen schlechte Ernährung, sie lassen sich mit guter und vernünftiger Moral gar nicht etablieren, geschweige denn in Gang halten. Und umgekehrt, der Druck, der vom Unguten ausgeht, beeinflusst politische Systeme, vor allem solche, deren Manager glauben, demokratisch wäre es, sich nach der jeweils propagierten und zelebrierten aufgebrachten Schlechtigkeit zu richten; es gehört zum Prinzip, dass diese aufgebrachte Schlechtigkeit den Eindruck erweckt, die Mehrheitsstimmung darzustellen, und ich behaupte, dass es dieser Darstellung unter bestimmten medialen Bedingungen gelingen kann, tatsächlich zur Mehrheitsstimmung zu werden. Aus der Simulation wird Realität.

Das liegt daran, dass zum Beispiel Fremdenhass einerseits eine verzerrende Reaktion auf reale gesellschaftliche Konflikte ist (oder besser: vielleicht nicht der Fremdenhass selbst, sondern sein Vormarsch im Politischen), dass aber andererseits von diesen verzerrenden Reaktionen, die an der Grenze des Pathologischen, aber auch darüber hinaus sein können, dass von diesen verzerrten Weltbildern eine suggestive Kraft ausgeht, ein Sog – das haben die Leute immer gewusst, der Teufel ist in den Sagen und Märchen attraktiv, das Böse erscheint verlockend. Die Anziehungskraft des Guten hält sich in Grenzen, oft nur in den gesetzlichen. Vom Sog zum Sieg: Völlig richtig kommentierte ein Nachrichtenmagazin den Stimmengewinn des österreichischen Rechtsextremismus bei einer Wiener Wahl mit dem Titel: »Sieg der Hetzer«. Den Hetzern ist das unangenehm, sie wollen mit einer universellen Moral nicht konfrontiert werden, sind sie doch für »das Volk« (für dieses Volk) da und meinen es (mit ihm) gut – sicher besser als die Gutmenschen.

Der Hetzer arbeitet wie ein schlechter pseudo-realistischer Dichter: So ein Dichter, der der Gesinnungsästhetik anhängt (also einer Mischung, durch die man je nach Belieben einmal künstlerisch und ein anderes Mal moralisch reagiert), nimmt etwas Wirkliches, Außerliterarisches auf und versetzt es und zersetzt es mit seiner Imagination. Aber die Imaginationen des Dichters, mit denen er seinen Stoff mystifiziert, sind gut; sie wollen die Leute zum »Guten« bewegen, zu dem, was man mehr oder weniger billig für gut halten mag. Der Hetzer hingegen will auf der Grundlage eines bösen realen Konflikts Böses. Er will die Leute richtig böse machen. Über ihn haben sich Formeln von der Art eingebürgert, er sei zwar »ein übler Hetzer«, spräche aber Themen an, »die von der politischen Kaste unter den Teppich gekehrt« würden. Diese Sprache, die den Realismus des Hetzers lobt, ist auf seiner Seite. Sie schlägt den Deal vor, dass man zwar anerkennen muss, dass er ein übler Hetzer ist, dafür aber spricht er – anders als die politische Klasse – an, was die Leute bewegt, nämlich die »wahren Themen«.

Das glaube ich nicht, ich glaube, er spricht die Themen nur so an, dass man, wenn man sich über sie ausreden will, ganz böse dabei werden darf; er spricht sie so an, dass der Hass, den man hat, herauskommen darf und sich – zum Schein – vom ohnmächtigen Hass in einen wirkmächtigen verwandelt. Seine Politik ist hasserfüllt. Alte Vokabeln früherer politischer Hassorgien beginnen in den Hirnen einiger prominenter Krawalljournalisten wieder ganz unschuldig zu werden. Einer, der im Fernsehen zu seriösen Diskussionen eingeladen ist, damit er dort so tun kann, als ob er eine ganz normale Variante seines Berufsstands verkörperte, schreibt unverzagt in seine Zeitung: »Diese Wahl war ein Votum gegen Ausländer-Flut.« Die Flut, in der man ersäuft, wenn sie kommt, aber ist sie nicht schon da? Dann spricht der Mann in der Zeitung von »Protest-Votum gegen Politik-Frust und gegen Ausländer-Überfremdung«. Ein Politiker der FPÖ, der es auch einmal als Dichter versucht hat, wird vom Fernsehen in eine Reportage hineingeschnitten, um triumphierend zu sagen: »Die Umvolkung, von der ich vor dreißig Jahren sprach, ist heute eingetreten.« Und im selben Fernsehen verredet sich ein dort angestellter Journalist, ein hochbezahlter Voyeur der Ereignisse, und sagt so dahin: »... wir sind auch nicht für die totale Überflutung von Ausländern.« Ja, wofür ist er denn, dieser Innenpolitik-Chef, für die partielle Überflutung von Ausländern?

Diese konkreten Umstände und Redeweisen gehören zur abstrakten Frage, was denn gut sei, weil der postnationalsozialistische Rechtsextremismus in Europa den Anschauungsunterricht für gut oder schlecht übernommen hat. Er will uns Mores lehren. Beachtlich ist dabei immer wieder die Unintelligenz, mit der er seine Propaganda betreibt, zum Beispiel wenn der Hetzer über eine Konkurrentin im Wahlkampf sagt: »Der frische Wind der Frau Marek ist bekanntlich nach hinten losgegangen.« Der Rechtsextremismus ist sonst aber vokabelmäßig sehr gut ausgerüstet und verwendet, soweit er es brauchen kann, auch Elaborate, die gar nicht aus seiner Küche stammen. Der üble Hetzer stellt sich mit der folgenden Wortreihe dar: »Wer so wie ich für Inländer und gut integrierte Ausländer Politik macht, der darf nicht mehr länger mit der Faschismuskeule geschnitten werden.« Ja, die Faschismuskeule. Mit dem Nationalsozialismus hat der postnationalsozialistische Rechtsextremismus die Pflege eines verwahrlosten Phrasenschatzes gemeinsam. Hier werden Leute mit Keulen geschnitten, aber das Gelächter über die sprachlichen Karikaturen war schon einmal nichts als eine Ablenkung vom politischen Ernst. Auch die Faschismuskeule lenkt davon ab, dass die, die sich von ihr betroffen fühlen, im Ernst einen nationalen Sozialismus wollen, der mit dem Nationalsozialismus nicht vergleichbar ist. Aber die Leute haben mit ihm ihren Frieden gemacht, wenn sie nicht sogar nostalgisch für ihn schwärmen. Mit der Keule sind sie gut bedient: Sie reizen mit dem Nationalsozialismus, und wenn man ihnen das nachweist, verweisen sie als Alibi auf die »Faschismuskeule«, mit der man ihre ach so differenzierte Performance niederdrischt.

Dass sie ihre Anhänger aufhetzen und verführen, glaube ich nicht. Ich glaube, die meisten ihrer Anhänger warten bloß auf die Stichworte, mit denen die Hetze eröffnet wird. Dann stimmen sie ein. Diese Stimmen möchte man nicht nur haben, sondern unbedingt auch wiederhören. Es gibt eine Sehnsucht nach ihren bekannten Tönen. Das ist das offene Geheimnis ihrer Aversion gegen die Faschismuskeule und gegen die Political Correctness. Political Correctness ist eine Perversion des moralischen Diskurses, des Streits darüber, was als gut oder schlecht gelten soll. Oben hieß es, was im Konkreten gut ist, lässt sich unter Menschen nur im Streit oder in der Übereinstimmung ausmachen. In pluralistischen Gesellschaften (und seien es bloß solche, die sich als pluralistisch wahrnehmen) muss man sich über den normativen Dissens austauschen. Diese Konstellation, in der man auf den Konflikt angewiesen bleibt, bedeutet einerseits Freiheit: Niemand braucht sich ein für alle Mal feststehenden Norm zu unterwerfen. In dieser Konstellation herrscht aber andererseits auch Belastung und Entmoralisierung: Es gibt – zumindest in Europa – kaum einen politisch-moralischen Konflikt, der nicht auf vielfältige Art gesehen und bewertet werden kann. Es fehlt im Kollektiv eine starke einheitliche Moral, in der Konflikte stets übereinstimmend angegangen, geschweige denn gelöst werden können. Das ist der Preis der Freiheit.

Diesen Preis möchte die Political Correctness sich ersparen, indem sie den Streit und vor allem die Ausrutscher, die er mit Sicherheit verursacht, in nuce verhindert. Die Political Correctness ersetzt die Dynamik der Auseinandersetzung durch eine Vorschrift, die obendrein nach starren Prinzipien diktiert wird: Pippi Langstrumpfs Vater zum Beispiel, einst gigantischer »Negerkönig«, heißt jetzt politisch korrekt »Südseekönig«. Die Hautfarbe wird von der Geographie abgelöst. Aber auch diese Karikatur zeigt noch, was die Political Correctness beabsichtigte: Minderheiten reklamieren damit, dass in der Anrede ihre besonderen Merkmale entweder verschwinden oder nur in einer seltsam überhöhten Art geäußert werden dürfen. Dahinter stehen Diskriminierungserfahrungen, und die Political Correctness ermöglicht es, alles, was eine Minderheit als ihre Schwäche erfahren hat, in eine Stärke zu verwandeln. Zugleich ist die Political Correctness der von Anfang an zum Scheitern verurteilte Versuch, Leute, die nicht bereit sind, spezifische Gruppen korrekt zu behandeln, diesbezüglich zum Schweigen zu bringen. Aber das lassen sie am allerwenigsten zu. Sie versammeln sich unter der Parole: »Das wird man doch noch sagen dürfen«, und schon legen sie los. Der Hass auf die Political Correctness kommt nicht daher, dass diese den moralischen Diskurs bis zur Karikatur verzerrt (und dass die Anhänger der Political Correctness schließlich eher an die Vorschrift glauben als an das, was offenkundig und sichtbar ist). Die wenigstens sind aber der Political Correctness deshalb böse, weil sie Denkverbote ausspricht, die ein verzerrtes Bild der Wirklichkeit oder überhaupt Realitätsverweigerungen verursachen. Der Hass auf sie kommt daher, dass die Leute ihrerseits nicht diskriminiert werden wollen, wenn sie andere diskriminieren. Sie wollen in aller Ruhe hetzen.

Ich bin ein Gegner der sozialen Relativierung moralischer Ansprüche. Dass erst das Fressen und dann die Moral kommt, ist gewiss richtig bemerkt. Aber diese Bemerkung beschreibt eine Gegebenheit, ein Faktum, und lässt unterschwellig, durch Ironie, den Gedanken zu, dass das Primat des Fressens vielleicht gar nicht sein sollte. Was für mich die Moral der Rede wert macht, ist auch das Kontrafaktische: Moralische Ansprüche an andere Menschen und an einen selbst können stimmen, selbst wenn auf der Welt niemals ein Mensch existierte, der sie je erfüllte. Umgekehrt ist ein Realismus in der Moral, der ihre Forderungen relativiert, weil sie aus dieser oder jener Lage unerfüllbar erscheinen, problematisch. Menschen braucht man nicht unbedingt böse zu sein, weil sie sich aus dieser oder jener Not nicht moralisch verhalten. Das ändert aber nichts daran, dass die Regeln, an die sie sich nicht halten konnten, in Kraft sind. Es ist eine alte Strategie, mit dem Verständnis für Personen moralische Grenzen, die Bestand haben sollten, zu verwischen und zu verschlampen. Die populistischen Blätter, die ideologisch und auch von ihrem bloßen Sein her und nicht zuletzt kommerziell von derselben (oder wenigstens von einer verwandten) Klientel leben wie der Rechtsextremismus, werden nicht müde zu betonen, dass die reichen Leute »unter den Ausländern« nicht leiden müssen: »Vom Clubfauteuil aus lässt sich leicht mitmenschlich sein.«

Mitmenschlich sein lässt sich überhaupt nicht leicht. Es ist aber tatsächlich fatal, dass die ohnedies schon Beladenen auch noch an dieser Front kämpfen müssen, aber das ändert nichts daran, dass der mit welchen realen Konflikten auch immer begründbare Hass widerwärtig ist. Leider muss man ihn verurteilen, sogar vom Clubsessel aus, den die Funktionäre der österreichischen Revolverblätter ohnedies für sich gepachtet haben. Bloß deshalb, weil man selber im Clubsessel sitzt, kann man nicht für gut halten, was sich an Widerwärtigem abspielt, zum Beispiel den Hetzer mit dem Christuskreuz in der Hand, das er dem Publikum hinstreckt, um höchstpersönlich die Rettung der christlich-abendländischen Kultur gegen den Islam zu symbolisieren. Die Journalisten auf seiner Seite glauben (oder sie möchten den Eindruck dieses Glaubens erwecken), wenn sie vom Clubsessel aus mitbrüllen, dann sind sie mit den Leuten, die sie »das Volk« nennen, solidarisch. Aber das ist ein Irrtum: Der postnationalsozialistische Rechtsextremismus, einmal gewählt, ist ein Unglück für alle. Siehe Jörg Haider in Österreich, dessen Wirken über das Grab hinaus Realitätsverweigerungen mit sich gebracht hat, die gespenstisch sind. Seine Parteigänger machen alles schlechter, können aber besser alles schönreden. Das liegt an der Mystifikationskraft ihrer Parolen unter den derzeitigen Bedingungen, die nicht wenige Leute dazu bringt, etwas für gut zu halten, was auf lange Sicht nicht zuletzt für sie böse ausgehen wird.

Ja, gut möchten die meisten erscheinen, aber wenn man dafür auf sich nehmen muss, gut zu sein, wird man sich das doch noch überlegen dürfen. Es ist auch schwierig, weil die Moral, das Streben nach dem Guten, nur für Fundamentalisten das Ein und Alles ist. Skeptiker bringen zu Recht Unterscheidungen an, die jeden moralischen Furor ernüchtern, die den Absolutismus des Guten relativieren. Das Leben in unseren Breiten passiert ja auch moralisch in Grauzonen. Hans Magnus Enzensberger, der mir immer leicht zwanghaft locker vorkommt, so als könnte er gar nichts anderes sein als lässig, ist mit dieser Mentalität im Durchschauen der Durchschnittlichkeit des Moralischen unschlagbar. Als er einst für eine Veranstaltung in Österreich weilte, gab er locker Interviews, und in einem sagte er glatt: »In einer Bevölkerung gibt es, proportional gesehen, wenige absolute Heilige und wenige, die zu hundert Prozent Teufel sind. Selbst der Diktator schafft es nicht, 24 Stunden nur Teufel zu sein. Die Sehnsucht nach dem Gutsein ist weit verbreitet, aber auch das ist nicht glaubwürdig. Ein Pfarrer etwa muss immer gut sein. Doch dann gibt es da diesen Chorknaben – und es kommt die andere, die dunkle Seite heraus.«

Das ist genial und elegant gesagt, auch weil der Sachverhalt in der Tat nicht komplizierter ist. Ich lese es so extrem, wie es höchstwahrscheinlich gar nicht gemeint ist, nämlich dass »der Mensch« weder gut noch böse ist, sondern schlicht schlecht. Moralisch ist der Mensch die wandelnde Grauzone. Die Ausnahmen bestätigen die Regel, zu der der Zweifel gehört, ob es überhaupt Ausnahmen gibt. Aber die Leute werden, sagt auch Enzensberger, das Moralische nie ganz los, es hat die diffuse, aber unvermeidliche Form der Sehnsucht gerade bei den Grauen. So gibt es Menschen, die aus Enttäuschung über die Schlechtigkeit der Mitmenschen gerne sagen, es wären ihnen die Hunde lieber! Damit sind sie aber selber fast schon böse. Das von der Moral befreite Tierschicksal lässt sich nur unmoralisch gegen uns arme Hunde ausspielen, die wir Entscheidungen treffen müssen, die dann unter Urteile wie gut oder böse fallen. Innerer Zwist, Entfremdung, Sehnsucht, die ganze Gewissensnot oder wenigstens der Ekel vor der Gewissenlosigkeit lassen die Moral als Prüfung erscheinen. Der Diktator, der, der wenigstens zu 99 Prozent böse ist, ist bei der Prüfung sehr gut durchgekommen, weil er sich überhaupt von der ganzen Moral und ihren unerfreulichen Nebenerscheinungen dispensiert hat. Er hat, wenn überhaupt, das Problem mit der Moral, die von außen an ihn herankommt: mit der Empörung, die sich aus guten Gründen gegen ihn richtet.

Die berühmteste dieser Unterscheidungen aus dem Feld der Moral stammt von Max Weber, und es ist die zwischen Verantwortungsethik und Gesinnungsethik. Plakativ vereinfacht: Wer der Gesinnungsethik anhängt, dem kommt es bloß darauf an, dass ein moralisches Prinzip durchgesetzt wird, gleichgültig welche Folgen es hat, die Gesinnung muss rein bleiben. Nun ist die conditio humana derart, dass es moralisch einwandfreie Interventionen gibt, die aber Katastrophen anrichten können. Wer der Verantwortungsethik anhängt, wird in erster Linie die Folgen einer Handlung in Betracht ziehen, gleichgültig aus welcher wie immer reinen Gesinnung sie motiviert sein mag. Es versteht sich, dass diese Unterscheidung nicht auf eine Trennung der Gesinnung von der Verantwortung hinauslaufen darf; der Verantwortungsethiker ist gut beraten, wenn er eine Gesinnung hat, und der Gesinnungsethiker, wenn er sich auch einen Begriff davon macht, was seine Prinzipien für die Praxis bedeuten. Es gibt Gründe anzunehmen, dass Max Weber Gesinnungsethiker, bei aller Fairness, um die er sich offiziell bemüht, verachtet, und in der Tat, wenn man die öffentlichen Stellungnahmen zur Politik betrachtet, findet man eine Masse von Leuten, die nichts als das Gute im Sinn haben, aber überhaupt keinen Sinn dafür, wie man etwas davon – unter gegebenen Bedingungen – ins Werk setzt.

Die massenhaft beschäftigten Gesinnungsethiker verurteilen routiniert (und leben zum Beispiel als Journalisten von solchen Verurteilungen) Leute, die in der harten, sich nicht einfach Gesinnungen beugenden Wirklichkeit agieren. Auch hier treffen wir aber wieder nichts als einen Zwiespalt an: Um frei urteilen zu können, ist es keineswegs unbedingt schädlich, nicht in die Materie verwickelt zu sein, das gewährt ja Unabhängigkeit einerseits, andererseits: Einer Materie, einer politischen oder wissenschaftlichen, etwas abzuringen, was diese Materie nicht aus sich selbst entwickelt, nicht von selber hergibt, das ist eine Anstrengung, die weitaus mehr Kraft und auch Urteilsvermögen benötigt und beweist als Beurteilungen, die von vermeintlichen Instanzen abgegeben werden, und zwar wie geschmiert, weil ihnen die Materie ja kaum Widerstand leistet.

Dahinter, hinter diesem Zwiespalt, steckt ein uraltes ethisches Problem: Man kann behaupten, Ethik sei nicht die Disziplin, in der es darauf ankommt, zu wissen, was das Gute ist, sondern darauf, das Gute zu tun (was immer es eben ist, und es ist, so beschränkt, so endlich sind menschliche Maßstäbe, vor allem immer das, was man für das Gute zunächst nur hält), und die daraus resultierenden Haltungen sind irrtumsanfällig, aber ebenso wenig, wie sie absolut gelten können, sind sie absolut aussichtslos – es könnte sich von Anfang an wirklich um das Gute handeln – um etwas, bei dem eine Gesinnung sich in der Theorie als gut bezeichnen lässt, weil sich Einwände in einer Überlegung, in einem Gespräch, im öffentlichen Streit, wenn schon nicht ausschalten, so doch relativieren lassen. Und das Gute zeigt sich auch an den Folgen der Handlung, die man als gut bezeichnen will, eben daran, dass diese Folgen zumindest nicht von Übel sind.

Je komplexer allerdings die Verhältnisse werden, je mehr sie sich der einfachen Gut/böse-Dichotomie entziehen (oder auch nur dem einfachen »gut«), desto größer wird die Bedeutung des Wissens, des Wissens darüber, was gut ist. Also das schnöde Abschmettern eines moralischen Anspruchs mit dem Hinweis, dieser wäre nur theoretisch begründet, also die ach so plausible polemische Parteinahme für das Gutsein gegen die Theorie, das ist auch nicht der Weisheit letzter Schluss. »Es gibt nichts Gutes, außer man tut es« ist ein Kalenderspruch, der glauben macht, die Welt wäre konkret und einfach zu erfassen, während die Zugänge zu ihr längst schon ein Abstraktionsvermögen erfordern, also auch ein mehr oder minder elaboriertes Wissen davon, was denn gut sein soll. Gewiss, in manchen Fällen entscheidet die Intuition, ein menschliches Vermögen, das nicht intellektualisiert ist und das man sich ebenso bewahren sollte wie den zergliedernden Verstand, der mit ersten Eindrücken nie zufrieden ist. Wenn man nun die Rolle des Wissens für unsere Frage nicht unterschätzen soll, so ist hier doch von einem Bereich die Rede, der vorrangig von Handlungen, von der Praxis definiert ist. Wissen, was das Gute ist, und das Gute tun, diese abgründige Differenz ermöglicht ein eingebürgertes, öffentlichkeitswirksames Verhalten, das das Wissen in diesem doch anders laufenden Bereich als vorrangig darstellt; es ist die von dem Philosophen Odo Marquard zeitdiagnostisch angemerkte »Flucht vom Gewissen-Haben ins Gewissen-Sein«.

Marquards Theorem stammt aus einem Philosophenstreit, es ist vor allem gegen die studentischen Adepten der Kritischen Theorie gerichtet. Diese arbeiteten, so Marquard, mit der Gleichsetzung von Nationalsozialismus und Bundesrepublik Deutschland. Ihnen konnte so der Widerstand, den sie gegen die Bundesrepublik leisteten, als Widerstand gegen Hitler vorkommen. Marquard bringt das auf die Formeln des »nachträglichen Ungehorsams« und der »Negativierung des Vorhandenen«, die man durch »Verbösung des Guten« und durch »geborgtes Elend« betrieben hätte. Und eine der Versuchungen im nachträglichen Ungehorsam wäre es eben gewesen, angesichts der historischen Schuld (um sich genau von ihr zu entlasten), kein Gewissen zu haben, sondern einfach ein Gewissen zu sein, das den anderen ins Gewissen redet, sich selber aber von Schuld, die mit der Herkunft feststeht, freispricht. Plump gesagt, die hässlichen Deutschen sind die anderen. Gegen sie sind wir das Gewissen, das, ungeachtet unserer Zugehörigkeit zu ihnen, auf sie zeigt.

Es gibt drei Gründe, warum ich Marquard relativ ausführlich zitiere: Erstens sieht man durch ihn, wie verzweigt ein moralischer Streit sein kann, zu welchen fast schon artistischen Kunstgriffen man in der Lage sein muss, um die Verwerflichkeit des Gegners deutlich vor Augen zu führen. Zweitens zeigt sich, dass die Frage, was denn gut und was denn schlecht sei, nicht bloß logisch oder formal zu beantworten ist: Die Moral hat einen geschichtlichen Inhalt. Moralisches Verhalten muss auf Umstände reagieren, die im Großen und Ganzen moralisch weder zu verantworten noch zu verändern sind. Die Geschichte, auf deren Konflikte man reagieren muss, hat man ja nur selten selbst in Gang gesetzt. Die Moral kann einem nur sagen, dass man jetzt politisch aktiv werden muss. Auch wenn die Politik im Mikrokosmos privater Interaktionen verankert sein mag, liegt es ab einem gewissen Zeitpunkt nicht mehr in der Macht der Moral, das Ruder herumzuwerfen. Da man mit seiner Reaktion Schuld oder Leiden auf sich nimmt, steht man hinterher als Opportunist oder als Held da. Jedenfalls ist man moralischer Beurteilung ausgesetzt – und Stein des Anstoßes ist eine historische Situation, ohne die die strittigen moralischen Probleme gar nicht existierten. Drittens aber zitiere ich Marquards vielseitige These zur Differenz von Gewissen-Haben und Gewissen-Sein, um es mit gutem Gewissen selber einfacher geben zu können: Um das Gewissen der Nation zu sein, genügt es zu wissen, was das Gute ist (oder wenigstens den Anschein zu erwecken), und man muss sich damit geschickt den Medien offerieren, die ja auch ihr Gewissen suchen. Aktueller Weise hat die Wiener *Kronen Zeitung* ihren Kolumnisten, den Kardinal von Wien, »das Gewissen Österreichs« genannt; ein Gewissen-Haben ist ein sehr komplexer praktischer Prozess, in dem man Gerichtstag über sich selbst, also über seine Handlungen hält. In unseren mediatisierten Gesellschaften besteht die Möglichkeit, solche Selbstprüfungen zu delegieren, an Autoritäten, die sich von Berufs wegen präsentieren, als wüssten sie, was das Gute ist. Über diese Menschen kann man, was ihr Gewissen betrifft, mit Sicherheit sagen, dass sie für viele ein Gewissen sind. Heinrich Böll war vorbildlich so ein Gewissen, und über ihn zu sagen, er hätte kein Gewissen gehabt, wäre gelogen. Aber ich finde, man sollte nicht verkennen, dass Gewissen-Sein ein medialer Posten ist, der mit nicht wenigen fragwürdigen Leuten besetzt wird. Um besetzt zu werden, bedarf es eines halbwegs entschiedenen Auftretens, eines omnipräsenten Zuständigkeitsbegehrens für das Gute, Reizworte aus einer ethischen »Schaumsprache«, Deklarationen von Selbstverständlichkeiten, die mit dem Mut der Verzweiflung vorgetragen werden. Diese Moral, die man ja nichts als teilen möchte, wird vom Moralisten hauptsächlich in die eigene gesellschaftliche Positionierung investiert. So lebt das verkörperte Gewissen indirekt vom Mangel, den es offenlegt, angreift, ohne aber das Geringste für die Beseitigung des Mangels in Angriff zu nehmen.

Gut, den »Finger in die Wunde legen«, wie die Phrase dafür lautet, das ist auch was, aber es ist zu wenig für das Ausmaß an moralischer Geltung, das solche Leute genießen. Sie mahnen und warnen und haben vor den Mikrophonen Bedenken, aber niemals gegen die Mikrophone; es gibt auch Schlauberger unter ihnen, die diese Rolle in dem Moment, in dem sie sie spielen, zugleich auch ablehnen – man ist doch keiner, der wie ein Pawlow'scher Hund auf die Verhältnisse reagiert. Man will seine Reaktionen auf eine höhere Ebene, am besten gleich auf die Ebene der Kunst heben. Dort oben kann man übrigens am prächtigsten Gewissen-Sein sein. Der Applaus ist einem dort sicher, die Gesinnungsästhetik kommt ganz gut über die

Bühne, und im Gegen-Sinn dazu haben amoralische Interventionen in moralisierte und moralisierende Gesellschaft eine höhere moralische Wirkung als der akzeptierte Moralismus. Amoralische Interventionen lösen eher Gewissensprozesse aus als die wärmliche Geborgenheit im anerkannten Gut-Sein.

In Thomas Bernhards »Beton« steht eine Passage, die die Ambivalenz des öffentlichen Gut-Seins ausstellt: »Jene Leute, die andauernd sagen, sie seien zu jedem Opfer bereit und sie opferten pausenlos alles, schließlich ihr Leben undsofort, jene Heiligen, die sich zu ihrem Opfertum und zu ihrer Opferbereitschaft wie die Schweine an den Trog drängen und welche es in allen Ländern und Erdteilen gibt, sie mögen alle möglichen und unmöglichen Namen tragen, sie mögen Albert Schweitzer heißen oder Mutter Theresa, sie sind mir zutiefst zuwider. Nichts anderes haben diese Leute im Sinn, als sich auf Kosten derer, die sie angeblich so gut versorgen und die nach ihnen mit ausgestreckten hilfesuchenden Händen schreien, mit Ruhmesblättern überschütten und mit Orden überhäufen zu lassen.«

Mutter Theresa und Albert Schweitzer sind eingebürgerte Vorbilder für jedes einzelne Gewissen auf der Welt. Davon, nämlich von dieser globalen moralischen Erpressung, kann man sich durch die Unterstellung befreien, sie seien die eigentliche Verkörperung der Niedertracht. Auf diese polemische Figur stößt man nicht selten: Die eigentlich Bösen sind danach die, die eigentlich gemeinhin für die Guten ausgegeben und gehalten werden! Aber ist nicht andererseits die genannte Vorbildhaftigkeit derartig klischeehaft, dass man sie ohne Anstrengung, ja, geradezu ohne Moral akzeptieren kann? Dagegen muss man sich, falls man auf die eigenen moralischen Standards Wert legt, zur Wehr setzen. Diese Gegenwehr hat zu einem Gebrauchszynismus geführt, zu einer aparten Moral, mit der man – oft durchaus intelligent – moralische Übereinstimmungen, die ohne Naivität kaum möglich wären, konterkariert und verspottet. »Wer Kinder und Hunde hasst«, sagte ein Komiker, »kann kein schlechter Mensch sein.«

Was ist also gut? Ich habe im Wesentlichen den Begriff des Guten problematisiert, und gerade bei diesem Begriff könnte man fragen: Wo bleibt das Positive? Mir hat ein Kritiker schon einmal vorgeworfen, ich hätte in der Manier jener Ästhetiker argumentiert, die das Böse in der Kunst entdeckten und daher in Verdacht gerieten, auch in der Politik mit dem Bösen zu liebäugeln: Jene, die sich unterstehen, so einen Verdacht zu äußern, seien bloße »Gutmenschen« und in ihrer festen Überzeugung, auf der richtigen Seite zu stehen, weitaus anfälliger für die Verführungen der Macht »als jene, die deren dunkle Seite genauer betrachteten«. Den guten Ruf des Gütigen hätte dieser Einwand, so der Kritiker, dennoch nicht beeinträchtigen können. Auch mir sei es nicht gelungen, »dem Guten wirklich am Zeuge zu flicken«. Wenn dem so ist, ist mir aber doch etwas gelungen: Ich wollte nämlich von vornherein das Gegenteil, nämlich auf keinen Fall dem Guten am Zeuge flicken. Den guten Ruf des Gütigen wollte ich geradezu festigen (auch indem ich den Sinn des alten Wortes bestärke), und es ist selbstverständlich meine Schuld, wenn ein geschulter Kritiker nach gründlicher Lektüre zu einem anderen Schluss kommt: Ich muss mich unklar ausgedrückt haben. Daher sage ich, dass ich schon sehr für alles Gute bin, gerade dann, wenn ich den Begriff problematisiere.

Ich verstehe unter »gut« eine Bezeichnung – entweder für Empfindungen, von denen man ausdrücken will, dass sie einem guttun, oder von Handlungen, die man durch die Bezeichnung »gut« von schlechten oder gar bösen unterscheiden möchte. In dieser Sache möchte ich die Quadratur des Kreises versuchen, nämlich den Wertrelativismus mit einer Werthaltung verbinden. »Gut« ist für mich keine festgeschriebene Kategorie, und die ehrwürdigen Versuche zum Beispiel von Kant, eine Gewissheit, eine kategorische Richtlinie, in diesen Fragen zu geben, haben doch einen sehr hohen Abstraktionsgrad, einen sehr hohen Aufwand, der das Alltagshandeln durch sein Pathos in den Schatten stellt. Die Deutschen, hat ein Deutscher gesagt, haben den kategorischen Imperativ, aber keine Manieren, also haben sie nix für den Alltag. Und die Leute, möchte ich hinzufügen, danken es Kant, indem sie den kategorischen Imperativ ständig mit dem hypothetischen verwechseln. Geld dem Gläubiger zurückzugeben, um kreditwürdig zu bleiben, macht die moralische Handlung von einem Vorteil abhängig, den man genießen möchte. Die entsprechenden Imperative sind hypothetisch, allein ein Verhalten, glaubt man Kant, nach dem kategorischen Imperativ definiert das Gute als Selbstwert, den man nicht realisiert, um einen praktischen Zweck zu erfüllen. Kategorisch gilt: Das Gute ist sich selbst genug oder es ist nicht gut.

»Gut« ist in meiner Betrachtung etwas Vielschichtig-Perspektivisches, einmal mag es zum Beispiel das Funktionieren bezeichnen, ein anderes Mal ein eingelöstes moralisches Sollen. Moralische Kategorien sind beeinflussbar, und nicht nur die Wahrheit, auch das Gute ändert sich mit der Zeit. Ich glaube, dass Leute zu Recht misstrauisch sind, wenn man ihnen mit dem Guten kommt. Andererseits ist auffallend, dass sie dennoch auf vieles reinfallen, das gar nicht gut ist. Das Misstrauen gehört immerhin zur Alltagsphilosophie: Mir scheint, die meisten Menschen glauben, dass es »das Gute« gibt, dass man es aber nicht erkennen kann. Das ist eine günstige Strategie: Sie schützt vor denen, die genau wissen, was gut ist, und sie hält doch an der Frohbotschaft fest, dass es das Gute gibt. Aber »gut« ist eine Bezeichnung, die der Manipulation offensteht. Auf einer quasi unteren Ebene lässt sich schwer streiten: Dass es nicht gut ist, wenn man Hunger leidet oder friert, wird kaum einer leugnen. Das ist eindeutig, da kann man schwer manipulieren. Aber bei einer Frage, die komplexere Verhältnisse betrifft, zum Beispiel welches gesellschaftliche oder wirtschaftliche System gut, vielleicht sogar das bessere ist, gehört die Manipulation zur Sache. Im Einflussnehmen, im wie immer manipulativen Zugriff auf das, was wir für gut halten sollen, schwingt aber mit, dass die Leute, die Objekte der Manipulation, doch eine Vorstellung vom Guten und einen Willen zum Guten haben. An den kann man appellieren, selbst wenn man nichts als Böses beabsichtigt. Gordon Gekko, die realistische Kunstfigur aus Oliver Stones Film »Wall Street«, gespielt von Michael Douglas, hält die berühmte Rede: »The point is, ladies and gentleman, that greed – for lack of a better word – is good. Greed is right. Greed works. Greed clarifies, cuts through, and captures the essence of the evolutionary spirit. Greed, in all of its forms – greed for life, for money, for love, knowledge – has marked the upward surge of mankind. And greed – you mark my words – will not only save Teldar Paper, but that other malfunctioning corporation called the USA.«

»Wall Street« stammt aus dem Jahr 1987; zwanzig Jahre später sind die Folgen von Handlungen, die auf dieser Mentalität und ihren Richtlinien beruhen, Beweis gegen sie genug. Aber die Folgen hätte man sich sparen können – es war doch, außer für unerbittliche Interessenten, ganz klar: »Gier ist gut«, das ist ein Konzept, das so gut, wie es einem eingeredet werden muss (zuletzt mit einem beträchtlichen ästhetischen, modischen Aufwand), gar nicht sein kann. Die Überzeugungskraft solcher Maximen beruht darauf, dass es ein System gibt, »die Finanzwirtschaft«, die sie einem nahelegen. Mit dem System bleiben die Maximen in Kraft. Deren Überzeugungskraft hat noch eine andere Ursache, nämlich das schon seit Urzeiten erkannte Paradox, dass Menschen das Böse gar nicht wollen können. Wenn sie etwas wollen, und sei es noch so böse, ist es für sie – so wie einst für Hitler der Massenmord – schlechthin gut.

Fremde Intelligenzen

Bevor das Taxi bei der Marc-Aurel-Straße in den Kai einbog, hielt es bei einer Ampel an. Da ging plötzlich beim Fahrer die Tür auf, sie wurde von außen geöffnet, aber so, als ob sie sich von selbst geöffnet hätte, und ein befremdlich hässlicher Mann mit einem dünnen, ja, ausgedünntem Vogelgesicht (Wind, Wetter und Meer?) hing im buchstäblichen Sinne dieses sein Gesicht herein. Im Mund hatte der Mann eine Zigarette; die paffte er, viel Rauch entwickelnd, ohne sie auch nur einmal aus dem Mund zu nehmen. In der Hand hielt er einen Plan, offensichtlich von Wien, denn er stellte dem Fahrer, dem er den Plan vor die Nase hielt, in einem hektischen Rhythmus die Frage: Zentrum, Zentrum? Das Zentrum, so der Fahrer, gereizt über einen Deppen, der das Verkehrte anpeilt, das Zentrum, das liegt hinter uns, da hinten, winkte er mit dem Daumen, und als die Ampel grün zeigte, fuhr er los, knapp bevor das Gesicht des Fremden verschwunden war. So ein Depp, grinste der Fahrer, während der Wagen sich schließlich in die Kolonnen am Kai einreihte. In dem Moment, in dem ich sagte, das ist doch irgendwie wie in Miami gewesen, wo man so die Autos ausräumt, in dem Moment schrie er schon los: Mein Geld, mein Geld – der Depp hatte ihn ausgeraubt. Das ist die Großstadt, und auch dass ich dabeisitze, ein Nicht-Betroffener, der zuschaut, das Publikum. Hier wachsen Geschicklichkeiten, hier warten die Opfer auf ihre Anwendung – und in diesem Fall funktionierte es schematisch, mit einer präzisen Vorhersehbarkeit, die man, wie sich's gehört, allerdings erst im Nachhinein erkennt. Es ist schnell zu spät, denn – und das halte ich für die urbane Eleganz des Coups – ist der beraubte Wagen einmal in der Kolonne am Kai, dann kann der Fahrer nicht mehr zurück, um dem Dieb auf die Spur zu kommen. Sich brachte der Dieb in Sicherheit und sein Opfer in eine Lage, aus der es die notwendige Zeitlang nicht mehr auskonnte.

Tod auf Bestellung

Da Schuh Froanz
sitzt im Schweizerhaus
und trinkt sei Bier.
Vom Kriagl macht
er no an Schluck
und lahnt se zruck,
schaut eine no ins Glasl,
der Schaum verziagt se
ganz am Schluss,
schaut eine no ins Glasl,
wia a Spinnennetz
der Gerstlsaft am Glaslgrund,
der letzte Herzschlag
trifft in Froanz zur letztn Stund,
schaut eine no ins Rohr
und fallt dann um.

Editorische Notiz

Dies ist die Stelle, um die Frage zu stellen, warum Essayisten keine Fußnoten machen. »Weil sie dafür zu faul sind«, hat Marcel Reich-Ranicki, der in meiner Lebenszeit »die Kritik« verkörperte, gesagt. Da hat er recht. Das Recht auf Faulheit sollte man nicht leichtfertig aufs Spiel setzen. Es kommt noch hinzu, dass ich bei Quellenangaben für meine eigenen Texte ebenfalls zurückhaltend bin. Ich rationalisiere diese Haltung, indem ich behaupte, dass es keine publizistische Institution gibt, der ich mich genug verbunden fühle, um sie im Zusammenhang mit mir zu nennen. Eine Ausnahme ist natürlich die *Neue Zürcher Zeitung*. In ihr sind zwei Texte aus diesem Band erschienen: »Bei der Psychologin« und »Café Klinik«. Der wahre Grund meiner Zurückhaltung bei Quellenangaben ist natürlich, dass ich selbst nicht mehr weiß, wo was von mir erschienen ist. Aber im Zeitalter des Internets kann man sich endlich selbst finden: Papst Manfred und Thomas Sprecher (Hrsg.): »Vom weltläufigen Erzählen.« 50 Jahre Thomas-Mann-Archiv. Zürich 2006 – darin ist unter dem Titel »Der Großschriftsteller« jener Aufsatz veröffentlicht, den ich hier mit dem Titel »Das Zittern des Geistes« überschrieben habe. Im Zittern kann ich mich selbst besser erkennen. Alle anderen Texte sind – in der hier vorliegenden Fassung und so weit ich mich erinnern kann – extra für den »Krückenkaktus« angefertigt worden.

F. S.

Inhalt

Geloven in een God die niet bestaat

Klaas Hendrikse

Geloven in een God die niet bestaat

Manifest van een atheïstische dominee

Met een voorwoord van Harry Kuitert

Nieuw Amsterdam *Uitgevers*

Eerste druk november 2007
Tweede druk november 2007
Derde druk november 2007
Vierde druk november 2007
Vijfde druk december 2007
Zesde druk december 2007
Zevende druk februari 2008
Achtste druk maart 2008
Negende druk september 2008
Tiende druk december 2008

Omslagontwerp Bureau Beck
Omslagfoto Mark van den Brink
NUR 700; 730
ISBN 978 90 468 0308 0
www.nieuwamsterdam.nl